*Chère lectrice,*

L'intuition, dit-on, serait une vertu féminine... Sans doute mais, heureusement, certains hommes, à l'image de vos héros de ce mois, n'en sont pas dépourvus ! Ainsi, lorsqu'il est chargé par Charles Stuart de confondre un mystérieux bandit qui, en cette année 1666, prend un malin plaisir à détrousser les membres de la noblesse, lord Rutledge, héros de *Les cœurs masqués*, en vient-il à soupçonner que ce fripon pourrait bien être... une friponne ! De même, quand, un jour de 1552, la ravissante Elsbeth, héroïne de *Noces pourpres*, est désignée chef de clan, Alexander Carey, leader du clan ennemi, se garde de pavoiser : son instinct lui souffle que la mâtine va lui donner plus de fil à retordre que tous les farouches guerriers écossais de sa connaissance ! Trois siècles plus tard, lord Raine, dans *La plume et l'épée*, est d'emblée intrigué par le jeune écrivain qu'il vient de rencontrer. Ce garçon, il le pressent, lui cache quelque chose... mais quoi ? Des questions, Graham Kincaid, le héros de *La belle et le shérif*, s'en pose lui aussi : pourquoi, malgré une rupture houleuse, n'a-t-il jamais réussi à oublier Madelyne, son premier amour ? Et comment se persuader que celle-ci ne mérite pas tant de dévotion quand son cœur lui crie le contraire ? Enfin, dans *L'aventure galante*, vous ferez connaissance avec la belle et scandaleuse Céleste. Le comte de Beauford a-t-il raison de penser que la jeune femme n'est pas venue de son plein gré intriguer à Paris ? A vous de le découvrir !

Bonne lecture et rendez-vous en décembre,

***La responsable de collection***

# La belle et le shérif

SUSAN MALLERY

# La belle et le shérif

HARLEQUIN

LES HISTORIQUES

*Cet ouvrage a été publié en langue anglaise*
*sous le titre :*
JUSTIN'S BRIDE

*Traduction française de*
MÉLANIE BLANC-JOUVEAUX


83-85, boulevard Vincent-Auriol, 75013 Paris — Tél. : 01 42 16 63 63
Service Lectrices — Tél : 01 45 82 47 47
ISBN 2-280-16292-X — ISSN 1159-5981

# À cette époque...

Le héros de ce roman, qui a jadis été chassé de son village natal pour avoir contrevenu aux lois, y revient sept ans plus tard... comme shérif! Cette situation ambiguë était pourtant légion en 1878, où la frontière demeurait floue entre les shérifs criminels et les honnêtes *desperados*! Ainsi, un certain Wild Bill Hickock, après avoir tué une bonne cinquantaine de personnes en combat singulier, ne comparut-il pas une seule fois devant la justice, pas même sous l'inculpation d'homicide involontaire! Après avoir quelque temps servi dans la police urbaine, il était devenu éclaireur au service de l'Union, puis conducteur de diligences sur la piste de Santa Fé... ce qui lui avait offert une nouvelle occasion de démontrer ses brillantes qualités de combattant!

Ce macabre palmarès ne l'empêcha pas de devenir marshal de plusieurs villes turbulentes du Kansas — où, bien sûr, il continua à dégainer plus vite que son ombre!

# 1.

*Landing, Kansas. 1878.*

Madelyne Bancroft avait entendu la rumeur qui se répandait à toute vitesse dans la ville : Graham Kincaid était de retour. Dans son épicerie générale, le plus grand magasin de Landing, les fermiers se transmettaient la nouvelle d'un ton sceptique. Selon eux, il ne pouvait pas s'agir du garçon qu'ils avaient connu. Ceux qui étaient là depuis moins de sept ans leur demandaient pourquoi. En haussant les épaules, on leur répondait qu'il avait été une source d'ennuis et qu'il avait quitté la ville dans des circonstances peu glorieuses. Les nouveaux arrivants rétorquaient que cela n'avait pas d'importance : la ville avait besoin d'un shérif, et si ce Kincaid faisait l'affaire, ils se moquaient bien du passé.

Quant aux femmes, réunies autour des pièces de tissu, des rubans et des revues de mode, elles chuchotaient avec excitation. Madelyne leva les yeux de son inventaire quand elle entendit l'une d'entre elles s'exclamer :

— Ce Graham Kincaid est beau comme le péché !

— Les femmes honnêtes feraient mieux de garder leurs distances avec lui, répliqua la veuve Dobson en quittant le petit groupe pour regagner sa place.

Cette femme trapue, qui portait le deuil de son mari depuis dix ans, tenait le bureau de poste de la ville. Comme elle n'avait pas de local indépendant, elle travaillait sur un secrétaire placé à l'entrée du magasin de Madelyne. Cette dernière, mourant d'envie d'en apprendre davantage, s'approcha de la veuve et l'interrogea d'un air innocent :

— De quoi parliez-vous avec ces mines de conspiratrices ?

Mme Dobson cessa de compter ses timbres et releva la tête.

— Ces commères, dit-elle en indiquant du menton le rassemblement au fond du magasin, bavardent au sujet de Graham Kincaid. Il paraît qu'il est revenu à Landing. Elles sont en train de s'extasier sur sa séduction. D'après moi, il est beaucoup trop beau pour son bien. Je me rappelle qu'il traînait toujours un tas de problèmes dans son sillage.

Madelyne froissa nerveusement ses papiers, les posa sur le bureau, et lissa sa robe de ses mains soudain moites.

— Il a peut-être changé.

La veuve l'étudia attentivement.

— Vous n'étiez tout de même pas une de ces étourdies qui avaient le béguin pour Graham ?

La jeune femme soutint sans ciller le regard de Mme Dobson et eut un petit rire dédaigneux.

— M'avez-vous jamais vue en sa compagnie ? Et vous l'imaginez, en train de me faire la cour ?

La veuve se laissa aller en arrière et sourit.

— Bien sûr que non, Madelyne. Vous avez toujours eu une conduite irréprochable.

Elle se pencha de nouveau sur ses timbres.

— Ceci dit, je ne vous aurais pas blâmée si vous

l'aviez remarqué. Difficile de faire autrement, n'est-ce pas ? Et puis, il faut reconnaître qu'il n'était pas si mauvais. Pourtant, je suis certaine qu'il va de nouveau causer des ennuis dans cette ville. Il les a toujours attirés.

Observant un silence prudent, Madelyne rassembla ses feuilles et se dirigea vers l'arrière du magasin. Derrière le rideau de calicot vert foncé, un petit couloir conduisait à deux pièces : la plus grande, à gauche, servait de réserve, et la jeune femme avait installé son bureau dans celle de droite, très étroite.

Comme le reste du magasin, l'endroit était propre et ordonné. Madelyne posa son inventaire sur la pile des choses à faire et contourna sa chaise afin d'accéder à une petite table. Après avoir rempli une cuvette en porcelaine, elle releva ses manches d'une main tremblante et se passa de l'eau sur le visage. Jetant un œil à son reflet dans le petit miroir suspendu au-dessus de la table, elle constata avec désarroi que sa rougeur ne s'était guère atténuée. Ses yeux étaient anormalement brillants, et elle n'aurait su dire si c'était d'excitation ou de panique.

Ainsi, Graham Kincaid était de retour. L'avait-il oubliée ? Elle secoua la tête. Comment aurait-il pu, après la façon dont ils avaient rompu sept ans plus tôt ? Madelyne prit une profonde inspiration et tenta de se raisonner. Peut-être ne s'agissait-il pas de ce Graham Kincaid-là, mais d'un homonyme : le nom était tout de même assez courant.

Après avoir légèrement rectifié sa coiffure, elle retourna dans le magasin. Andrew, son employé, était en train d'envelopper une pièce de mousseline rose pour une jeune femme. Madelyne songea qu'elle était sans doute destinée à la confection d'une robe pour le bal du 4 juillet. On n'était pas encore au printemps, mais les gens commençaient les préparatifs de la fête des mois à l'avance. Penser à cet événement ne l'aida guère à oublier Graham. Elle se remémora tous les bals où, alors qu'elle tournait au bras de jeunes gens comme il faut, elle observait Graham du coin de l'œil. Ce dernier dansait avec la plupart des jeunes filles, mais il ne l'avait jamais invitée. Une fois, par une douce nuit d'été, il l'avait trouvée alors qu'elle se tenait, seule, à quelque distance de la fête. Personne ne pouvait les voir. On entendait les accents langoureux du violon, et sans un mot, Graham l'avait prise dans ses bras et avait commencé à la faire danser. Il l'avait serrée davantage que les autres garçons ; suffisamment près pour qu'elle sente la chaleur de son corps et la douceur de son haleine sur son visage ; tellement près que son cœur s'était emballé dans sa poitrine. Ils avaient dansé ainsi, les yeux dans les yeux, pendant ce qui avait semblé une éternité à Madelyne. A un moment, tandis qu'ils attendaient entre deux danses, il lui avait caressé la joue. Puis il l'avait...

Une voix la tira brusquement de ses souvenirs :

— Je souhaiterais commander quelques mètres de soie, Madelyne.

Elle cligna des yeux et fixa la femme qui se tenait devant elle. Cette dernière continua à évoquer le mariage de sa fille et expliqua sur le ton de la confidence qu'elle voulait lui confectionner quelque chose de joli pour sa nuit de noces.

Madelyne piqua un fard. Elle n'avait jamais connu de nuit de noces, puisqu'elle ne s'était jamais mariée. A vingt-quatre ans, elle était déjà considérée comme une vieille fille.

« Mais je suis indépendante et j'ai un travail qui me plaît, se rappela-t-elle en prenant la commande de sa cliente. Qu'est-ce que cela peut bien me faire, que Graham soit revenu ? Ça m'est égal, complètement égal. »

Pourtant, pendant qu'elle s'affairait dans son magasin, l'écho lointain du violon de cette nuit magique résonnait encore à ses oreilles.

Au milieu de l'après-midi, Madelyne sentit que sa patience était à bout. Tous les clients parlaient du retour de Graham Kincaid, mais aucun d'entre eux n'était à même de le confirmer. Mme Dobson répétait à qui voulait l'entendre que ce Kincaid, même s'il n'était pas mauvais garçon, était une source d'ennuis.

Ulcérée par les ratiocinations de la veuve, la jeune femme se réfugia dans son bureau. Après une longue hésitation, elle noua les rubans de son chapeau sous son menton, enfila ses gants et saisit sa bourse. Ecartant le rideau de calicot, elle interpella son employé :

— Andrew, pourriez-vous vous occuper seul du magasin ? Ne vous inquiétez pas, je serai bientôt de retour.

— Bien sûr, mademoiselle. A tout à l'heure.

— Où allez-vous ? demanda Mme Dobson.

Madelyne s'arrêta sur le seuil de la porte et tira nerveusement sur ses gants.

— Je vais voir ce qu'il en est.

La veuve poussa une exclamation.

— Vous voulez dire que...

— Je me rends au bureau du shérif.

— Comme ça ? Mais que vont penser les gens d'une telle visite ?

La question fit réfléchir la jeune femme. Elle connaissait trop bien la tyrannie qu'exerçait sur elle l'opinion des autres. Son existence dépendait depuis longtemps du jugement porté par autrui sur ses actions. Son père, et maintenant sa sœur et son beau-frère, un pasteur austère, en avaient fait une règle de vie et la lui avaient toujours imposée.

Mais sa curiosité était plus forte : elle devait savoir si c'était bien le Graham qu'elle avait connu. Si elle se retrouvait face à un étranger, elle se présenterait et repartirait aussitôt. Et si c'était lui... eh bien, elle déciderait de la conduite à adopter une fois en sa présence.

— Le bureau du shérif n'est pas un lieu privé, que je sache, rétorqua-t-elle avec un détachement qu'elle était loin de ressentir. En outre, il fait jour. Ce n'est tout de même pas comme si j'allais retrouver un homme dans sa chambre d'hôtel, n'est-ce pas ? Pourquoi y trouverait-on à redire, Mme Dobson ?

Et elle s'empressa de sortir avant de changer d'avis. Ses bottines claquèrent sur le trottoir en planches qui bordait son magasin. Il se prolongeait jusqu'à la boucherie, puis s'arrêtait brutalement sur une bonne dizaine de mètres pour reprendre juste avant le bureau du shérif. Madelyne, afin de traverser l'étendue de boue qui la séparait du but de sa visite, souleva fermement ses jupes et évita prudemment les flaques et les souvenirs fumants laissés par les chevaux de la diligence. Comme quelques passants la saluaient, elle espéra que personne ne s'étonnerait de la voir dans cette partie de la ville en plein après-midi. Elle poussa un soupir de soulagement en posant un pied sur les planches. Après avoir examiné ses bottines pour s'assurer qu'elles n'étaient pas couvertes de boue, elle laissa retomber ses jupes et releva fièrement le menton. Tentant d'ignorer les battements frénétiques de son cœur et l'angoisse qui lui comprimait la poitrine, elle s'approcha à pas lents de la bâtisse à un seul étage. Deux fenêtres encadraient la porte. Comme elles n'avaient pas été nettoyées depuis bien longtemps, elle ne put voir si quelqu'un se trouvait à l'intérieur. De toute façon, cela ne lui ressemblait guère d'épier les autres, se morigéna-t-elle. Il lui suffisait de frapper et d'ouvrir la porte, comme n'importe quel citoyen de la ville. Elle se rendrait compte par elle-même et partirait.

— Bonjour, Madelyne.

La voix de Mme Greeley, la femme du boucher, la prit au dépourvu.

— Bonjour, répondit-elle avec embarras. Quel temps agréable, n'est-ce pas ?

Mme Greeley releva ses jupes jusqu'aux genoux et s'aventura hors des planches.

— Si on n'a pas peur de se salir, répondit-elle par-dessus son épaule.

Madelyne fixa la porte d'entrée. L'indécision l'envahit.

« Oh, finissons-en, se dit-elle avec fermeté. Que peut-il m'arriver de mal ? »

Elle posa la main sur la poignée et la tourna doucement. La porte s'ouvrit sans bruit, et la jeune femme entra. Elle se rendit compte qu'elle n'était jamais venue dans cet endroit auparavant, n'ayant eu aucune raison de s'y rendre. Depuis le seuil, elle examina la pièce. Celle-ci n'était guère attrayante. Les murs n'étaient décorés que des avis de recherche de criminels, et le sol était marqué par les talons de bottes, les éperons et les brûlures de tabac. Trois bureaux occupaient une partie de l'espace : le principal était au centre, flanqué de chaque côté par les deux autres, plus petits. La porte du fond devait donner accès aux autres pièces, sans doute aux cellules, supposa-t-elle.

Madelyne se sentit rassurée : en dehors d'elle-même, il n'y avait personne. Elle n'aurait pas aimé que son éventuelle rencontre avec Graham Kincaid ait des témoins. Après avoir soigneusement refermé la porte, elle se dirigea vers le grand bureau, pour étudier les initiales gravées sur une caisse de bois. Même si elles étaient un peu effacées, il s'agissait bien de « GK », et elles étaient formées comme celles qui figuraient sur le canif qu'elle conservait dans sa boîte à bijoux. C'était bien lui. Il était revenu.

— Madelyne ? Quelle surprise !

Elle sursauta et releva vivement la tête. Oui, l'homme qui lui faisait face était celui qui avait si longtemps occupé ses pensées. Il se tenait dans l'encadrement de la porte du fond. Elle reconnaissait bien sa haute silhouette, la légère inclinaison de sa tête, et ses larges épaules. Cependant, à cause du jeu d'ombres et de lumière, elle distinguait mal son visage. En quelques longues enjambées, il franchit l'espace qui les séparait. La jeune femme recula et s'abrita prudemment derrière le bureau, espérant que la distance l'aiderait à se défaire du malaise persistant qui s'était emparé d'elle.

Quand le soleil illumina le visage de Graham, elle eut le souffle coupé et regretta d'être venue. Ses cheveux étaient toujours aussi noirs, et comme autrefois ils étaient un peu longs dans le cou, effleurant le col amidonné de sa chemise blanche. Ses yeux sombres la détaillèrent attentivement et s'attardèrent sur son visage et sur son corps d'un air approbateur. Mais Madelyne était trop absorbée par ses propres observations pour s'en offusquer. Poursuivant son examen, elle nota que les traits autour de ses yeux s'étaient accentués, et que ses joues légèrement creusées faisaient ressortir les lignes sensuelles de sa bouche. Sa mâchoire carrée et son menton volontaire exprimaient la même défiance qu'autrefois.

— Ainsi, tu es venue me souhaiter la bienvenue, reprit Graham en faisant pivoter sa chaise avant de s'asseoir, les bras appuyés sur le dossier. Je suis très honoré. As-tu l'habitude d'en faire autant avec les autres arrivants, où est-ce juste parce que c'est moi ?

Elle se contenta de le fixer silencieusement, agacée qu'il ne lui ait pas proposé une chaise. Secouant la tête, elle se dit qu'il n'y avait pas lieu de s'en étonner. Il était aussi désinvolte qu'avant.

— Eh bien, Madelyne, serais-tu devenue muette ? Tu ne vas tout de même pas passer le reste de la journée à me regarder comme si j'étais un phénomène de foire. Y a-t-il si peu d'animation à Landing ?

Elle lui lança un regard dépourvu d'aménité.

— Bienvenue dans la ville, Graham. Et merci de m'avoir si gentiment offert un siège, mais je préfère rester debout.

Il haussa les sourcils.

— Je ne me rappelais pas que tu pouvais avoir des mouvements d'humeur. Enfin, je te présente mes excuses, si c'est ce que tu attends. Mais tu sais bien que je n'ai pas de manières, puisque je ne suis qu'un sale bâtard.

Madelyne vacilla comme s'il l'avait frappée. Avant qu'elle se soit suffisamment ressaisie pour partir, il se leva, attrapa une chaise et vint la placer à côté d'elle.

Il s'inclina à demi d'un air moqueur et désigna le siège.

— Je t'en prie. Fais-moi donc le plaisir de t'asseoir.

A présent, ils étaient terriblement proches l'un de l'autre. Troublée, Madelyne se souvint que quelques années plus tôt, elle aimait lui caresser le visage et passer un doigt sur la cicatrice qui lui faisait une fossette au menton.

Cette intimité involontaire la renvoya à des souvenirs agréables, mais elle s'obligea à les repousser.

« Rappelle-toi que tout a changé, maintenant, se dit-elle. Tu ne dois pas regretter le passé. »

— Assieds-toi, Madelyne, répéta Graham d'un ton bourru, et explique-moi pourquoi diable tu es venue me trouver ici.

Il paraissait irrité. La jeune femme s'exécuta avec embarras et baissa la tête.

— Je suis désolée, murmura-t-elle en se tordant les mains.

Elle ne l'entendit pas se déplacer, mais quand elle releva timidement les yeux, elle constata qu'il avait repris sa place derrière le bureau. Son visage était impassible, mais elle pouvait sentir sa colère.

— C'était une erreur, dit-elle. Je n'aurais jamais dû venir ici.

— Pourquoi l'as-tu fait, alors? demanda-t-il en croisant les bras.

— Je voulais savoir si tu étais vraiment revenu, expliqua-t-elle en laissant son manteau glisser de ses épaules.

Il la dévisagea avec une méfiance accrue.

— Ne joue pas avec moi, Madelyne. Tu n'avais pas besoin de venir pour t'en assurer. Beaucoup de gens sont au courant. Tu aurais pu leur poser la question. Pourquoi es-tu ici? Que veux-tu de moi?

— J'aurais difficilement pu les interroger, répliqua-t-elle vivement. Ils s'en seraient étonnés, et je n'aurais pas aimé qu'ils pensent que...

Elle se mordit la lèvre, regrettant ses dernières paroles, mais il était trop tard. Graham se leva brusquement et s'approcha d'elle, les poings serrés. Elle se fit toute petite, se tassant sur sa chaise.

— Tu n'as pas terminé ta phrase, nota-t-il d'un ton un peu trop calme. Que craignais-tu qu'ils pensent?

— Je... ce n'est pas ce que je voulais dire.

— Ah oui? Et que voulais-tu dire, dans ce cas?

Elle n'osa pas le regarder. Elle était certaine qu'il la haïssait, et elle ne supporterait pas de lire cette haine dans ses yeux. Elle enfouit son visage dans ses mains.

— Je suis désolée pour tout ce que j'ai dit, murmura-t-elle.

— Mais pas pour ce que tu as fait.

Il avait parlé tellement doucement qu'elle crut d'abord avoir imaginé sa remarque. Elle leva lentement la tête et découvrit qu'il s'était assis sur le bord de son bureau, juste devant elle.

— Tu es désolée de m'avoir traité de bâtard, mais pas de ne pas t'être enfuie avec moi.

Son visage demeura impassible tandis qu'il prononçait ces mots, et Madelyne se demanda ce qu'il ressentait en cet instant précis.

— Je suis désolée de t'avoir blessé, reprit-elle, espérant qu'il accepterait ses excuses.

— Oh ! non, Madelyne, ce n'est pas si simple. Tu regrettes peut-être les mots que tu as employés, mais pas ton acte.

Il s'accroupit devant elle et la fixa avec insistance.

— Arrête, ordonna-t-elle d'une voix faible, sachant qu'elle ne pourrait pas lui échapper. Je t'ai présenté mes excuses. A quoi bon revenir sur le passé ?

— Parce que je veux la vérité, Madelyne. Elle m'importe plus que tes misérables excuses.

La jeune femme eut soudain envie de l'envoyer au diable. S'il refusait de lui pardonner, tant pis pour lui. Pour sa part, elle sentait qu'il lui fallait à tout prix s'éloigner de lui, fuir cet homme toujours aussi séduisant mais tellement plus dur que le Graham qu'elle avait connu. Il lui était devenu étranger.

— La vérité, grommela-t-il en lui prenant les mains. J'attends.

Il les serra jusqu'à lui faire mal, obligeant Madelyne à réagir. Elle se leva brusquement et se dégagea de cette étreinte brutale. S'éloignant de lui, elle le dévisagea d'un air de défi.

— C'est vrai, déclara-t-elle d'une voix forte. Je suis

désolée pour ce que j'ai dit, mais pas d'être restée ici. Je ne regrette pas de ne pas m'être enfuie avec toi.

Graham se releva et lui adressa un sourire qui n'était nullement chaleureux. La jeune femme frissonna et croisa les bras sur sa poitrine.

— Tu es satisfait ?

Son sourire s'effaça. Il regagna son siège.

— Non, mais au moins, tu t'es montrée franche pour une fois. Ton mari sait-il que son épouse ne regarde jamais les choses en face ?

Madelyne laissa échapper une exclamation. Il croyait qu'elle était mariée ! Elle se réjouit de ne pas avoir ôté ses gants. Il apprendrait suffisamment tôt qu'elle était toujours célibataire.

— C'est faux ! répondit-elle en demeurant à bonne distance. Et ta femme, ne se plaint-elle pas de tes manières rudes ? On dirait que tu t'es endurci ces dernières années.

Il plongea ses yeux dans les siens, et elle fut de nouveau incapable dc déchiffrer ses pensées.

— Non, elle ne s'en plaint pas.

Madelyne s'approcha de lui et se laissa retomber sur la chaise. Elle savait qu'elle n'aurait pas dû être surprise par la nouvelle, mais elle ne pouvait s'empêcher d'avoir un pincement au cœur. Ainsi, il était marié. Elle se rappela tous les sentiments contradictoires qui s'étaient agités en elle depuis qu'elle avait appris son retour. Elle avait été déchirée entre le désir qu'il se remémore leur relation passée et la terreur qu'il veuille en renouer les liens. A présent, il n'en était plus question.

— Qui est-ce ? demanda-t-elle en souhaitant ardemment qu'il ne remarque pas sa pâleur soudaine.

— Qui ?

— Ton épouse.

Il haussa les sourcils.

— Quelle épouse ?

— Enfin, Graham, tu ne peux pas traiter ta femme avec une telle désinvolture. Qui est-ce ?

— Je ne suis pas marié, Madelyne. Une veuve a bien essayé de me passer la corde autour du cou, mais j'ai réussi à lui échapper.

Troublée, la jeune femme le considéra avec désarroi. A quel jeu jouait-il donc ? Voulait-il la punir pour ce qu'elle lui avait fait sept ans plus tôt ? C'était impossible, car cela aurait signifié qu'il éprouvait encore quelque chose pour elle.

La porte s'ouvrit brusquement.

— Madelyne Bancroft, que fais-tu donc avec ce... cet homme ?

Rouge de confusion, la jeune femme se retourna et découvrit sa sœur, Colleen, qui venait de faire irruption dans la pièce avec toute la détermination d'un ange vengeur face à l'esprit du mal. Madelyne regretta de ne pouvoir se transformer en souris pour disparaître sous le bureau.

— Quelle joie de vous revoir, mademoiselle Bancroft, déclara Graham en s'approchant de Colleen.

— Pas mademoiselle, madame, rétorqua celle-ci en le toisant d'un air outragé. Je suis Mme Estes à présent, monsieur. Et j'aimerais savoir ce que fait ma sœur ici.

— Nous étions simplement en train de... parler.

Madelyne faillit intervenir, mais se contenta de soupirer. Graham avait hésité juste assez pour que sa sœur se fasse des idées, et son sourire amusé et complice ne faisait qu'aggraver la situation. Colleen allait lui faire la morale pendant des semaines.

Comme Madelyne était en train de se dire avec fatalisme que les choses ne pouvaient pas être pires, Graham s'empara de la main gantée de Colleen et l'effleura de ses lèvres. Colleen poussa un cri perçant et retira prestement sa main.

— Enfin, monsieur, savez-vous bien qui je suis ? Dis-le-lui, Madelyne.

Cette dernière regarda Graham. Derrière son sourire de façade se dissimulait la colère. Elle sentit intuitivement qu'il était prêt à exploser sans avertissement. Cet homme dont elle avait été si proche était devenu un inconnu, et elle savait au fond d'elle-même que rien ne serait plus jamais comme avant. Graham Kincaid était de retour.

# 2.

Graham dévisagea tour à tour les deux sœurs. Quelques années plus tôt, elles se ressemblaient tellement que ceux qui les rencontraient pour la première fois avaient toujours du mal à les distinguer. Le temps s'était chargé de les différencier. Colleen, bien qu'elle soit la cadette, avait perdu sa fraîcheur. Ses lèvres pincées et son air de contrariété permanente donnaient l'impression qu'elle adressait des reproches à tous ceux qui l'entouraient.

Quant à Madelyne, elle était encore plus belle que dans son souvenir. Graham s'en voulait d'y être aussi sensible, et regrettait qu'elle ne fût pas devenue vieille et laide pendant son absence.

Lorsqu'il la regarda de nouveau, elle avait les yeux posés sur lui. Il lui adressa un clin d'œil complice ; aussitôt son visage s'empourpra, et elle se mordit la lèvre inférieure.

Il savait qu'elle se demandait s'il avait remarqué la façon dont sa sœur l'avait appelée. En effet, il avait bien entendu le sonore « Madelyne Bancroft » de Colleen, et n'avait pu ignorer son empressement à lui faire savoir qu'elle-même avait changé de nom. L'air paniqué de Madelyne avait confirmé ses soupçons : elle était toujours célibataire.

Il ne comprenait pas pourquoi elle ne s'était pas mariée ; elle n'avait pourtant pas dû manquer de prétendants.

— Savez-vous bien qui je suis ? répéta Colleen.

Graham, agacé par son manège et ses manières affectées, retourna s'asseoir à son bureau et répondit d'un ton moqueur :

— Je me rappelle très bien qui vous êtes, Colleen Estes. J'ai une excellente mémoire, voyez-vous, et je n'ai pas oublié le jour où, sortant de l'église en courant, vous avez glissé dans du crottin de cheval. Vous avez sali votre robe et vous êtes mise à pleurer parce que tout le monde se moquait de vous et vous criait que vous sentiez mauvais.

Colleen piqua un fard, et Graham constata que l'anecdote n'avait pas amusé Madelyne. Peut-être n'aurait-il pas dû rappeler à sa sœur un souvenir aussi déplaisant, mais après tout, elle l'avait bien cherché en se montrant désagréable. Il se rappelait fort bien qu'à la différence de Madelyne, elle faisait partie des enfants qui le poursuivaient en lui scandant sans arrêt : « Graham est un bâtard. »

Colleen, drapée dans sa dignité, s'approcha de lui. Ses yeux brillaient de rage.

— Mon mari est un homme influent dans cette ville, affirma-t-elle avec hauteur.

— Cela ne me surprend guère, rétorqua Graham en souriant.

— Vous ne serez jamais shérif à Landing, monsieur Kincaid, je vous le garantis. Il est inutile de vous installer : vous serez parti avant le coucher du soleil.

Elle se tourna vers Madelyne et la foudroya du regard.

— Je suis heureuse que père ne soit plus là pour voir la honte que tu fais à notre famille.

Sur ces paroles acerbes, elle tourna les talons et quitta la pièce, la tête haute.

Graham demeura silencieux un instant, méditant la nouvelle. Il n'avait jamais beaucoup aimé le vieux Bancroft, mais il comprenait en partie son attitude. S'il avait eu une fille comme Madelyne, il n'aurait sans doute guère apprécié que quelqu'un de son genre lui tourne autour.

— Je suis désolé pour ton père, dit-il à la jeune femme. Je ne savais pas qu'il était mort.

Madelyne eut l'air surprise par son ton compatissant.

— Merci. Voilà cinq ans qu'il est parti.

— Qui s'occupe du magasin ? Colleen et son mari ?

Madelyne se mit à rire.

— Non, Colleen a épousé un pasteur. C'est moi qui ai repris l'épicerie générale.

— Toute seule ? s'étonna Graham. Pourtant, je t'aurais bien imaginée épousant un pasteur, toi aussi.

La jeune femme déglutit et rougit considérablement. Avec un pincement au cœur, Graham admira de nouveau la beauté de son visage. Ses yeux s'arrêtèrent sur la bouche pleine qu'il avait autrefois embrassée passionnément. Il avait souvent rêvé de ces lèvres au cours de ses nuits solitaires.

« Ça suffit ! » s'ordonna-t-il. Il devait cesser de se remémorer les bons souvenirs. Madelyne ne l'avait-elle pas trahi ?

— Je n'ai jamais dit que j'étais mariée, répliqua-t-elle en lissant nerveusement sa jupe. C'est toi qui l'as supposé.

— Alors, nous sommes encore célibataires tous les deux.

— Ne va pas t'imaginer que je t'ai attendu, déclara-t-elle précipitamment.

Cette réflexion frappa Graham comme une gifle. Ainsi, après toutes ces années, les paroles de Madelyne avaient encore le pouvoir de le blesser. Il se doutait bien qu'elle ne l'avait pas attendu. Sept ans plus tôt, elle lui avait exposé très clairement ce qu'elle pensait de lui et de sa proposition de mariage. Il serra les poings tellement fort que ses jointures blanchirent. La colère était toujours là. Il se força à se détendre. Ses vieilles blessures finiraient bien par se refermer ; ce n'était qu'une question de temps.

— Je n'y avais pas pensé, rétorqua-t-il en croisant les bras. Du moins, jusqu'à ce que tu en parles.

— Graham, tu n'as vraiment pas changé ! s'exclama Madelyne en secouant la tête.

— Oh ! si, douce Madelyne. Je suis beaucoup plus dangereux à présent.

— C'est possible.

La jeune femme étudia attentivement son visage, et il fut troublé par la façon dont son regard s'attardait sur sa bouche. C'était presque comme une caresse. Mais elle prit soudain conscience qu'il l'observait, et elle s'arracha brusquement à sa contemplation. Graham songea avec une certaine satisfaction que, même si elle ne l'avait pas attendu, elle n'avait pas oublié ce qu'ils avaient été l'un pour l'autre.

— Alors, Madelyne, en quoi ai-je changé ? l'interrogea-t-il avec insistance.

— Tu étais plus gentil avant.

Graham, pris au dépourvu, renversa la tête et se mit à rire.

— Gentil, moi ? Mais je n'ai jamais été gentil.

— Tu l'étais avec moi.

Il s'assombrit aussitôt.

— Ce changement ne devrait pas t'étonner, après ce qui s'est passé.

— Tu m'en veux toujours, n'est-ce pas ?

Il faillit l'assurer que non, mais tous deux connaissaient la vérité.

— Oui, je t'en veux toujours. Je suppose que j'aurais dû oublier après toutes ces années, mais non, c'est encore là, dit-il en posant la main sur son cœur. Tu aurais au moins dû me faire confiance : nous étions amis.

— C'est vrai, reconnut-elle en baissant la tête.

— Pourquoi ne pas m'avoir cru, dans ce cas ?

— J'étais perdue. Tout le monde disait que c'était toi, le coupable.

— Je t'avais juré que c'étaient des mensonges.

Elle leva sur lui des yeux pleins de tristesse.

— Je sais. Je m'en suis longtemps voulu. Quand ton innocence a été établie, j'aurais aimé te demander pardon, mais je ne savais pas où tu étais.

Graham vint se placer devant elle. Quand il lui tendit les mains, elle les fixa pendant quelques secondes avant de placer ses mains gantées dans les siennes pour qu'il l'aide à se lever.

Elle était assez grande, mais il la dépassait néanmoins d'une tête. Ses cheveux blonds relevés en chignon dégageaient son visage, permettant à Graham d'admirer une fois de plus ses yeux en amande et sa bouche tentante. Combien de nuits d'insomnie avait-il passées à se représenter ce visage ? Combien de fois avait-il prié Dieu pour entendre un jour les paroles qu'elle venait de prononcer ?

— C'est trop tard, dit-il. Ça n'a plus d'importance à présent.

— Mais, Graham, je croyais que nous étions amis.

Il avait la certitude qu'il ne pourrait jamais lui pardonner ou lui faire confiance.

— Plus maintenant, Madelyne. De toute façon, pourquoi voudrais-tu de moi comme ami ? Je suis toujours le bâtard de Landing.

— Je suis désolée d'avoir dit cela. J'étais effrayée ce jour-là, je ne savais que faire.

— Tu aurais pu simplement me dire que tu avais changé d'avis.

— J'avais peur que tu ne cherches à me persuader de venir avec toi malgré tout. Tu as toujours eu le pouvoir de me convaincre, nota-t-elle en se mordant la lèvre inférieure.

Il faillit lui demander si c'était encore le cas. Mais il savait qu'il ne devait plus y attacher d'importance. Il était venu à Landing pour faire la paix avec la ville, pour prouver qu'il n'était pas qu'un fauteur de troubles. Dans un an, quand son contrat prendrait fin, il partirait et irait s'installer définitivement dans un endroit où il n'avait pas de passé. En attendant, il se tiendrait à bonne distance de Madelyne Bancroft. Elle avait toujours été sa plus grande faiblesse, et il craignait que cela n'ait pas changé.

— Rentre chez toi, Madelyne, ordonna-t-il. Retourne à ta vie respectable et rangée. Je ne suis pas là pour faire des histoires.

— Tu ne pourras pas les éviter, tu le sais. Croyais-tu vraiment pouvoir revenir ici en tant que shérif et faire comme si de rien n'était ? Tu penses que les gens ont tout oublié ?

— J'espère bien que non.

La jeune femme fronça les sourcils.

— Pourquoi ce retour soudain ?

— Tu ne comprendrais pas.

— Bien sûr que si. Explique-le-moi.

Elle était si proche à présent que Graham n'aurait eu qu'à baisser la tête pour l'embrasser. Il sentit qu'il devait s'éloigner, mais elle posa alors la main sur son bras. La chaleur qui embrasa son corps ranima sa colère, et il se dégagea vivement avant de regagner son bureau. S'emparant d'une lettre, il l'agita dans sa direction.

— Le conseil municipal m'a engagé pour un an comme shérif de la ville. C'est tout ce que tu apprendras de moi. Et je n'ai pas besoin de ton amitié, ni de quoi que ce soit d'autre venant de toi.

— Très bien.

Madelyne récupéra son manteau et le remit sur ses épaules d'un geste rageur.

— Ne t'inquiète pas. Je ne t'importunerai plus. Et comme tu ne comptes pas sur moi pour chanter tes louanges, je serai libre de dire aux gens que si tu as changé, ce n'est certainement pas en bien.

— Pourquoi n'en profites-tu pas pour leur raconter le reste ? demanda-t-il en sachant parfaitement qu'il allait trop loin.

Il désirait qu'elle souffre comme lui avait souffert.

— Je ne vois pas de quoi tu parles, rétorqua-t-elle en reprenant sa bourse.

Elle se dirigea vers la sortie d'un pas décidé, mais il fut plus rapide et réussit à lui barrer le chemin. Il s'appuya négligemment contre la porte et croisa les bras.

— Pourquoi ne leur révèles-tu pas tes petits secrets ? Personne n'est au courant, pour nos rendez-vous au bord de la rivière, n'est-ce pas ?

— Ça suffit !

Elle tourna la poignée de la porte, mais celle-ci ne bougea pas d'un pouce.

— Tu pourrais leur dire à quel point tu aimais mes baisers.

— Tais-toi, Graham !

Elle leva la tête vers lui : des larmes brillaient dans ses yeux bleus. Pourtant, le jeune homme ne sentit pas sa colère s'apaiser. Au contraire, il eut envie de la blesser encore davantage.

— Ça te plaisait de me voir en cachette, mais je n'étais pas assez bien pour être présenté à ton père.

— Tu ne comprends pas. Tu n'as jamais compris. Tu crois tout savoir, mais c'est faux. Il y a des choses que je n'ai jamais pu dire à personne, pas même à toi.

— Ça te ressemble bien. Madelyne, la fille aux mille et un secrets. Je suis sûr que personne n'a jamais su que tu avais promis de m'épouser.

La jeune femme laissa échapper un sanglot.

— Laisse... laisse-moi partir, maintenant, balbutia-t-elle en tournant frénétiquement la poignée de la porte. Je te répète que je suis désolée.

— Désolée d'avoir accepté d'épouser le bâtard de Landing, ou désolée de ne pas avoir tenu parole ?

Il fit un pas de côté et Madelyne ouvrit la porte à toute volée. Avant de partir, elle lui jeta un dernier regard, et il eut le temps de voir les larmes couler le long de ses joues et de lire le chagrin sur son visage. La colère le quitta d'un coup.

— Je suis désolée que tu sois revenu, déclara-t-elle pardessus son épaule. C'est ce que tu voulais entendre, non ?

Et elle claqua la porte derrière elle.

L'espace d'un instant, Graham songea à la suivre, mais il y renonça bien vite. C'était trop tard. Madelyne avait raison. Il s'était endurci. Et il s'était montré extrêmement désagréable avec elle.

— Je croyais que tu étais revenu à Landing pour prendre un nouveau départ et effacer le passé, marmonna-t-il en retournant à son bureau. Beau début !

Il devait des excuses à Madelyne, il le savait. Il avait eu tort de la rudoyer : en tant que shérif, il se devait d'être exemplaire, et il ne devait pas laisser le passé influencer son comportement.

— Ce retour n'est peut-être pas une bonne idée, après tout, murmura-t-il pensivement.

C'était son ancien employeur et ami, Williams, qui, estimant que Graham devait faire la paix avec son passé, l'avait incité à se porter candidat à ce poste. Mais le jeune homme commençait à craindre que cet acte ne soit une erreur. En tout cas, c'était une sérieuse mise à l'épreuve. Il avait un an pour apprendre à mieux se connaître et pour prouver à ses concitoyens qu'ils l'avaient mal jugé.

Vers la fin de l'après-midi, Graham décrocha son manteau, mit son chapeau et sortit. Il étouffait et avait vivement besoin de prendre l'air. Il traversa la rue en courant, évitant adroitement un chariot lancé à vive allure. Il déambula un peu dans les rues avant de faire halte devant l'écurie de louage. Il examina les changements avec attention : quelqu'un lui avait dit que l'ancien bâtiment avait brûlé trois ans plus tôt. La nouvelle construction était plus imposante. Une foule de souvenirs affluèrent à sa mémoire : il avait travaillé là jusqu'à l'âge de vingt ans, avant de quitter Landing. C'était alors qu'il était devenu adjoint au shérif dans différentes villes et, si le métier lui plaisait, le travail avec les chevaux lui manquait.

S'arrachant brusquement à sa contemplation, il poursuivit son chemin. Comme il approchait de la maison en brique du médecin de Landing, la porte de celui-ci s'ouvrit, et une femme relativement âgée commença à descendre l'escalier de pierre, un énorme panier au bras. A mi-parcours, elle glissa sur une marche et perdit l'équilibre, et Graham, qui s'était précipité, eut juste le temps de la rattraper.

— Merci, monsieur. J'ai failli faire une drôle de chute. A mon âge, c'est parfois suffisant pour renvoyer quelqu'un devant le Créateur.

Elle se redressa et posa sur lui de petits yeux verts scrutateurs. Le reconnaissant, elle laissa échapper une exclamation de surprise.

— Mais... mais c'est Graham Kincaid que voilà !

Graham la fixa à son tour et se rendit compte qu'il venait de porter secours à la veuve Dobson. Pourquoi avait-il justement fallu qu'il tombe sur elle ? se demanda-t-il en lui adressant un sourire forcé.

— Bonjour, madame. Si vous vous sentez bien, je crois que je vais reprendre...

— Ne bougez surtout pas, jeune homme. Laissez-moi vous regarder, ordonna-t-elle d'un ton péremptoire. On m'avait bien dit que vous étiez de retour parmi nous, mais je n'arrivais pas à y croire.

Mme Dobson était fidèle à elle-même, songea-t-il. Elle s'exprimait toujours de façon aussi directe, sans mâcher ses mots. Mais elle était également la seule personne à avoir pris soin de la mère de Graham quand celle-ci était tombée malade. Jusqu'au bout, elle l'avait soignée et nourrie avec dévouement, sans jamais rien accepter en retour malgré l'insistance du jeune homme. Depuis ce temps-là, Graham savait que son attitude bourrue dissimulait une nature affectueuse et généreuse. C'est pourquoi il avait appris à ne pas se formaliser de ses réflexions parfois acerbes.

— C'est pourtant vrai, madame. Je vais être votre shérif pendant un an.

— C'est ce que j'ai appris. Otez donc votre chapeau que je vous voie mieux !

Il s'exécuta sans discuter. Après un silence, Mme Dobson reprit :

— Les femmes disent de vous que vous êtes beau comme le péché et que vous feriez damner une sainte. Vous savez ce que je pense, moi ?

— Non, madame.

— Que vous attirez les ennuis. Que vous le vouliez ou non, ils s'attachent toujours à vos pas.

— Mais je suis ici pour faire respecter la loi, madame Dobson, pas pour jouer les fauteurs de troubles.

— On verra bien. En tout cas, les langues vont bon train à votre sujet. Certains en ont encore après vous.

— Cela ne m'étonne guère. Mais j'ai l'intention de leur prouver qu'ils ont tort.

— C'est donc pour cela que vous êtes revenu ! J'aurais dû m'en douter. Bon, aidez-moi à descendre ces marches à présent.

Il lui présenta son bras et ensemble, ils descendirent lentement l'escalier. Une fois en sécurité sur le trottoir en planches, Mme Dobson dégagea son bras et souleva le tissu à carreaux rouges et blancs qui recouvrait son panier. De drôles de bruits s'en échappèrent.

— Du calme, mes mignons. Nous serons bientôt à la maison et vous aurez droit à de la bonne crème fraîche.

Elle leva les yeux vers Graham.

— Ce sont des chatons que m'a donnés le Dr Ramsey. Il paraît que leur mère attrape toutes les souris qui ont le malheur de se trouver sur son chemin. J'espère que ses rejetons en feront autant.

Le jeune homme se pencha pour mieux voir : trois chatons à moitié endormis miaulaient faiblement, serrés les uns contre les autres. Deux d'entre eux étaient noir et blanc, tandis que le troisième, plus petit, avait un pelage tigré.

— Je n'en voulais que deux, mais le docteur a glissé celui-là avec les autres, déclara-t-elle en le désignant. A mon avis, il est bien trop petit pour se rendre utile, mais le vieux Ramsey m'a dit qu'il le noierait si je ne le prenais pas.

Elle lui tapota la tête avant de rabattre la couverture sur le panier.

— Je n'ai jamais eu de chats. Avant, mon chien s'occupait des souris, mais il est mort l'hiver dernier. Et je n'ai pas voulu en reprendre un autre car ma barrière ne ferme plus. Nous verrons bien si je m'entends avec les chats.

— Je suis certain que ça va très bien se passer.

— Merci. A présent, il faut vraiment que je rentre. Que vont penser les gens s'ils me voient en train de bavarder avec un beau jeune homme ? demanda-t-elle en souriant. Merci pour votre aide.

— Je vous en prie.

Il la regarda s'éloigner. Son panier se balançait par à-coups, comme si les chatons s'étaient réveillés et mis à jouer. Une idée lui traversa soudain l'esprit et il pressa le pas pour rattraper la veuve.

— Madame Dobson ! appela-t-il.

Elle se retourna, l'air interrogateur.

— Si vous ne voulez pas du petit chat, est-ce que vous pourriez me le donner ?

Elle n'aurait pas semblé plus abasourdie s'il avait essayé de l'embrasser.

— Vous donner le chaton ? Mais ils ne voudront jamais que vous le gardiez dans votre chambre, à l'hôtel.

Il ne lui demanda pas comment elle savait où il était descendu. La veuve savait toujours tout sur tout le monde. L'unique secret qui n'avait jamais été découvert par quiconque était celui de ses rencontres et de ses fiançailles avec Madelyne.

— En fait, ce n'est pas pour moi, c'est pour faire un cadeau.

— Pour quelqu'un qui va vous rejoindre bientôt ?

— Non, personne ne va venir, et si vous voulez tout savoir, je ne suis pas marié.

Mme Dobson fit mine de ne pas avoir entendu et reprit :

— Et vous avez confiance en cette personne ? Vous pensez qu'elle s'occupera bien du chat ?

— Oui.

— Très bien.

Elle souleva la couverture et prit le chaton, qu'elle lui tendit.

— Il a sûrement faim, alors ne traînez pas trop en chemin.

Graham faillit rétorquer à Mme Dobson qu'il n'avait plus dix ans, mais il se contenta de la remercier avant de partir en direction de l'épicerie générale. Le chaton se recroquevilla contre sa poitrine, puis se mit à trembler. Le vent s'était levé et soufflait avec force, et il faisait de plus en plus froid. Le jeune homme ouvrit son manteau, installa la petite boule de fourrure dans une poche intérieure, et, prenant garde à ne pas l'étouffer, referma son manteau. L'animal se mit à ronronner.

Une fois devant le magasin, Graham, à sa grande déconvenue, trouva porte close. Il se rappela que toutes les boutiques pratiquaient les horaires d'hiver bien après le dégel, car le blizzard avait une fâcheuse tendance à se lever en fin de journée.

Il s'apprêtait à partir quand il entendit une porte se refermer. Après avoir fait le tour du bâtiment, il aperçut Madelyne qui s'éloignait rapidement. Elle rentrait chez elle. Graham songea qu'en coupant à travers bois, il pourrait arriver avant elle et l'attendre sur le seuil pour lui donner le chaton.

Quand la demeure des Bancroft fut en vue, il s'arrêta pour la regarder. Combien de fois était-il venu là dans l'espoir d'apercevoir la silhouette de Madelyne à travers l'une des fenêtres du premier étage ? La bâtisse, qui trônait sur une hauteur, n'avait pas changé : elle était toujours aussi imposante ; cependant, elle paraissait abandonnée. Il avança jusqu'au perron et patienta : Madelyne n'allait pas tarder. Jetant un coup d'œil au chaton, il constata qu'il s'était endormi. Un bruit de pas lui fit relever la tête. Madelyne arrivait, un paquet sous le bras. Quand elle le vit, elle s'immobilisa aussitôt.

— Que fais-tu ici ?

— Je suis venu te présenter mes excuses.

— J'ai du mal à le croire.

— C'est pourtant la vérité.

Elle s'avança et le dépassa pour engager la clé dans la serrure.

— Rien n'est jamais simple avec toi, Graham. Et si quelqu'un t'apercevait ? Je n'ose pas imaginer le scandale ! Allez, entre vite. Tu n'as sans doute que faire des ragots, mais ce n'est pas mon cas.

Il franchit lentement le seuil. C'était la première fois qu'il entrait dans cette maison. Il aurait dû en tirer une certaine satisfaction, mais non. Il pensa qu'il avait eu tort de revenir. Rien n'avait changé. Madelyne Bancroft tenait toujours à sa réputation plus que tout au monde, et il n'était rien d'autre que ce bâtard de Graham Kincaid.

# 3.

Madelyne avait envie de trépigner : Graham prenait tout son temps pour entrer, sans doute par pure provocation. Il n'avait pas dissimulé son irritation quand elle avait parlé des ragots.

Dès qu'il fut dans le vestibule, elle claqua la porte derrière lui et s'assura que les rideaux étaient suffisamment tirés pour que personne ne les voie. En réalité, la maison était située bien à l'écart des autres, et les visiteurs rares, mais la jeune femme songeait qu'il suffisait d'une seule personne pour que le mal soit fait. Elle lança un regard dépourvu d'aménité à son « hôte surprise », mais ce dernier ne parut guère impressionné.

— Tu ne m'invites pas à entrer dans le salon ? demanda-t-il avec un détachement que démentait la raideur de son maintien.

— Non, répondit-elle, sachant qu'elle manquait à la courtoisie la plus élémentaire.

La tension entre eux s'accrut considérablement, et l'air parut se charger d'électricité. Comme avant ces orages secs qui éclataient brusquement au milieu de l'été, lorsque aucune pluie bienfaisante n'apportait la détente espérée, la pièce était pleine de ces forces en conflit que rien ne semblait pouvoir apaiser.

Madelyne frissonna. Elle contempla avec un mélange de fascination et de crainte cet homme qui avait tant représenté pour elle. Il avait toujours eu le pouvoir de lui faire oublier ce qui était convenable. Son corps dégageait un tel magnétisme qu'il lui fallait toute sa volonté pour résister à son attraction. La jeune femme prit soudain conscience du silence pesant qui s'était installé entre eux en entendant le tic-tac de l'horloge du salon : il résonnait fortement dans la maison presque déserte. Elle se rappela alors qu'elle était seule avec cet homme dangereux.

— Que veux-tu ? murmura-t-elle d'une voix mal assurée.

Il secoua la tête, semblant émerger d'un rêve éveillé, avant de s'éloigner d'elle. Une faible lumière filtrait encore à travers les rideaux, mais ils ne tarderaient pas à être plongés dans l'obscurité. Graham se dirigea vers la lampe placée près de la porte d'entrée et, sans lui demander l'autorisation, frotta une allumette et l'approcha de la mèche. Il régla ensuite la flamme jusqu'à ce qu'elle éclairc brillamment le hall. Puis, comme s'il s'apprêtait à passer la soirée dans la demeure, il déboutonna lentement son manteau.

Madelyne mit la main sur sa bouche pour dissimuler son émotion et sa surprise. Il n'avait rien fait d'inconvenant, mais ce geste augmenta son sentiment de vulnérabilité. C'était comme s'il avait commencé à se déshabiller. Ce n'est qu'un manteau, se dit-elle. Pourtant, son malaise persista. Ce tête-à-tête la renvoyait à d'autres, au bord de la rivière, qui s'étaient déroulés dans une proximité physique délicieusement troublante, et elle devait les oublier. Tout cela n'avait été qu'un rêve, certes agréable, mais inavouable. A la lumière du jour, elle avait eu honte.

« Menteuse, chuchota une petite voix intérieure, tu trouvais cela merveilleux. »

— Je te l'ai déjà dit, affirma Graham. Je suis venu te présenter mes excuses. D'ailleurs, je me demande bien comment j'ai pu avoir une idée pareille. J'aurais dû me souvenir qu'il n'y avait rien de plus important pour Mlle Bancroft que sa maudite réputation.

— Nous avons déjà eu cette conversation des milliers de fois, Graham. Il se trouve que tout le monde ne prend pas plaisir à braver les conventions.

— Pourquoi n'apprends-tu pas enfin à te forger tes propres convictions, au lieu de laisser les autres te les imposer ?

Serrant les dents, Madelyne se débarrassa de son manteau. S'approchant du miroir suspendu dans l'entrée pour ôter l'épingle de son chapeau, elle constata qu'elle était rouge de colère. Il lui fallait recouvrer son calme, et la seule façon d'y parvenir, c'était de cesser de se laisser affecter par les observations de Graham.

— Je forme mon jugement en tenant compte des lois divines et des préceptes de la société. Malgré ce que tu dis, j'estime que je n'ai pas à me placer au-dessus d'eux.

— Ça a toujours été ton problème, Madelyne. Tu es incapable de vivre sans soutien.

Sentant qu'elle commençait de nouveau à perdre son sang-froid, elle tenta de se maîtriser.

— Figure-toi qu'en ton absence, j'ai survécu à la disparition de mon père et réussi à diriger le magasin avec succès, sans aucune aide. Pas mal, pour quelqu'un qui a besoin de soutien, non ?

Il fit un pas dans sa direction.

— Mais chacun de tes actes, chacune de tes pensées, sont dictés par les opinions d'autrui. De quoi as-tu donc si peur ?

— De me faire du tort. Evidemment, vous, les hommes, vous n'avez pas à vous en soucier autant que nous. Mais je te rappelle que je suis une femme célibataire dans une petite ville. Si je veux garder ma place, je suis obligée de tenir compte des autres. Tu devrais le comprendre. Après tout, ta mère a souffert de sa mauvaise réputation. Regarde ce qui lui est arrivé.

Madelyne regretta aussitôt d'avoir prononcé ces mots. Mais c'était trop tard.

Graham s'immobilisa. Sa mâchoire se contracta, et sa bouche prit un pli sévère. Il posa sur elle un regard étrange, effrayant. La jeune femme recula ; elle était toujours rouge, mais d'embarras à présent.

— Je... je suis désolée, bégaya-t-elle. Ce n'est pas ce que je voulais dire. C'était stupide de ma part, vraiment stupide. Je sais que tu aimais ta mère et qu'elle était bonne avec toi. Mais c'est ta faute aussi, tu m'as poussée à bout.

Elle se tordit nerveusement les mains et lissa sa jupe.

— C'est une excuse ridicule, n'est-ce pas ? Ce n'est pas ta faute, mais la mienne. Je te demande pardon.

Il cligna des yeux, donnant l'impression qu'il n'avait rien entendu. Son visage reprit son expression moqueuse.

— Tes excuses sont inutiles. J'ai entendu bien pire à l'époque. Tu n'as rien dit de particulièrement insultant. De toute façon, ce que tu penses m'est parfaitement indifférent.

Une nouvelle fois, Madelyne eut le sentiment d'être face à un étranger, et non pas en présence du jeune homme qui l'avait embrassée si passionnément sept ans plus tôt.

« Cela vaut mieux, songea-t-elle. Je sais maintenant que je n'ai plus rien à attendre de lui. »

— Peu importe, je maintiens mes excuses, dit-elle néanmoins.

Avec un soupir, elle pénétra dans le salon. Les derniers

rayons du soleil hivernal glissaient sur les meubles qui encombraient la pièce. Elle contourna un guéridon pour allumer une lampe. Après avoir posé l'allumette à demi consumée dans un cendrier, la jeune femme se tourna vers Graham. Il l'avait suivie bien qu'elle ne l'y ait pas convié, et il était en train de regarder autour de lui d'un air détaché. Elle observa ses mouvements, tentant de deviner les commentaires que lui inspirait l'endroit. Le père de Madelyne avait porté un amour excessif aux objets, et la pièce était pleine de ses diverses acquisitions. Aux yeux de la jeune femme, cette accumulation lui conférait un aspect trop chargé. Entre les trois canapés, les multiples chaises, les commodes et les tables de différentes tailles couvertes de boîtes, de chandeliers et de bibelots divers, on avait du mal à circuler.

— Qui aurait imaginé qu'un jour, je franchirais le seuil de la fameuse maison Bancroft ? nota Graham d'un ton sarcastique. Tu dois être fière d'habiter ici.

— Pourquoi le serais-je ? De toute façon, cette maison n'est pas la mienne. Pour moi, c'est toujours celle de mon père.

— Tu vas me faire croire que tu pourrais vivre parfaitement heureuse dans une misérable cabane au fond des bois ?

— Tu déformes mes propos.

La défiant du regard, il insista :

— Serais-tu contente de vivre dans une seule pièce au-dessus d'un saloon, comme ma mère ? On entendait tout ce qui se passait en dessous, vois-tu. Les braillements des hommes ivres, les cris perçants des filles, les...

— Assez ! J'ai parlé sans réfléchir au sujet de ta mère. Je le regrette. Je raconte toujours des sottises quand je me sens agressée...

Malgré son trouble et son agacement, elle ne pouvait

s'empêcher d'admirer les yeux de Graham. D'un brun très foncé, presque noirs, ils brillaient toujours d'un éclat aussi intense, mais la colère qu'on y lisait paraissait s'être atténuée. Pourtant, Madelyne savait qu'elle devait plus que jamais se tenir sur ses gardes. Elle détourna brusquement la tête.

— De quoi as-tu donc peur ? demanda-t-il d'une voix adoucie.

— De ton retour, avoua-t-elle spontanément.

Elle lui tourna le dos et s'accroupit devant la cheminée pour allumer le feu, qui prit rapidement. En se relevant, elle désigna un des canapés.

— Assieds-toi, Graham, je t'en prie.

— Non, merci. Je n'ai pas l'intention de rester longtemps. Mais j'aimerais savoir pourquoi tu as peur de moi.

— Ce n'est pas de toi que j'ai peur, répliqua-t-elle vivement.

« C'est de moi », ajouta-t-elle *in petto*. La présence de Graham bouleversait tous ses repères. Quand il était là, elle agissait différemment, et elle avait l'impression que son comportement de femme respectable, sa façon de se conformer aux règles édictées par la société, n'étaient qu'une façade, et qu'il ne lui faudrait pas grand-chose pour tout remettre en question.

— Ainsi, tu vas rester un an à Landing ? reprit-elle d'un air qu'elle espérait détaché.

— Oui. Comme je te l'ai expliqué cet après-midi, les bons citoyens de Landing m'ont jugé digne d'être leur shérif, et mon contrat me lie à cette ville pour cette durée.

Il avait de nouveau son ton moqueur.

— Pourquoi es-tu revenu ? Pour les punir ?

— Non, pour faire la paix avec mon passé, même si je n'ai pas vraiment pris un bon départ avec toi.

— Quels sont tes projets ?

— Ils sont on ne peut plus simples. Assurer le maintien de l'ordre en espérant que les habitants m'en seront reconnaissants.

Madelyne se pencha et saisit un éventail, qu'elle se mit à ouvrir et fermer nerveusement.

— Tu sais que ta présence ici ne fait pas l'unanimité. Tu dois t'attendre à rencontrer pas mal d'opposition.

— Tu penses à ta sœur ?

— Pas seulement, même si elle est malheureusement devenue une...

— Langue de vipère ? suggéra-t-il.

Madelyne sourit.

— Eh bien, je ne sais pas si je l'aurais formulé ainsi, mais c'est exact. Et son mari est pire qu'elle. Mais ils ne sont pas les seuls à désapprouver la décision du conseil municipal. J'ai entendu les rumeurs. Tu sais ce que c'est, dans un magasin, les gens parlent, échangent des informations... Les nouveaux arrivants ne trouvent rien à redire à ta nomination, mais ceux qui étaient là quand...

La jeune femme s'interrompit et fit un geste de la main. Elle n'avait guère envie d'évoquer le passé. Elle aurait voulu oublier les paroles méchantes qu'elle avait lancées à Graham, et la souffrance qu'elle avait lue dans ses yeux. Même si elle était convaincue d'avoir pris la bonne décision en refusant de s'enfuir avec lui, elle n'aurait pas dû employer des mots blessants. Mais il était trop tard pour les rattraper.

— Ils prendront ton retour pour une provocation, et ils ne te le pardonneront pas, continua-t-elle.

— Nous verrons. De toute façon, ils ne pourront pas se débarrasser de moi avant la fin de mon contrat. Ils devront s'habituer à ma présence.

— Que se passera-t-il au terme de ces douze mois ?

Graham regarda au loin.

— Je quitterai cet endroit pour toujours.

— Alors, ce n'est vraiment que pour un an ! s'exclama-t-elle.

Son soulagement visible parut beaucoup amuser le jeune homme.

— Oui, Madelyne, une seule petite année. Après, tu n'entendras plus jamais parler de moi.

— Je crois préférable que nous nous évitions pendant ton séjour à Landing, déclara-t-elle abruptement.

Au lieu de répondre, Graham eut un sourire qu'elle ne connaissait que trop bien : c'était celui qui venait à bout de sa résistance quand elle refusait de se laisser embrasser, celui qui lui mettait la tête à l'envers et lui donnait envie d'envoyer les convenances au diable.

— Je ne vois pas pourquoi, dit-il enfin. Tu pourrais peut-être m'éclairer sur les motifs de ta demande.

Elle ne s'était pas aperçue qu'il s'était levé. Il était tout proche à présent, beaucoup trop en fait. Instinctivement, Madelyne sut qu'il allait la toucher, et qu'elle ne lui résisterait pas. Pour se justifier, elle se dit qu'elle voulait seulement découvrir s'il avait toujours le pouvoir de l'affecter, et qu'il ne s'agissait que d'une simple expérience scientifique.

Il lui caressa lentement la joue, puis dessina le contour de ses lèvres du bout des doigts. Une chaleur soudaine envahit la jeune femme. Les sens en alerte, elle retint son souffle.

— Pourquoi ne t'es-tu pas mariée ? demanda-t-il.

— Personne ne me l'a jamais proposé.

Elle avait menti sans même y songer. Pourquoi lui cacher qu'elle avait été fiancée pendant des mois ? Décidément, elle n'arrivait plus à réfléchir correctement quand il était là.

— J'ai du mal à le croire. Sont-ils tous aveugles ? Tu es la tentation incarnée !

Madelyne ne prêta même pas attention au compliment, tant son esprit était focalisé sur un seul mot : tentation. Graham percevait-il l'effet qu'il produisait sur elle ?

— La tentation, c'est le péché, murmura-t-elle d'une voix étranglée. Je...

Pourquoi la chaleur et la faiblesse qui l'envahissaient l'empêchaient-elles de bouger ?

— Peut-être, mais c'est bien agréable, affirma-t-il en lui soulevant légèrement le menton.

Son visage était dangereusement proche du sien, et elle vit une lueur étrange dans ses yeux. La jeune femme crut d'abord qu'il s'agissait du reflet du feu, mais se rendit compte que c'était autre chose...

Quand ses lèvres touchèrent les siennes, toute pensée la quitta. Elle ne put que s'abandonner aux sensations que le baiser éveillait en elle. La bouche de Graham était ferme et impérieuse. Elle effleurait la sienne lentement, la soumettant à une délicieuse torture. On eût dit qu'il souhaitait en graver chaque millimètre dans sa mémoire. Madelyne se haussa sur la pointe des pieds et se laissa aller contre lui. Les échos lointains de la voix de la raison lui parvinrent, mais elle ne tint pas compte de ses avertissements. Tout lui était égal, sauf ce baiser qui la transportait à des hauteurs vertigineuses.

Graham passa les bras autour de ses épaules et la serra plus étroitement. La jeune femme aurait bien voulu l'imiter, mais elle ne put s'y résoudre : c'eût été reconnaître qu'elle désirait ce baiser autant que lui. Sans cesser de l'embrasser avec passion, il fit descendre ses mains le long de sa nuque puis plus bas dans son dos. Quand elles encerclèrent sa taille et que sa bouche commença à explorer son cou, la respiration de la jeune femme s'accéléra. Il prenait son temps, laissant errer ses lèvres sur toutes les zones sensibles de sa peau. Lorsqu'il reprit sa bouche, Madelyne oublia toute réserve : ses lèvres s'entrouvrirent, et à son tour elle enlaça le jeune homme. Comme elle promenait les mains sur son torse, fascinée de sentir jouer ses muscles sous la chemise blanche, elle heurta quelque chose du coude. Dans une des poches intérieures du manteau de Graham, une forme s'agita et miaula faiblement.

Graham mit brusquement un terme au baiser.

— Qu'est-ce que c'est ? demanda-t-elle quand elle eut repris son souffle.

Il plongea la main dans sa poche et en ressortit un petit chaton tigré.

— Sa mère est une très bonne chasseuse. J'ai pensé que ça te ferait plaisir, expliqua-t-il en haussant les épaules. Si je suis venu ce soir, c'est pour te présenter mes excuses pour ce qui s'est passé tout à l'heure, dans mon bureau. Le passé ne change rien à l'affaire : je n'aurais pas dû me montrer aussi désagréable. J'ai apporté ce chaton en gage de bonne volonté.

Il lui tendit le petit animal. Elle le prit et le serra contre elle avec attendrissement. Le chaton cligna de ses yeux dorés à plusieurs reprises et se lova contre la poitrine de sa nouvelle maîtresse avant de se rendormir en ronronnant.

— Il est adorable, murmura Madelyne.

Ses yeux se posèrent alors sur la bouche encore humide de Graham, et elle se rappela ce qui venait de se passer. Elle fit un pas en arrière pour mettre un peu de distance entre eux, mais elle songea que c'était bien inutile, car il devenait de plus en plus évident que, quoi qu'elle fît, il lui serait impossible d'échapper à l'emprise de cet homme. Il fallait qu'il parte. Mais quand elle voulut le lui demander, d'autres mots franchirent ses lèvres :

— Veux-tu rester dîner ?

Il fit un geste de dénégation et commença à reboutonner son manteau.

— Je ne crois pas que ce soit une bonne idée. Tu as raison, finalement. Nous ne sommes pas censés être amis. Nous ferions bien d'essayer de nous éviter, comme tu l'as suggéré toi-même.

Elle faillit l'interroger sur la raison de ce changement brutal d'attitude. Avait-il été déçu par le baiser, ou choqué qu'elle ait répondu ?

Comme il se dirigeait vers la porte, elle le remercia pour le chaton.

— Je t'en prie. Au revoir, Madelyne.

Il ouvrit la porte et descendit les marches sans se retourner.

Instinctivement, la jeune femme scruta les environs, rassurée de découvrir qu'ils étaient déserts. Elle n'osait pas imaginer ce qui serait arrivé si sa sœur, ou quelqu'un d'autre, avait vu Graham sortir.

— Tu ne diras rien à personne, n'est-ce pas ?

Le jeune homme lui jeta un coup d'œil étonné pardessus son épaule, puis la compréhension se lut sur son visage, aussitôt suivie par le mépris.

— Je ne dirai pas un mot. Avec moi, ta réputation est en parfaite sécurité.

Il s'éloigna à grandes enjambées, le dos très droit. La jeune femme le suivit du regard.

Graham ne savait pas à quel point elle redoutait d'être rejetée, mise à l'écart. A plusieurs reprises, dans le passé, elle avait tenté de lui révéler son douloureux secret, mais elle y avait toujours renoncé : la honte était trop forte, et elle craignait d'être incomprise.

Le cœur lourd, elle referma la porte et mit le verrou avant de se rendre dans la cuisine.

— Tu veux une soucoupe de lait, chaton ? murmura-t-elle.

La petite boule de poils s'étira paresseusement dans ses bras. Sa chaleur n'était pas suffisante pour chasser les fantômes du passé et le froid de son cœur, néanmoins sa présence était réconfortante.

Graham releva le col de son manteau pour éviter la morsure du froid. Il avait eu tort de rendre visite à Madelyne. Elle n'avait pas changé, et sa fichue réputation comptait toujours plus que tout au monde. Il poussa un soupir exaspéré. Il avait perdu son temps en allant la voir. Cela avait été une erreur, et l'embrasser avait été une plus grosse erreur encore.

Soudain, il partit d'un rire joyeux. Non, il ne regrettait certainement pas de l'avoir embrassée, car cela avait été diablement agréable. Aussi agréable qu'autrefois, sinon davantage, car elle avait répondu avec plus d'ardeur. Ainsi, l'attirance physique était toujours aussi forte entre eux.

Après avoir dépassé l'épicerie générale, il prit la direction de son bureau. Il voulait prendre quelques dossiers avant de retourner à l'hôtel, et laisser une note à ses deux adjoints, dont il ne connaissait pas encore les noms. Les échos métalliques d'un piano, des cris aigus et de gros éclats de rire l'avertirent qu'il se trouvait à proximité d'un saloon. Il s'approcha à pas lents, se demandant s'il ne devrait pas faire une apparition. Il y renonça cependant : officiellement, il ne devait prendre ses fonctions que le lendemain matin. Examinant le bâtiment, il constata que ce saloon était plus grand et plus récent que celui où avait travaillé sa mère. Curieux de savoir ce qu'il éprouverait en retournant sur les lieux où il avait si longtemps vécu, il se dirigea vers le Golden Landing. Celui-ci n'avait guère changé, même si la peinture de la façade, de même que celle de l'enseigne, était encore plus écaillée que dans son souvenir. Des panneaux de bois obstruaient la plupart des fenêtres, si bien que peu de lumière filtrait et qu'il n'était guère possible de voir ce qui se passait à l'intérieur. De toute façon, il connaissait tout cela par cœur, puisqu'il lui suffisait de faire appel à sa mémoire et de fermer les yeux pour revivre certaines scènes du passé. Le Golden Landing avait été un des premiers bâtiments de la ville, et sa mère y avait travaillé pendant la majeure partie de son existence. Jour après jour, elle lavait les verres, servait les clients, et balayait après la fermeture. Assez régulièrement, des hommes lui proposaient de l'argent en échange d'une nuit de plaisir. Avec un garçon à nourrir, elle avait sûrement dû être tentée, mais elle n'avait jamais accepté. Elle faisait en sorte que leur petite chambre soit d'une propreté irréprochable, et s'était toujours arrangée pour que Graham soit nourri et vêtu correctement. Sa santé avait décliné au fil des ans, et bien que Graham ait quitté l'école pour travailler et subvenir à leurs besoins, elle n'avait jamais guéri.

Le jeune homme eut la gorge serrée en se remémorant ces tristes souvenirs. Sa mère avait été une femme honnête et travailleuse. Mais les habitants de Landing s'en moquaient bien et l'avaient jugée sur les apparences : une fille-mère élevant seule son petit garçon et travaillant dans un saloon ne pouvait être qu'une fille perdue.

Il tourna le dos au bâtiment qui symbolisait son passé tout en se demandant une fois de plus s'il n'avait pas commis une erreur en revenant dans cette ville. En cet instant précis, il avait envie de partir et d'oublier définitivement Landing et Madelyne Bancroft.

Ce simple nom suffisait à le mettre en émoi ; il n'avait jamais été capable de lui résister. S'il avait su qu'elle serait encore là, jamais il n'aurait remis les pieds dans le

Kansas. Il était persuadé qu'elle serait partie au loin avec l'homme qu'elle avait épousé. Mais non, elle était toujours là, et sa présence l'obligeait à se rappeler qu'il lui avait autrefois offert son cœur et qu'elle n'en avait pas voulu. Sa rancune était tenace, à la mesure de sa souffrance. Il aurait voulu qu'elle partage cette souffrance, mais il se savait incapable de lui faire du mal.

En traversant la rue sombre et déserte, il eut la surprise de constater que le bureau du shérif était allumé : il devait sans doute avoir des visiteurs. A travers les vitres sales, il aperçut deux hommes de dos, qui paraissaient l'attendre. L'un des deux se retourna, et Graham eut un choc : celui qui lui faisait face sans le voir était une ancienne connaissance, mais pas de celles qu'il aurait souhaité revoir. Wyatt portait toujours la moustache qu'il avait eu tant de mal à faire pousser à l'adolescence, et il arborait fièrement l'étoile d'argent sur sa poitrine. Ainsi, un de ses deux adjoints était un de ses ennemis d'enfance. Wyatt faisait en effet partie de ceux qui avaient pris plaisir à battre Graham jusqu'à ce que celui-ci devienne suffisamment fort pour riposter. Graham se demanda s'il connaissait le nom du nouveau shérif. Quand il ouvrit la porte, le deuxième homme se retourna : petit, les cheveux bruns, il avait un visage avenant et était inconnu de Graham.

— Bonsoir, messieurs, dit-il en s'approchant. Je suis Graham Kincaid, le nouveau shérif de Landing.

— Bonsoir, shérif, je m'appelle Daniel Thomas, déclara avec enthousiasme le jeune homme en lui tendant la main. Ravi de vous rencontrer.

— Depuis combien de temps êtes-vous ici, Daniel ? demanda Graham avec curiosité.

— Un peu plus d'un mois, monsieur. J'avais un poste d'adjoint dans le nord de l'Etat, avant. Je suis très heureux d'être à Landing, à présent. Le travail me plaît beaucoup.

— Bien, approuva Graham avant de se tourner vers Wyatt.

Ce dernier donnait l'impression d'avoir vu un fantôme. Il s'avança lentement vers Graham, la main posée sur la crosse de son six coups.

— Bonsoir, Wyatt.

— Bonsoir, Graham.

Les deux hommes se mesurèrent du regard. Wyatt reprit d'une voix traînante :

— J'ai eu du mal à y croire, quand on m'a dit que c'était toi, le nouveau shérif. J'ai toujours pensé que si on se rencontrait ici un jour, tu serais derrière les barreaux.

— Tu n'as pas tort, répondit Graham en souriant. J'ai failli mal tourner. Disons que j'ai beaucoup appris. J'ai été adjoint au shérif pendant cinq ans, et on a estimé que j'avais les compétences suffisantes pour être le shérif de cette ville. Je ne sais pas si ça te convient, mais c'est à prendre ou à laisser : soit tu es avec moi, soit tu te trouves du travail ailleurs. Je n'ai pas envie que quelqu'un de mon équipe joue contre moi, tu comprends ?

Wyatt sourit à son tour et parut se détendre.

— Regarde bien cet homme, Daniel. Quand on avait douze ans, il m'a cassé le nez. Et il a recommencé trois ans plus tard. Très bien, Graham, moi aussi, j'ai beaucoup appris. Je suis avec toi.

Graham eut une moue dubitative. Il trouvait que Wyatt avait acquiescé un peu vite, et il ne lui faisait pas confiance. Ce dernier haussa les épaules.

— Je sais ce que tu penses, Graham. Ce n'est pas qu'une question de supériorité physique, entre nous. Nous savons tous que ce n'est pas toi qui as battu cette femme. Tu as été innocenté peu de temps après. Tu l'aurais appris, si tu étais resté.

— Je n'aurais pas eu le temps de le découvrir. Personne ne se souciait de savoir si j'étais bien le coupable. Ils avaient tous envie d'assister à une pendaison. Partir était la seule façon de sauver ma peau.

Wyatt approuva de la tête.

— Tu sais, Graham, j'ai révisé mon jugement sur toi, et pas seulement parce que ton innocence a été établie. Un jour, ma sœur m'a avoué qu'elle avait un faible pour toi et qu'elle t'avait attiré à l'écart après un quadrille. Elle m'a raconté qu'elle t'avait embrassé en te laissant entendre qu'elle n'était pas farouche. Tu lui as dit de rentrer chez elle et de ne pas s'aviser de faire le même genre de proposition à d'autres, car elle aurait de gros ennuis. Pour cela, je suis ton obligé, conclut-il en lui tendant la main.

Graham accepta sa poignée de main et ils échangèrent un long regard.

Daniel, qui les fixait d'un air perplexe depuis un moment, exprima son étonnement :

— Mais enfin, pourriez-vous m'expliquer ce qui se passe ?

— C'est simple, affirma Graham en lui donnant une tape amicale sur l'épaule. J'ai vécu à Landing jusqu'à l'âge de vingt ans. Disons que quand il y avait une bagarre, j'étais presque toujours dedans. Je me battais assez souvent parce qu'on m'insultait et qu'on insultait ma mère. Autant vous le dire tout de suite, Daniel, parce que vous ne tarderez pas à l'apprendre par d'autres : ma mère travaillait dans un saloon, mais contrairement à certaines rumeurs, elle ne s'est jamais prostituée. Elle n'a pas épousé mon père et a toujours refusé de donner son nom. Cela fait de moi un bâtard, et on ne m'a jamais permis de l'oublier. Bien. Maintenant que vous savez l'essentiel, je tiens à mettre les choses au point concernant notre collaboration : je travaille dur, et j'attends de mes hommes qu'ils en fassent autant. Boire pendant le service est formellement interdit, et je n'autorise pas non plus les jeux de hasard. Ce que vous faites le reste du temps, c'est votre affaire. Des questions ?

Les deux hommes firent des signes de dénégation.

— Bien. Y a-t-il eu des problèmes dans cette ville dernièrement ? Wyatt ?

Ce dernier se dirigea vers son bureau et ramassa des papiers.

— J'étais justement en train d'écrire un rapport pour te mettre au courant. En dehors du meurtre du mois dernier, tout a été relativement calme.

— Un meurtre ?

Wyatt haussa les épaules.

— On a retrouvé une fille de saloon battue à mort à l'entrée de la ville.

Graham prit le dossier et commença à le lire. Malheureusement, il n'était guère fourni. Apparemment, Roberts, le shérif précédent, avait enquêté pendant deux ou trois jours et avait classé l'affaire en concluant que le meurtre avait été sans doute commis par quelqu'un de passage. Mais quelque chose troublait Graham.

— Quel genre de shérif était Roberts ? demanda-t-il à Wyatt.

— Sérieux. Il faisait bien son travail.

Pas si bien que cela, songea Graham. Il avait à l'évidence bâclé l'enquête et classé l'affaire un peu trop vite. L'espace d'un instant, l'idée l'effleura qu'on avait peut-être acheté son silence.

— Pourquoi n'a-t-il interrogé que le propriétaire du saloon ? Il n'y a aucune preuve que le meurtre ait été commis par quelqu'un de passage.

— Si ce n'est pas le cas, c'est forcément quelqu'un d'ici, observa Wyatt. Ça n'a pas de sens. Qui aurait pu vouloir la tuer ?

A son grand regret, Graham n'avait pas la réponse. Il reprit sa lecture et relut le nom de la victime : Laurie Smith. Il chancela, comme si on l'avait frappé. C'était la même femme qui avait été battue sept ans plus tôt. A l'époque, on l'avait accusé lui, Graham, et c'était pour cela qu'il avait dû quitter la ville. Il avait récemment appris que dès qu'elle avait repris connaissance, elle l'avait innocenté. Mais il était trop tard. Il était déjà parti en faisant le serment de ne jamais remettre les pieds à Landing.

A présent, il était de retour. Et une fille de saloon avait été assassinée. Il était probable que personne dans cette ville n'y accordait la moindre importance, mais lui s'en souciait. Le meurtrier était peut-être celui qui avait battu Laurie sept ans plus tôt. En tout cas, il avait bien l'intention de rouvrir l'enquête, et il en fit part à ses adjoints.

Wyatt haussa les épaules.

— Comme tu veux. C'est toi le shérif.

Graham reposa le papier. Il était déterminé à tout mettre en œuvre pour résoudre cette affaire. Elle la touchait de trop près pour qu'il demeure indifférent. Il était décidé à prouver à la ville qu'un bon shérif se souciait du sort de tous les citoyens, et pas seulement de celui des « plus respectables ».

# 4.

L'après-midi était déjà bien avancé quand Graham sortit de l'écurie de louage. Il venait de questionner le propriétaire à propos du meurtre de Laurie Smith, mais celui-ci n'avait pu lui fournir que des informations très générales.

Poussant un soupir de lassitude, il leva les yeux : au-dessus de lui, le ciel bleu du Kansas s'étirait à l'infini. Il faisait plus doux que la veille, et le vent était tombé.

Entendant des bruits de talons marteler le trottoir, Graham reporta son attention sur la rue et aperçut deux femmes qui marchaient dans sa direction. Il s'écarta pour les laisser passer et toucha le bord de son chapeau. La plus jeune lui rendit son salut, mais aussitôt sa compagne se pencha vers elle pour lui glisser quelques mots à l'oreille. Toutes deux lui lancèrent alors des regards méfiants, avant dc s'éloigner d'un pas pressé.

Cette scène s'était déjà produite à plusieurs reprises dans la journée. La plupart de ceux qui connaissaient Graham ne paraissaient guère contents de son retour, tandis que les nouveaux arrivants lui témoignaient de l'indifférence ou de la sympathie. Il avait interrogé de nombreuses personnes au sujet de Laurie Smith, mais jusqu'à présent, il n'avait rien appris de particulièrement intéressant. Tout le monde semblait se moquer de sa mort, songea-t-il avec colère. Pour eux, une fille de saloon n'était pas convenable, et comptait donc pour rien. Mais aussi longtemps qu'il serait shérif, il traiterait tout le monde sur un pied d'égalité, et mettrait autant d'énergie à résoudre ce meurtre que s'il se fût agi de celui d'un notable de Landing.

Graham avait envoyé Wyatt au saloon pour questionner les autres filles, et il avait chargé Daniel de se rendre dans les fermes alentour. Pour sa part, il avait fait le tour des divers commerces de la ville ; de tous, sauf un. Comme il prenait la direction de l'épicerie générale Bancroft, il se demanda s'il n'avait pas fait inconsciemment exprès de garder cette visite pour la fin, ou s'il répugnait à ce point à revoir Madelyne. Il écarta ses sentiments personnels d'un revers de la main et se répéta qu'il devait s'entretenir avec elle pour des raisons purement professionnelles. Peu importait le passé et ce qu'il y avait eu entre eux. Il devait tout mettre en œuvre pour retrouver le meurtrier, et le moindre indice lui serait précieux.

Il entra dans le magasin et entendit le tintement d'une clochette en refermant la porte. Malgré les grandes fenêtres, il faisait relativement sombre, et ses yeux ne distinguèrent pas immédiatement les marchandises qui l'entouraient. Il les reconnut cependant à leur odeur : le cuir, le tabac, le café, la saumure qui remplissait les tonneaux alignés le long du mur, les épices, et bien d'autres choses encore. Graham respira avec bonheur, retrouvant les sensations de son enfance : comme il aimait alors cet endroit aux mille parfums, qui lui faisait penser à la caverne d'Ali Baba ! Il lui suffisait de fermer les yeux pour se retrouver transporté dans un univers inconnu, merveilleux, loin, très loin de la petite ville du Kansas.

Bien que le contenu du magasin n'ait guère changé,

Madelyne l'avait agencé différemment. Autrefois, le vieux Bancroft s'était le plus souvent contenté d'empiler les marchandises selon des critères mystérieux, qui n'obéissaient pas à une logique très rigoureuse. Sa fille avait au contraire apporté un grand soin à la disposition des produits : elle avait séparé les comestibles du reste, fait poser des rayonnages pour les outils, créé un coin mercerie... Chaque chose avait sa place, et l'on trouvait vraiment de tout. Une dizaine de clients déambulaient dans les allées ou attendaient leur tour.

— Bonjour, Graham. Vous êtes venu me voir ?

Il se retourna et fut surpris de découvrir Mme Dobson, assise derrière un bureau. Son éternelle robe noire épousait étroitement ses formes généreuses, et les boutons de son corsage donnaient l'impression d'être soumis à rude épreuve.

— Pas particulièrement, répondit-il. Mais puisque vous êtes ici, je souhaiterais vous poser quelques questions. Enfin, si vous avez terminé vos courses, bien sûr.

La veuve partit d'un rire joyeux.

— Vous voyez bien que je travaille, jeune homme. Je ne suis pas ici pour faire des achats !

Elle lui montra les lettres qu'elle était en train de trier.

— Vous ferez sans doute appel à moi pour votre courrier. Peut-être allez-vous bientôt recevoir des lettres ?

— Non, je n'en attends pas.

— On ne sait jamais, répliqua Mme Dobson avec un sourire complice. Et comment va mon chaton ?

— Il va très bien.

— C'est vraiment bizarre. Figurez-vous que, ce matin, Madelyne est arrivée avec un chaton qu'il m'a bien semblé reconnaître. Je ne savais pas que vous vous connaissiez.

Graham sentit immédiatement le danger qu'il y aurait à

acquiescer : cette commère, malgré son bon cœur, pouvait causer des ennuis à Madelyne par ses bavardages intempestifs. Il décida donc de mentir.

— Je ne suis pas au courant, affirma-t-il sans sourciller. C'est sûrement une coïncidence.

Il guetta la réaction de la veuve et soutint son regard, s'attendant presque qu'elle le traite de menteur. Mais elle se contenta simplement de tapoter la pile de lettres devant elle.

— Je vois. Vous aviez quelques questions à me poser, je crois. Lesquelles ?

— J'enquête sur un meurtre qui a eu lieu le mois dernier. Une des filles du saloon, Laurie Smith, a été frappée et laissée pour morte à l'entrée de la ville. Savez-vous quelque chose à ce sujet ?

Mme Dobson se leva et le regarda droit dans les yeux.

— Puisque je sais que vous ne cherchez pas à m'insulter avec cette question, je ferai comme si je ne l'avais jamais entendue. Retournez à vos affaires, monsieur. Moi, je m'occupe des miennes.

— Je ne suis pas en train de suggérer que vous avez quelque chose à voir avec le meurtre, madame. J'essaye simplement de réunir des informations.

La veuve fixa un point dans le lointain, et garda le silence.

— Avez-vous eu l'occasion de parler à Mlle Smith ?

Il n'obtint pas davantage de réponse. Cette réaction, ou plutôt cette absence de réaction, avait été celle de la plupart des femmes qu'il avait interrogées. Mais il avait toujours un faible espoir que l'une d'entre elles renonce à jouer les vertus outragées et se montre plus coopérative que les autres. Il soupira.

— Très bien, madame Dobson. Bonne fin d'après-midi.

Graham se dirigea alors vers un très jeune homme qui se tenait derrière le comptoir. Son prénom, brodé sur son tablier, indiquait qu'il s'appelait Andrew.

— Puis-je vous aider, monsieur ?

Graham avait besoin d'une minute de répit pour se calmer avant de parler à Madelyne. Avisant le bocal qui était posé devant lui, il sortit une pièce de sa poche.

— Je voudrais pour un penny de bonbons, s'il vous plaît.

Après avoir compté les bonbons, Andrew les mit dans un sac en papier qu'il lui tendit. Graham posa sa pièce sur le comptoir.

— Il vous fallait autre chose ?

— Je suis le nouveau shérif de cette ville. Il y a un mois environ, une fille de saloon du nom de Laurie Smith a été tuée. La connaissiez-vous ?

Le jeune homme rougit comme une pivoine et baissa la tête avec embarras.

— Non, marmonna-t-il avant de s'éclaircir la voix. Je vais rarement dans les saloons. Ma mère ne veut pas que je fréquente ce genre d'endroit.

— Vous n'avez jamais passé une nuit avec elle ?

Muet, Andrew évita son regard. Graham devina qu'il n'avait sans doute jamais connu le plaisir entre les bras d'une femme.

— Ne t'inquiète pas, mon garçon. Ton tour viendra, un jour.

La réponse bredouillée par Andrew fut inintelligible.

Graham lança un coup d'œil circulaire. Le magasin était bondé. Un groupe de femmes avait une discussion animée au-dessus d'une revue de mode, tandis que des fermiers examinaient différents semis. Il s'adressa de nouveau à l'employé :

— Où est Mlle Bancroft ?

— Dans l'arrière-boutique.

Graham partit dans la direction que le jeune homme avait indiquée machinalement.

— Monsieur, monsieur, vous ne pouvez pas aller par là ! C'est privé.

Graham se retourna et lui jeta un regard froid.

— C'est une affaire importante, jeune homme.

Paralysé, la mine effarée, Andrew le regarda disparaître derrière le rideau sans un mot.

Madelyne était penchée sur la commande de rouleaux de tissu qu'elle s'apprêtait à faire partir. Elle était en train de vérifier une dernière fois le total, tout en se demandant si elle avait prévu un nombre de mètres suffisant. Après un instant de réflexion, elle décida d'en commander davantage. En effet, si les récoltes de printemps et d'été étaient bonnes, ses clients en profiteraient pour acheter de quoi renouveler leur garde-robe. Il serait alors dommage qu'elle se retrouve en rupture de stock. Comme elle agitait pensivement son crayon, le chaton, qui avait visiblement envie de jouer, lui donna un léger coup de patte.

— Tu ne m'aides pas beaucoup, nota-t-elle en prenant un ton faussement sévère.

Le chaton leva les yeux vers elle, la regardant avec espoir. Les rayures noires de son pelage tigré lui faisaient de très jolis dessins sur la tête et le corps, comme s'il avait été maquillé par une main experte.

— Tu es tellement mignon qu'on ne peut même pas t'en vouloir, ajouta-t-elle en le prenant dans ses bras.

Satisfait, l'animal se blottit contre elle et se mit à ronronner.

— Je vois que tu travailles dur.

Surprise par cette voix masculine, Madelyne sursauta et se raidit aussitôt, à tel point que le chaton exprima son désaccord par quelques miaulements plaintifs. Relevant la tête, elle vit Graham qui l'observait, nonchalamment appuyé contre le chambranle de la porte. La pièce était tellement petite que l'espace entre eux était fort réduit. La jeune femme recula sa chaise pour accroître la distance, mais elle ne réussit qu'à la cogner dans les dossiers placés derrière elle. Avec sa haute taille et sa large carrure, Graham prenait toute la place. Or ce bureau était son territoire à elle, son domaine réservé, et personne, pas même Andrew, son employé, n'y était admis. Que Graham vienne ici provoquait chez elle un sentiment d'invasion. Reposant le chaton sur le bureau, elle se leva et lissa nerveusement des plis imaginaires sur sa robe.

— Bonjour, Graham, dit-elle d'une voix calme, espérant qu'il ne pouvait entendre les battements sourds de son cœur. Je ne m'attendais pas à ta visite.

— J'avais une petite course à faire, répondit-il en agitant un petit sac en papier. Et puis, je voulais savoir si tout se passait bien avec lui, ajouta-t-il en désignant le chaton d'un signe du menton. Il a l'air parfaitement heureux. Tu lui as déjà trouvé un nom ?

— Oui. On m'a dit que c'était une femelle, alors j'ai décidé de l'appeler Alice.

— Alice ? Drôle de nom pour un chat, s'étonna Graham.

— Pourquoi ? demanda-t-elle vivement. Moi, je le trouve beaucoup plus joli que les noms habituels. Cela en fait un animal unique.

— Mais ce n'est qu'un chat, objecta-t-il.

— Peut-être, mais...

Les mots moururent sur ses lèvres quand il tendit les bras. Elle crut qu'il allait l'embrasser comme la veille, et elle se sentit une nouvelle fois tétanisée, incapable de faire le moindre geste pour lui résister. Lorsque Graham prit le chaton, elle poussa un soupir, mais elle ne sut si c'était de soulagement ou de déception.

— Bonjour, Alice, murmura-t-il d'une voix douce, avant de commencer à la caresser.

Aussitôt, l'animal partit d'un ronronnement sonore, tellement sonore qu'on avait du mal à croire qu'il puisse s'échapper d'un si petit corps.

Madelyne se laissa retomber sur sa chaise. Elle savait exactement ce qu'Alice ressentait. Elle-même aurait pu ronronner aussi fort si Graham l'avait touchée ainsi. La jeune femme songea brusquement que les douze mois à venir s'annonçaient beaucoup plus difficiles qu'elle ne l'avait cru. Graham n'était là que depuis la veille, et déjà elle se demandait comment elle allait parvenir à lui résister s'il renouvelait ses avances.

— En fait, je suis également venu m'entretenir avec toi du meurtre de Laurie Smith, reprit-il après un long silence. J'imagine que tu en as entendu parler. Que sais-tu exactement de cette histoire ?

— Rien du tout. Je ne vois pas bien comment...

Elle s'interrompit brusquement et croisa les bras comme pour se protéger : la colère de Graham était presque tangible.

— Le moindre détail est important dans cette affaire. Cette fille n'est pas morte dans son sommeil, vois-tu. Et il ne s'agissait pas non plus d'un accident, mais d'un meurtre, tu comprends ? Un meurtre ! Elle a été battue à mort et abandonnée à l'entrée de Landing.

— Mais je ne suis au courant de...

— De rien, je sais. Bon sang, pourquoi est-ce que tout le monde se moque de cette affaire ? Pourquoi personne ne se soucie de la mort de cette femme ? C'est parce qu'elle travaillait dans un saloon, c'est ça ?

— Ecoute, je suis vraiment désolée que cette femme soit morte, mais je ne la connaissais pas pour autant.

— A t'entendre, on a l'impression que ce n'est pas si grave !

Piquée au vif, Madelyne lui lança un regard furieux.

— C'est faux ! Je ne souhaite une telle mort à personne.

— Cet assassinat ne te fait pas craindre pour ta propre sécurité ?

Elle haussa les sourcils.

— Pourquoi donc ? Celui qui l'a tuée n'en a sûrement pas après les femmes respectables.

Graham se pencha vers elle et lui prit les mains, les serrant très fort. Son visage n'était qu'à quelques centimètres du sien.

— Qu'en sais-tu ?

Elle tenta de se dégager, mais en vain. Elle se sentait de plus en plus mal à l'aise, mais sa fierté lui interdisait de le montrer.

— Le shérif a dit que le crime avait été commis par quelqu'un de passage. D'après lui, il s'agissait d'une dispute qui avait mal tourné, suite à...

Elle rougit, incapable d'achever sa phrase.

— Et vous avez tous fermé les yeux.

— Laisse-moi tranquille, Graham. Je n'ai rien fait de mal. On dirait que pour toi, les habitants de Landing sont coupables.

— C'est peut-être un peu vrai. Demande à Laurie. Elle avait tout juste ton âge, Madelyne. Oh, elle n'était pas aussi jolie que toi, mais elle était charmante et gaie. Et parce qu'elle travaillait dans un saloon pour gagner sa vie et qu'elle faisait payer pour ce que tu m'as offert, sa mort n'a pas d'importance ?

— Arrête !

Elle dégagea ses mains et le repoussa. Jamais elle ne s'était offerte à lui, même lors de leurs rendez-vous au bord de la rivière. Pourtant, elle avait été tentée...

Comme Graham se redressait, la jeune femme se rendit compte avec horreur que la porte était restée ouverte. Aussitôt, elle se leva et se précipita pour aller la fermer, le bousculant au passage.

— N'élève pas la voix, s'il te plaît.

— Ah, oui, ta précieuse réputation. J'ai failli oublier.

Il se tenait devant elle, l'empêchant de regagner l'abri de son bureau. Jetant un coup d'œil par-dessus son épaule, elle découvrit qu'Alice s'était endormie. Graham lui avait donné le chaton en gage de réconciliation, et ils étaient de nouveau en train de se quereller.

— Ecoute, Graham, tu devais bien te douter que je ne pourrais pas t'aider. Que je la connaisse t'aurait sans doute étonné, n'est-ce pas ? Je suis désolée de n'être d'aucune utilité, mais tu n'as pas à me reprocher sa mort pour autant.

Il parut se calmer un peu.

— Tu as sans doute raison. J'ai cependant du mal à comprendre que le shérif n'ait pas poussé l'enquête plus loin.

— Mais puisque le meurtrier était étranger à la ville...

— Roberts n'en savait rien. Personne n'en savait rien. Je me demande pourquoi il a classé l'affaire si rapidement. C'est bizarre.

— Tu crois qu'il aurait eu de bonnes raisons de le faire ?

— Je n'en ai pas la moindre idée.

— En tout cas, tu ne pourras plus lui poser la question, car il a quitté Landing.

Graham paraissait tellement découragé que Madelyne eut envie de le réconforter. Soudain, il la regarda de ses yeux bruns qui semblaient lire en elle comme dans un livre.

— Tu te rappelles qui était Laurie Smith, pas vrai ?

— Oui. C'était elle qui...

— C'est la femme qui avait déjà été violemment battue, il y a sept ans. A l'époque, c'était moi qu'on avait accusé de l'avoir frappée.

— Elle t'a innocenté.

— C'est ce qu'on m'a dit.

— Mais tu ignores comment ça s'est passé.

— Que veux-tu dire ?

Madelyne regretta d'avoir réouvert elle-même cette blessure du passé. Elle voulait oublier ces jours terribles où elle avait dû continuer à vivre comme si de rien n'était. Heureusement, personne n'avait jamais deviné son secret. Quand elle avait appris toute l'histoire, elle avait su qu'elle avait pris la bonne décision en refusant de suivre Graham.

— Tu me caches quelque chose, Madelyne Bancroft. Tu en as trop dit maintenant. Explique-toi.

Il lui prit de nouveau les mains, mais gentiment cette fois. Elle évita son regard, baissant obstinément la tête.

— Quand... quand elle a affirmé au shérif que ce n'était pas toi, le coupable, il a voulu savoir pourquoi elle en était aussi sûre. Elle avait été agressée par une nuit sans lune, et n'avait pas vu le visage de celui qui s'en était pris à elle. Alors, elle a raconté qu'elle t'aurait reconnu n'importe où, même dans l'obscurité totale.

Elle fit un effort pour retenir les larmes qui affluaient à ses yeux. La douleur était toujours aussi vive.

— Elle... elle a dit que vous aviez passé plusieurs nuits ensemble. Et toi, tu m'embrassais tous les soirs près de la rivière, et c'est avec elle que tu passais tes nuits ! Après nos rendez-vous, tu allais retrouver une catin !

Graham la relâcha brusquement et se détourna.

— C'est la raison pour laquelle, même si tu savais quelque chose sur sa mort, tu te tairais.

— Non ! Si c'est ce que tu penses, c'est que tu ne me connais pas.

— Tu as raison, je ne te connais pas. Sept ans ont passé, et nous sommes devenus des étrangers l'un pour l'autre.

« Alors pourquoi mon cœur bat-il toujours plus vite quand tu es là ? » demanda-t-elle silencieusement. Mais elle ne posa pas la question à voix haute.

— Je ferais mieux de partir, dit-il en se tournant vers elle.

— Je te promets que je ne sais rien.

Il acquiesça, la main sur la poignée. Madelyne aurait voulu trouver les mots qui arrangeraient tout entre eux, mais ils ne lui vinrent pas aux lèvres. Il avait raison : ils étaient devenus des étrangers. Il ouvrit la porte.

— Graham ?

Il marqua un temps d'arrêt.

— Je ne sais pas si cette information te sera de quelque utilité, mais une autre fille de saloon a été tuée, il y a cinq ans. Elle avait été battue à mort, elle aussi.

— Que s'est-il passé ?

La jeune femme leva la main en signe d'apaisement.

— Je ne sais rien de plus. Et ne commence pas à me reprocher de me moquer de sa malheureuse fin. Mon père était très malade à l'époque, et il est mort peu de temps après.

— Merci de m'en avoir parlé. Tu es la seule à y avoir pensé.

Il fit une grimace avant de poursuivre :

— J'imagine que si je te sollicitais pour m'aider dans mon enquête, tu refuserais. Les gens se confieraient peut-être plus facilement à toi qu'à moi.

Madelyne prit un air horrifié.

— Tu n'y penses pas ! Songe à ma...

— ... satanée réputation, finit-il rudement. J'ai été stupide de te poser la question.

— Tu es injuste. De toute façon, les personnes de mon entourage ne fréquentent pas les saloons.

Graham franchit le seuil et se retourna une dernière fois.

— Dis-moi, Madelyne, est-ce si agréable que cela, d'avoir la perfection pour seule compagne ?

Il partit sans attendre la réponse. Elle le suivit des yeux, se mordant la lèvre inférieure pour s'empêcher de pleurer. Il avait raison. Son monde était même plus froid et plus vide que ce qu'il imaginait.

Graham regagna son bureau à grandes enjambées, tentant de maîtriser sa fureur. Que Madelyne aille au diable ! Elle n'avait pas de cœur. Sa maudite réputation lui importait plus que la mort de Laurie.

Il ralentit cependant le pas quand il songea au regard de Madelyne lorsqu'elle lui avait raconté comment il avait été innocenté. Inspirant profondément, il se rappela de nouveau les deux ans de bonheur qu'il avait vécu, dans l'attente des rendez-vous au bord de la rivière. Son amour pour Madelyne était tel qu'il avait décidé de l'épouser, mais comme il voulait la respecter jusqu'au mariage, il avait assouvi ailleurs les désirs passionnés qu'elle éveillait en lui. S'il avait choisi de s'abandonner dans les bras de Laurie, c'était parce qu'elle était jeune et douce, et qu'en fermant les yeux très fort, il pouvait imaginer un instant qu'il faisait l'amour à Madelyne. Mais il aurait préféré mourir plutôt que d'avouer cela à cette dernière.

Graham secoua la tête, mais il ne parvint pas à effacer de son esprit le chagrin et l'air de fierté bafouée qu'il avait lus sur le visage de Madelyne. A quoi bon lui expliquer ? Elle était bien trop ignorante de la vie pour comprendre les besoins impérieux des jeunes gens. Elle ne se rendait pas compte qu'agir ainsi ne signifiait pas qu'il l'aimait moins.

Aujourd'hui, tout serait différent. Il avait mûri et appris à se contrôler. Mais ça n'avait plus d'importance. Il n'y aurait jamais rien entre Madelyne et lui. Une fois son année terminée, il partirait sans un regard en arrière.

Graham était tellement absorbé dans ses pensées qu'en ouvrant la porte de son bureau, il ne vit pas tout de suite qu'il avait de la visite. Il sursauta quand Daniel prononça son nom, et observa la scène devant lui avec curiosité : une femme très corpulente d'une quarantaine d'années, assez pauvrement vêtue, semblait impressionner vivement son jeune adjoint.

— Shérif, dit celui-ci d'un ton soulagé, je suis content que vous soyez de retour. Cette femme souhaite vous parler. Elle, elle...

La femme darda des yeux froids et durs sur Graham, et ce dernier comprit aussitôt pourquoi Daniel avait reculé. La méchanceté se lisait sur toute sa physionomie, de même qu'une certaine sournoiserie. Lorsqu'elle prit la parole, un flot de récriminations jaillit :

— J'espère que vous êtes le dernier à qui je raconterai mon histoire. Je commence à en avoir plus qu'assez de tout cela. Cette ville est dirigée par un tas d'incapables, et je...

— Calmez-vous, madame, la coupa Graham d'un ton sévère. Je suis le shérif, et vous allez m'expliquer pourquoi vous êtes venue.

Il lui fit signe de s'asseoir. Quant à lui, il se défit

d'abord de son chapeau et de son manteau avant de prendre place derrière son bureau.

— Je vous écoute. Comment puis-je vous aider ?

La femme passa la main dans ses cheveux grisonnants avant de répondre :

— Je suis allée à l'église, et la dame là-bas m'a dit qu'elle pouvait rien faire pour moi. Votre problème ne m'intéresse pas, qu'elle m'a dit. Je la blâme pas. Moi aussi, je m'en moque de ce problème, et je veux m'en débarrasser.

— Mais de quoi parlez-vous donc, madame ?

— C'est pourtant simple, répliqua la femme avec impatience.

Se tournant vers un coin de la pièce, elle appela :

— Allez, toi, approche, que le shérif te voie.

A ce moment-là, Graham vit une petite fille sortir de l'endroit où elle s'était visiblement réfugiée. Elle avait été si calme, et son interlocutrice si envahissante par contraste, qu'il ne l'avait pas remarquée en entrant. Ses vêtements étaient dans un état encore plus piteux que ceux de la femme. Sa robe et son manteau étaient dans un état d'usure avancé et lui arrivaient au-dessus des genoux. Graham constata qu'elle était très maigre et que ses jambes étaient couvertes d'égratignures. Ses chaussures étaient trouées sur le dessus, et n'avaient sans doute plus de semelle.

La colère l'envahit. Il savait ce que c'était d'être pauvre : sa mère et lui en avaient eu plus que leur part.

— Etes-vous en train de me dire que la femme du pasteur a refusé de vous donner de quoi nourrir et habiller votre fille ?

Cela ressemblait bien à Colleen : la première à prêcher la charité, et la dernière à la pratiquer. Elle la réservait sans doute à ceux qui n'en avaient pas besoin : pour elle, la religion, et tout ce qu'elle impliquait, devait se limiter aux notables de la ville.

— Ce n'est pas ma fille, répondit la femme en saisissant le bras de l'enfant pour l'obliger à s'avancer davantage. Allez, dis bonjour au monsieur.

— Bonjour, monsieur, murmura la fillette d'un air apeuré.

— Je ne comprends pas où vous voulez en venir.

— C'est pas bien compliqué, pourtant. Cette catin, Laurie Smith, me payait pour m'occuper de sa fille, expliqua la femme en désignant l'enfant. Evidemment, on ne sait pas qui est le père, alors maintenant que sa mère est morte, elle est seule au monde. Mais j'tiens pas un orphelinat, moi ! J'ai des enfants à nourrir et à élever. Et puisque Laurie peut plus payer, j'vais pas m'occuper gratuitement d'sa bâtarde !

Graham lutta pour conserver son calme, mais serra les poings.

— Madame, je vous saurais gré de ne pas vous exprimer ainsi devant cette enfant.

La femme se leva en haussant les épaules.

— Vous pouvez bien dire toutes les belles paroles qu'il vous plaira ! La femme de l'église n'en veut pas, et je refuse de la garder. C'est votre problème à présent. Voilà comment j'vois les choses !

Sur ce, elle se dirigea vivement vers la porte et sortit.

# 5.

Graham posa un regard apitoyé sur la petite fille et se demanda ce qu'il était censé faire. L'enfant, qui ne devait pas avoir plus de cinq ou six ans, fixait obstinément le sol. Quelques instants plus tard, Daniel revint seul, hors d'haleine.

— J'ai essayé de la rattraper mais elle a disparu, expliqua-t-il d'une voix essoufflée. Elle avait dû laisser son chariot pas très loin d'ici. De toute façon, ce ne sera pas bien difficile de connaître son identité et de trouver où elle habite. Je n'ai qu'à...

Graham l'interrompit.

— C'est inutile, Daniel. Nous devons trouver une autre solution.

Il fit le tour de son bureau et s'accroupit devant la fillette.

— Comment tu t'appelles ?

— Bo... Bonnie, bégaya-t-elle.

Ses longs cheveux noirs emmêlés lui dissimulaient une partie du visage. Elle était sale, et ne sentait pas très bon.

— La dame qui vient de partir disait vrai ? Elle n'est pas ta maman ?

— Non. Ma maman, elle est morte.

— Je suis désolé, Bonnie. Cette dame, c'est elle qui s'occupait de toi, c'est ça ?

Elle acquiesça.

— Maman ne pouvait pas rester avec moi parce qu'elle devait travailler, alors elle me laissait à Mme Jarvis. Mme Jarvis m'a dit que ma mère était une catin, et que les catins allaient en enfer. Et puis, elle a dit que moi aussi, j'irais en enfer, ajouta-t-elle en avalant sa salive. C'est ici, l'enfer ?

Graham ne put s'empêcher de sourire.

— Il m'arrive de le penser, mais non, tu es à Landing. Mme Jarvis t'a conduite en ville.

Bonnie se frottait nerveusement les mains, et Graham constata que là aussi, elle avait beaucoup de coupures et d'écorchures. Il tendit la main vers elle et elle eut un mouvement de recul.

— N'aie pas peur, je veux juste voir ton joli visage.

Il écarta gentiment le rideau de cheveux, et eut un choc : elle avait les yeux bleus de Laurie. Par ailleurs, son visage portait des marques qui indiquaient clairement qu'on l'avait frappée.

— Vous allez m'emmener en enfer ? Je vais rejoindre ma maman ?

— Non, personne ne va en enfer, Bonnie.

Graham se releva et s'adressa à son adjoint :

— Je ne sais pas si tu as entendu ce qu'a dit la femme tout à l'heure : elle prétend avoir emmené la petite à l'église pour la confier au révérend Estes, et l'épouse du pasteur l'a renvoyée.

Daniel eut l'air surpris.

— C'est la première fois que j'entends une chose pareille.

— C'est parce que tu n'as pas encore eu le plaisir de faire la connaissance de Colleen Estes.

Graham jeta un coup d'œil par la fenêtre : la nuit était en train de tomber.

— Il faut trouver à Bonnie un endroit pour dormir.

Daniel parut pris de panique et fit mine de partir.

— Je ne peux pas la prendre avec moi, shérif, je vis dans une pension de famille, et...

— Je sais, je sais, répondit Graham sans cesser de réfléchir à la situation.

L'espace d'un éclair, il songea à Madelyne, mais renonça aussitôt à l'idée : celle-ci ne voudrait jamais accueillir l'enfant illégitime d'une prostituée.

La fillette frissonna. Il lui toucha l'épaule, et fut de nouveau frappé par sa maigreur.

— Tu as mangé aujourd'hui ?

Elle fit non de la tête.

Graham retint un juron. Il ne connaissait personne vers qui se tourner.

— Allez, viens, Bonnie. Nous allons dîner, dit-il en se dirigeant vers la porte. Daniel, tu vas attendre le retour de Wyatt. S'il y a du nouveau, tu viendras m'en rendre compte à l'hôtel. Sinon, on se verra demain matin. Et pendant que tu es ici, profites-en pour consulter les dossiers. Il y a cinq ans, une autre fille de saloon a été tuée dans des conditions similaires. Les deux affaires sont peut-être liées.

— Bien. Je vérifierai, promit Daniel.

Une fois devant la porte, Graham se rendit compte que l'enfant ne l'avait pas suivi.

— Viens, Bonnie. Tu auras un bon repas, et peut-être même un bain chaud.

La petite fille leva lentement la tête vers lui. Ses yeux bleus brillaient d'angoisse.

— Tout va bien se passer, tu n'as pas à t'inquiéter, l'assura Graham d'une voix douce.

Mais elle ne bougea pas d'un pouce. Il songea à la prendre dans ses bras, mais il risquait de l'effrayer davantage. Il se contenta donc de lui tendre la main.

— On va vraiment manger ? demanda-t-elle.

— Bien sûr.

S'avançant alors vers lui d'un pas mal assuré, elle mit timidement la main dans la sienne. Ses doigts étaient glacés. Son manteau, usé jusqu'à la corde, ne devait guère la protéger du froid.

« Comment Laurie a-t-elle pu laisser sa fille à cette femme ? » pensa-t-il avec effarement. Il jura silencieusement. Jamais il n'aurait la réponse à présent.

Il conduisit Bonnie jusqu'à l'hôtel. Ce bâtiment de trois étages était flambant neuf. Il avait été construit un an plus tôt, et disposait de tout le confort moderne. Quand il entra, tirant derrière lui une Bonnie plus que réticente, le réceptionniste leva la tête, puis devint tout rouge. Il semblait au bord de l'apoplexie.

— Monsieur Kincaid, cette enfant est d'une saleté repoussante !

— Je sais, Newt, répondit Graham en sortant des pièces de sa poche. Je sais aussi qu'il y a une chambre qui communique avec la mienne. Est-elle libre ?

Newt ajusta ses lunettes sans quitter Bonnie des yeux.

— Oui, mais je ne crois pas que...

— Parfait. Envoyez-moi quelqu'un avec de l'eau chaude pour un bain, et faites monter deux repas dans ma chambre. J'aimerais du bouillon et un grand verre de lait pour la petite, et une bonne pièce de bœuf pour moi.

— Mais, monsieur Kincaid...

— La clé, je vous prie.

Newt décrocha la clé du tableau et la lui donna avec réticence.

— Monsieur Kincaid, je vais prévenir le directeur. Je

dois en discuter avec lui. Vous ne pouvez pas amener une femme ici.

Graham faillit éclater de rire.

— Ce n'est pas une femme, c'est une enfant, Newt. Elle n'a pas plus de cinq ans.

Bonnie le tira doucement par la manche.

— J'ai six ans, monsieur.

— Elle a six ans, vous êtes satisfait ? Pensez à notre dîner, et surtout, n'oubliez pas l'eau chaude pour le bain.

Quand ils commencèrent à monter les marches, Newt était encore en train de bredouiller des protestations derrière eux. Une fois dans sa chambre, Graham lâcha la main de Bonnie et alla ouvrir la porte de communication entre les deux chambres.

— C'est là que tu vas dormir, expliqua-t-il, désignant la seconde pièce.

Il constata qu'elle était moins spacieuse que sa propre chambre, et que le lit était plus étroit. Elle ferait cependant très bien l'affaire. Il montra le broc et la cuvette à Bonnie, ouvrit la penderie, et désigna la lampe. La petite fille l'observait en silence. Ses bras pendaient le long de son corps, et elle semblait sur le point de pleurer.

— Que se passe-t-il, Bonnie ?

Elle secoua la tête sans répondre. A ce moment-là, on frappa à la porte. Il l'ouvrit. Deux garçons entrèrent, portant une baignoire, suivis de trois autres tenant des seaux d'eau chaude. Un instant plus tard, une femme de chambre arriva avec des serviettes et du savon.

— Avez-vous besoin d'autre chose ? demanda-t-elle.

— Oui. Cela vous ennuierait de donner un bain à une petite fille ?

En lui posant la question, Graham se rendit compte qu'elle-même était très jeune. Elle ne devait pas avoir plus de seize ans. Elle posa sur lui un regard surpris.

— Eh bien, je...

— Comment vous appelez-vous ?

— Alice.

Graham dissimula un sourire, pensant au chaton que Madelyne avait prénommé ainsi.

— Alice, il y a une petite fille dans ma chambre, juste à côté, et elle a rudement besoin d'un bain. Cela vous ennuierait de l'aider ? Je pense qu'elle serait plus à l'aise avec vous qu'avec moi.

Le visage de la jeune fille s'éclaira.

— Bien sûr, monsieur, acquiesça-t-elle en souriant. J'ai sept frères et sœurs, et je suis l'aînée, alors vous pensez si j'ai l'habitude !

— Parfait. Bonnie, viens, il y a un bon bain chaud qui t'attend !

Graham se rendit dans sa chambre et chercha l'enfant des yeux. Mais celle-ci avait disparu. S'était-elle enfuie ? Il écarta cette possibilité, supposant qu'elle aurait fait du bruit en ouvrant la porte. En faisant le tour de son lit, il remarqua que le petit tapis qui faisait office de descente avait été légèrement déplacé. Il se mit aussitôt à plat ventre et regarda sous le lit. Bonnie était bien là, recroquevillée. Son visage était tourné vers lui, mais elle avait les yeux fermés.

— Tu te caches ? demanda-t-il.

Elle ouvrit ses grands yeux bleus et le regarda.

— Oui.

— Pourquoi ?

— J'ai peur.

— Tu as peur de prendre un bain ? Ne t'inquiète pas, quelqu'un va t'aider. C'est une fille très gentille, qui s'appelle Alice.

— Ça va faire mal ?

— Non, c'est de l'eau chaude, mais pas brûlante, tu

verras. Et le savon sent très bon. Une fois que tu seras toute propre, nous mangerons. D'accord ?

Au lieu de répondre, Bonnie rampa vers lui pour sortir. Alice, qui se tenait dans l'encadrement de la porte, lui sourit gentiment lorsqu'elle la vit.

— Bonsoir, tu viens prendre ton bain ? Tu vas voir, c'est très agréable.

La jeune fille tendit la main, puis fronça légèrement le nez à l'approche de Bonnie.

— Que voulez-vous que je fasse de ses vêtements, monsieur ? Je pourrais les laver, si elle en a d'autres.

— Non, la femme qui l'a amenée n'a rien laissé, répondit Graham.

Il réfléchit et se dirigea vers son armoire.

— Tenez, vous lui mettrez ça quand elle sortira du bain, dit-il en tendant une de ses chemises à Alice. Quant à ses vêtements, si vous pouviez les brosser et les aérer... Je lui en trouverai d'autres demain.

— Très bien, monsieur. Allez, viens, Bonnie. Il ne faut pas trop attendre, sinon l'eau va refroidir.

La petite trottina docilement derrière la jeune fille, et celle-ci referma la porte de communication.

Une fois seul dans sa chambre, Graham se laissa tomber dans le fauteuil placé près de la fenêtre et soupira profondément. Cela faisait exactement deux jours qu'il était à Landing, et rien ne se passait comme il l'aurait voulu. Depuis son retour, il s'était querellé avec Madelyne à deux reprises, l'avait embrassée, avait réouvert le dossier d'un meurtre, parcouru toute la ville à ce sujet sans grand résultat, et à présent, il avait la charge d'une enfant qui se trouvait justement être la fille de la victime.

Des coups frappés à la porte le firent sursauter. Une voix enjouée annonça :

— Votre dîner, monsieur.

Graham ouvrit, et un garçon de cuisine déposa un large plateau sur la table qui lui servait de bureau.

— Voilà, monsieur. Bon appétit.

La petite fille qu'Alice lui présenta une demi-heure plus tard n'était pas la même que celle qui l'avait quitté. Elle avait un teint beaucoup plus rose et sentait très bon. Ses cheveux, encore humides, encadraient son visage au lieu de le dissimuler. La chemise flottait autour d'elle, et Alice avait dû remonter les manches.

— Voilà, monsieur. Elle est propre comme un sou neuf. Nous nous sommes bien amusées, pas vrai, Bonnie ?

Cette dernière acquiesça gravement. Graham se demanda si elle savait sourire : les occasions de se réjouir avaient sans doute été tellement rares qu'elle n'avait peut-être jamais appris.

Alice agita les vêtements sales.

— Je vais voir ce que je peux faire avec ça, monsieur. Je les laisserai devant votre porte demain matin.

— Merci beaucoup.

Graham la raccompagna à la porte, non sans lui avoir donné un pourboire généreux. Après son départ, il se tourna vers Bonnie, qui contemplait la table avec des yeux incrédules. Apparemment, elle n'avait jamais vu autant de nourriture de sa vie. Il se dit que si elle avait été sous-alimentée, il devrait l'empêcher de trop manger les premiers jours. Son intention n'était pas de la rendre malade, mais de lui faire reprendre des forces petit à petit.

— J'ai pensé qu'un bouillon te ferait du bien. Qu'en dis-tu ? Il a l'air délicieux, non ?

Un grand désarroi se peignit sur le visage de la petite fille. De nouveau, elle semblait au bord des larmes.

— Tu n'as rien à craindre, Bonnie. Tu es en sécurité ici.

Il lui tendit un morceau de pain. Elle commença par le fixer, avant de le lui arracher brusquement et de le dévorer avec avidité. Tandis qu'elle était occupée à mâcher, il la souleva et l'assit sur une chaise. Comme elle n'était pas assez haute, il alla chercher deux oreillers, qu'il glissa sous elle.

— C'était bon ? lui demanda-t-il quand elle eut avalé la dernière bouchée.

— Oui.

Il lui sourit.

— Bien. Tu vas goûter le bouillon, maintenant.

Après lui avoir attaché une serviette autour du cou, il souleva le couvercle de la soupière et remplit son bol. Lui tendant une cuillère, il la prévint :

— Attention, c'est peut-être brûlant. Tu dois souffler dessus avant de manger.

Après lui avoir jeté un regard étonné, elle s'exécuta docilement. Au bout d'une ou deux minutes, il lui dit qu'elle pouvait commencer. Elle ne se le fit pas répéter, et se jeta sur le breuvage. Il avait à peine entamé sa viande qu'elle avait déjà terminé et reposé sa cuillère sur la table.

— Tu as encore faim ?

— Oui.

Il lui donna un autre morceau de pain. Cette fois-ci, elle prit son temps, dégustant chaque bouchée. Elle ne le quittait pas des yeux, observant chacun de ses gestes avec attention. Quand lui-même eut mangé la moitié de sa viande, il se laissa aller en arrière sur sa chaise.

— Ça ne t'ennuie pas trop de passer la nuit ici ?

Elle secoua la tête en signe de dénégation.

— Tu sais, tu es la première petite fille dont je m'occupe, alors si tu as besoin de quelque chose, il ne faut pas hésiter à me le demander. Tu es sous ma protection, ici. Mme Jarvis ne reviendra pas.

L'enfant s'essuya lentement les mains sur sa serviette.

— Comment tu t'appelles ? demanda-t-elle après un long silence.

— Graham.

— Je peux, Graham ?

Elle désignait le verre de lait.

— Bien sûr. Il est pour toi.

Elle but avec un plaisir visible avant de reprendre :

— Je vais rester avec toi ?

Graham fut pris au dépourvu par la question.

— Je vais d'abord essayer de savoir si tu as de la famille. Si mes recherches n'aboutissent pas, il sera sûrement facile de trouver des parents qui seront ravis d'accueillir une jolie petite fille comme toi. Mais en attendant, oui, tu vas rester avec moi.

— Mme Jarvis dit que personne ne veut de moi parce que je suis un fardeau.

Elle planta ses grands yeux dans les siens.

— C'est mal d'être un fardeau, n'est-ce pas ?

Une nouvelle fois, Graham se demanda comment répondre.

— Tu n'es pas un fardeau pour moi, tu sais.

L'enfant frissonna.

— Quand Mme Jarvis m'a montrée à la dame de l'église, la dame a dit que personne ne voudrait jamais de moi parce que ma mère était une pros... une prostuée, acheva-t-elle en butant sur le mot. Mme Jarvis disait que ma mère était une catin. Mais j'ai toujours eu peur de lui demander ce que ça voulait dire. Tu sais, toi ?

Graham garda le silence. Il observait la petite fille innocente et songeait que, dès son plus jeune âge, elle avait été victime de la cruauté des adultes. Il n'aurait pas dû en être surpris : le mal fleurissait partout. Pourtant, il ne parvenait pas à s'y habituer.

Il dissimula la colère qui l'avait envahi, car il ne voulait pas effrayer Bonnie. Il en voulait moins à Mme Jarvis — une femme sans éducation, qui était née et mourrait probablement dans la pauvreté — qu'à Colleen. Cette dernière n'avait aucune excuse. Femme d'un pasteur, elle était censée être un modèle de charité et de bonté pour toute une communauté.

— La dame de l'église a tort. J'ai connu ta maman. Elle était douce et jolie. Tu lui ressembles beaucoup.

Le visage de Bonnie s'éclaira un peu.

— Moi aussi, je trouvais maman jolie. Elle était très gentille. Quand elle venait, elle m'embrassait, et j'avais le droit de lui brosser les cheveux. Elle pleurait quand elle devait repartir. Si je voulais la consoler, elle me disait que c'était des larmes d'amour. Pleurer, ça veut dire qu'on aime quelqu'un ?

— Parfois.

Pour repousser l'émotion qui l'envahissait, Graham demanda :

— Tu as encore faim ? Tu veux un peu de bouillon ?

— Non, merci, dit-elle en se frottant le ventre. J'ai assez mangé, je crois.

Avisant les cernes noirs qui lui soulignaient les yeux, Graham songea que si, chez Mme Jarvis, elle dormait aussi peu qu'elle mangeait, elle devait être épuisée. Mais avant de la mettre au lit, il voulait s'assurer d'une chose.

— Bonnie, est-ce que ta maman t'a déjà parlé de sa famille ?

— Non. Elle me manque beaucoup, ma maman, vous savez. Et Mme Jarvis dit qu'elle ne reviendra plus jamais.

Elle cligna plusieurs fois des yeux pour contenir ses larmes, puis finit par se servir de la serviette de table comme mouchoir.

— Je sais, Bonnie. Mais il n'y a personne d'autre ?

— Une fois, j'ai demandé à maman qui était mon papa. Elle a pleuré aussi ce jour-là, mais c'est parce qu'elle était triste. Elle m'a dit qu'un jour, on serait tous réunis et qu'on serait une vraie famille, mais qu'il fallait attendre encore un peu.

Graham serra les dents. Laurie avait sans doute menti à sa fille pour la ménager. Le salaud s'était probablement enfui le jour où Laurie lui avait appris sa grossesse. C'était ce que son père avait fait. Il espérait pourtant que les habitants de Landing traiteraient mieux Bonnie qu'ils ne l'avaient traité, lui. Jamais on ne lui avait permis d'oublier qui il était et d'où il venait.

L'enfant bâilla à plusieurs reprises.

— Il est temps d'aller au lit, fillette.

Il l'aida à descendre de la chaise et la conduisit dans sa chambre. Quand elle fut confortablement installée, il remonta les couvertures jusqu'à son menton.

— Tu as assez chaud ?

— Oui.

— Je serai juste à côté. Tu n'as qu'à m'appeler si tu as besoin de quelque chose. D'accord ?

— Vous n'allez pas me ramener chez Mme Jarvis, demain ? demanda-t-elle avec ferveur.

Graham lui caressa la joue.

— Tu n'y retourneras jamais, je te le promets, Bonnie.

Un léger soulagement détendit les traits de la petite fille, mais elle semblait douter encore. Il savait exactement ce qu'elle éprouvait : sa vie avait été tellement difficile qu'il lui faudrait du temps pour apprendre à avoir de nouveau confiance en autrui.

— Bonne nuit.

Graham laissa la porte de communication entre les deux chambres légèrement entrebâillée. Ainsi, il l'entendrait si elle l'appelait ou si son sommeil était agité. S'installant devant son repas à moitié entamé, il constata qu'il avait perdu l'appétit.

Il était déterminé à tenir parole : il ne renverrait pas Bonnie chez Mme Jarvis. Mais qu'allait-il faire d'elle ? Les gens n'étaient pas tendres envers les orphelins, surtout si ceux-ci étaient de père inconnu. Il ne voulait pas que la fillette subisse le même sort que lui. Elle méritait d'être heureuse, et il ferait tout ce qui était en son pouvoir pour l'aider.

— Tu ne peux pas imaginer à quel point j'étais choquée ! s'exclama Colleen en ôtant ses gants avant de les agiter distraitement.

A cette heure encore matinale, le magasin était presque désert. Madelyne observa sa sœur à la dérobée : comme toujours, celle-ci portait des vêtements coûteux. Les goûts dispendieux de Colleen la surprenaient toujours. Elle se demanda ce qu'en pensait son beau-frère. Il devait désapprouver, mais il n'avait sans doute pas son mot à dire : d'une part ce n'était pas lui qui finançait ces achats, mais l'héritage que Colleen avait reçu de son père, et d'autre part, il ne devait pas oser s'élever contre sa femme, dont le mauvais caractère et la langue acerbe étaient bien connus.

— Je ne te comprends pas, Colleen. C'est une église, non ? Ce n'est pas la première fois qu'on t'amène des orphelins.

— Je sais. C'est une lourde charge, admit Colleen d'un air excédé. Mais celle-ci était pire que les autres. D'abord, elle était d'une saleté repoussante. Je me demande comment on peut se laisser aller à ce point.

Madelyne, agacée par l'attitude de sa sœur, jeta un coup d'œil discret à la pendule, espérant que cette visite à l'improviste ne se prolongerait pas trop. Pour ne pas perdre de temps, elle avait commencé à remettre de l'ordre dans les coupons de tissu, les triant par matière et par prix. Tout en discutant, elle se remit à la tâche.

— Tu ne peux pas reprocher sa saleté à cette enfant. C'est à sa mère de la baigner.

Colleen se pencha au-dessus du comptoir et balaya sans y prêter attention le tas de coupons que sa sœur avait déjà triés.

— Mais cette femme n'était pas sa mère.

Elle se tut un instant et jeta un coup d'œil par-dessus son épaule pour voir si les deux premiers clients de la matinée l'écoutaient. Le plus proche des deux, un vieil homme du nom de Zeke, était à moitié sourd. Quant au second, Cameron Forbes, un jeune veuf qui possédait une grande ferme au sud de la ville, il était à l'autre bout du magasin, et bien trop occupé à examiner un catalogue d'outillage et de matériel agricole pour s'intéresser à la conversation. Néanmoins, Colleen baissa la voix.

— Hier, notre nouveau shérif a passé sa journée à poser des questions à propos de cette catin assassinée, chuchota-t-elle avec un reniflement dédaigneux.

— Je suis au courant, répondit Madelyne, qui brûlait encore d'indignation suite aux accusations injustes de Graham.

— Eh bien, c'était sa fille.

— Qui ?

Colleen la foudroya du regard.

— Suis un peu ce que je te dis au lieu de rêvasser. Je te répète que cette horrible femme, Mme Travis, ou Jarvis, est venue me trouver à l'église avec cette enfant crasseuse. Elle m'a expliqué que la prostituée l'avait payée pour s'en occuper. Mais comme elle est morte, fini l'argent, tu comprends ? C'est pour ça qu'elle voulait se débarrasser de la petite et me la confier. A moi, tu te rends compte ? Ça m'a terriblement choquée, déclara-t-elle en posant la main sur son cœur. Evidemment, Gene était sorti. Il est toujours en train de visiter les malades quand j'ai besoin de lui. Il a fallu que je me débrouille seule.

Madelyne récupéra ses coupons et reprit son tri.

— Et que s'est-il passé ?

— Je lui ai dit le fond de ma pensée : que je ne pouvais pas me charger de la bâtarde d'une catin, et un certain nombre d'autres choses encore. Et puis je l'ai renvoyée, acheva Colleen en souriant d'un air satisfait.

Madelyne fixa sa sœur avec stupéfaction. Parfois, elle avait du mal à croire qu'elles avaient eu les mêmes parents, la même enfance, et la même éducation.

— Tu as refusé de t'occuper de l'enfant ?

— C'est une bâtarde, ne l'oublie pas. Et sa mère était...

— Je sais, je ne risque pas de l'oublier, avec toi. On dirait que tu prends plaisir à dire ce genre de choses.

Sa sœur se redressa de toute sa hauteur et la toisa, mais Madelyne refusa de se laisser intimider.

— Je t'interdis de me parler sur ce ton ! s'écria Colleen.

— Je m'adresse à toi comme ça me chante. Tu n'es pas ma mère, répliqua Madelyne.

— Je te rappelle que je suis la femme d'un pasteur, alors fais bien attention.

Ce n'était pas la première fois que Colleen la menaçait ainsi, mais Madelyne avait du mal à s'y habituer.

— Que va devenir l'enfant, à présent ? Elle n'a nulle part où aller.

— Je m'en moque. Ce n'est certainement pas mon problème. Mon Dieu, tu n'imagines tout de même pas que j'allais prendre une bâtarde chez moi !

— Ce n'est qu'une petite fille, Colleen. Tu ne peux pas la tenir pour responsable de ce qu'était sa mère. Pourquoi es-tu si dure ?

Elle se dirigea lentement vers l'arrière-boutique. Colleen la suivit.

— En tant que femme de pasteur, je dois montrer l'exemple.

— Précisément, rétorqua Madelyne en se retournant. Un exemple de charité et de bonté.

— Tu aurais dû la voir. Elle était vraiment repoussante. Et on ne sait même pas qui est le père.

— Même si son père était le diable en personne, il était de ton devoir de l'accueillir.

— Ne me fais pas la leçon, Madelyne ! s'écria Colleen d'une voix stridente. Je ne suis pas n'importe qui dans cette ville. J'ai une place à tenir, et un nom à honorer. C'est déjà suffisamment lourd à porter d'avoir une sœur vieille fille qui s'occupe seule d'un commerce. N'oublie pas que c'est parce que je le tolère que les gens de Landing en font autant. Je fais mon devoir, moi, et tu ferais bien de m'imiter.

Madelyne ne se laissa pas impressionner par cette tentative d'intimidation. Elle regardait Colleen avec détachement, non sans éprouver malgré tout une certaine tristesse.

— Tu es convaincue d'avoir raison, n'est-ce pas ?

Encore tout à son indignation, Colleen ouvrit et ferma plusieurs fois la bouche avant de répondre.

— Evidemment.

— Pas moi.

Madelyne s'apprêtait à poursuivre, quand elle sentit une légère pression sur son bras.

Elle se retourna : c'était Cameron Forbes.

— Tout va bien, mademoiselle Bancroft ? demanda-t-il de sa belle voix grave.

Madelyne lui sourit et acquiesça. Comme chaque fois qu'elle se trouvait en présence de Cameron Forbes, elle s'étonna de ne pas éprouver plus qu'une simple sympathie à son égard. Pourtant, cet homme avait tout pour lui : d'une beauté régulière, il était grand, bien bâti, et très courtois. Une légère tristesse voilait constamment son regard, ce qui ajoutait encore à son charme. Etabli à Landing depuis plus de cinq ans, il avait perdu sa fille et sa femme peu de temps après son arrivée. Madelyne discutait régulièrement avec lui après l'office du dimanche, et ils avaient même dansé plusieurs fois ensemble au bal du 4 juillet. Son cœur aurait dû battre plus vite en sa présence, songea-t-elle. Et pourtant, ce n'était pas le cas.

Madelyne fut tirée de ses réflexions par la voix aigre de Colleen.

— De quoi vous mêlez-vous, monsieur Forbes ? S'il est impossible d'avoir une conversation avec sa sœur sans être dérangée...

Cameron ignora son interruption et répéta sa question.

— Vous êtes sûre que tout va bien ?

— Oui, ne vous inquiétez pas. Vous savez comme sont les sœurs entre elles, ajouta Madelyne avec une gaieté forcée.

— En tout cas, n'hésitez pas à m'appeler si vous avez besoin de moi. J'en ai encore pour un moment.

Comme il s'éloignait, Colleen dit assez fort pour être entendue de lui :

— Mais pour qui se prend-il, celui-là ? Qu'il s'occupe de ses affaires.

— C'est un bon client, dit Madelyne. Et c'est aussi un ami.

Colleen fronça les sourcils.

— N'oublie pas que les rumeurs vont vite. Une femme seule qui a des hommes pour amis, c'est suspect.

— Je sais, répondit Madelyne en regardant sa sœur remettre ses gants.

— Malgré la piètre opinion que tu as de moi, figure-toi que je me soucie de cette bâtarde. Il y a des endroits pour les enfants comme elle.

— Qu'est-ce que tu entends par là ?

— Un orphelinat. L'église est prête à payer son billet de train.

Peut-être était-ce la meilleure solution, songea Madelyne. Si la petite fille avait été placée sous la responsabilité de Colleen, elle lui aurait rendu la vie impossible. Madelyne essaya de se rappeler à quel moment sa sœur était devenue si méchante. Etait-ce son mariage avec Gene qui l'avait aigrie, ou le changement s'était-il produit avant ?

Comme elle se replongeait dans ses souvenirs, la porte de l'épicerie s'ouvrit, et Graham entra.

— Ah, shérif, dit Colleen du bout des lèvres, je suppose que vous avez eu la visite de cette horrible femme et de cette petite..., enfin, vous savez quoi. J'ai réfléchi à la situation, et j'ai trouvé une solution.

Graham posa sur elle un regard glacial. Madelyne ne put s'empêcher de l'admirer : il se tenait sur le seuil du magasin, se dressant de toute sa hauteur dans la lumière dorée du matin, immense et invincible. Elle dissimula un petit sourire : Colleen avait trouvé à qui parler.

— Je n'ai pas besoin de votre avis ni de vos conseils, madame.

— Vous allez m'écouter, insista Colleen en se dirigeant vers lui. L'église est prête à...

A ce moment-là, quelque chose bougea derrière Graham. Une petite fille s'avança et se plaça à côté de lui. Très maigre, elle avait de grands yeux bleus et de magnifiques cheveux noirs. Son manteau et sa robe étaient dans un état déplorable, de même que ses chaussures. Le cœur de Madelyne s'émut aussitôt à la vue de l'enfant : elle avait l'air grave de ceux qui n'ont pas eu souvent l'occasion de rire. Madelyne se rappela qu'elle-même n'était guère plus âgée lorsqu'elle avait perdu sa mère. Elle s'était sentie tellement seule alors. Et pourtant, elle avait encore sa sœur et son père, tandis que la petite n'avait plus personne.

Celle-ci se mordit la lèvre inférieure et montra Colleen du doigt.

— C'est elle. C'est la dame de l'église qui a dit que ma maman était une prostuée !

Graham lui mit la main sur l'épaule dans un geste très protecteur.

— Je sais, Bonnie. Ne t'inquiète pas. Je ne la laisserai pas te faire de mal.

Il s'adressa ensuite à Colleen.

— Vous en avez déjà fait assez. C'est moi qui m'occuperai de la petite.

— Vous ? Mais ce n'est absolument pas convenable !

— C'est beaucoup plus convenable, comme vous dites, que tout ce que vous pourriez faire. Je n'ai aucune confiance en vous, et vous n'êtes pas digne de vous occuper de cette enfant.

Colleen faillit s'étrangler d'indignation.

— Je vous défends de m'insulter !

Madelyne s'avança alors et eut un geste apaisant en direction de sa sœur.

— Ne te monte pas la tête, Colleen. Si Graham ne veut pas de ton aide, il est inutile d'insister.

— Je ferai mon devoir de chrétienne, que cela plaise ou non au shérif. Nous sommes disposés à payer le billet de train pour envoyer cette enfant à l'orphelinat. Nous ne pouvons pas la garder à Landing. Nous n'avons aucune structure d'accueil adaptée.

La petite fille, qui avait suivi la conversation entre les deux adultes, se figea en entendant le mot « orphelinat ». Elle devint toute pâle, et ses yeux se remplirent de larmes.

— Je ne veux pas aller à l'orphelinat, gémit-elle.

— Tu n'iras pas, dit doucement Graham.

— Vous n'avez tout de même pas l'intention de la garder avec vous ?

— S'il n'y a pas de meilleure solution, c'est ce que je vais faire.

Colleen eut un rire mauvais.

— Que ferez-vous d'elle dans la journée ? Elle ne peut tout de même pas rester à l'hôtel ! Et puis, un homme seul avec une petite fille, ça fera jaser toute la ville. C'est incompatible avec vos fonctions.

Graham allait répliquer lorsque Bonnie tira sur la jambe de son pantalon.

— Graham ? Il faut me promettre de ne pas m'envoyer à l'orphelinat, dit-elle d'une voix tremblante.

Il s'accroupit devant elle.

— Je te le promets, Bonnie.

Une larme glissa alors le long de la joue de la fillette, et Graham l'essuya du bout de son pouce. Madelyne, touchée par le chagrin de l'enfant, s'approcha lentement. Bonnie leva soudain vers elle des yeux effrayés, qui arrêtèrent net son élan de sympathie. La jeune femme se força à sourire.

— Tu n'as rien à craindre, tu sais. Graham a promis de te protéger, et tu peux lui faire confiance.

L'enfant renifla et une autre larme brilla sur sa joue.

— Je ne veux pas aller là-bas. Mme Jarvis dit qu'ils sont méchants avec les enfants.

Graham lui effleura gentiment la joue.

— Quel tableau touchant ! ironisa Colleen. Mais de toute façon, elle n'a pas d'endroit où loger, ici.

Graham se releva.

— J'ai dit qu'elle resterait avec moi. Je veux aider Bonnie à retrouver sa famille.

— Parce que vous croyez qu'elle en a une ? Si son père s'était soucié d'elle, il aurait épousé sa mère. Mais bien sûr, je comprends pourquoi vous vous entendez si bien tous les deux. Qui se ressemble s'assemble, n'est-ce pas ?

— Ça suffit Colleen, intervint Madelyne. Tu fais l'économie du voyage en train. Tu devrais être contente, non ?

— Tu n'as pas à me dicter ma conduite, répliqua froidement Colleen avant de partir. Je ne saurais trop te répéter de faire bien attention. Tu es une vieille fille, et ta réputation est tout ce que tu as. Si les gens apprennent que tu prends le parti de ces bâtards, ils iront faire leurs courses ailleurs.

— Je possède la seule épicerie générale de la ville, rétorqua Madelyne.

— Mais il n'y a pas que Landing. Penses-y.

Madelyne songea que décidément, sa sœur était une étrangère qu'elle aurait aimé ne jamais rencontrer.

— Ah, j'oubliais, Graham. N'espérez pas trouver une famille respectable pour cette enfant. Personne ne voudra d'elle. Et si vous en avez assez de jouer les nourrices, mon offre de billet de train tient toujours. Et puis, il y a aussi le saloon. Elle a peut-être des cousines parmi les catins. Après tout, c'est de là qu'elle vient.

— Sors d'ici immédiatement ! dit Madelyne d'une voix forte.

— Ne me pousse pas à bout, Madelyne. Je peux te détruire, déclara Colleen avant de claquer la porte derrière elle.

# 6.

Madelyne ne parvenait pas à détacher ses yeux de la porte, se demandant quand elle cesserait enfin de trembler : elle était encore sous le choc de l'échange houleux avec Colleen. Elle songea que Graham était revenu depuis exactement trois jours, et que sa vie était déjà sens dessus dessous.

Quand elle se fut un peu ressaisie, elle regarda autour d'elle, et constata avec soulagement que ses deux clients n'étaient pas en train de la dévisager avec curiosité. Pourtant, ils ne devaient pas avoir manqué grand-chose de la dispute, Colleen ayant rapidement élevé la voix. Pour se rassurer, elle se dit que ni Zeke ni Cameron n'étaient le genre de personne à propager des rumeurs. Elle se félicita de l'absence opportune de Mme Dobson, qui n'aurait certainement pas perdu une miette de l'incident et se serait empressée de le colporter à droite et à gauche.

— Ça va, Madelyne ?

La question émanait de Graham, qui s'était rapproché d'elle. Comme Cameron l'avait fait quelques instants plus tôt, il avait posé une main légère sur son bras. Mais cette fois-ci, la réaction de la jeune femme fut différente. La voix de Graham l'apaisa, et son contact lui communiqua une chaleur qui se répandit dans tout son corps.

— Oui, je te remercie, répondit-elle.

— J'aimerais te présenter une de mes amies, dit-il en souriant à la petite fille, qui ne le quittait pas d'une semelle. Madelyne Bancroft, voici Bonnie Smith.

— Vous êtes aussi jolie que ma maman, dit l'enfant de sa voix flûtée.

Graham accentua sa pression sur son bras, et Madelyne comprit le message : il craignait que la comparaison ne la mette en colère et qu'elle ne se montre désagréable avec Bonnie. Agacée, elle dégagea son bras et s'accroupit.

— Bonjour, Bonnie. Je suis ravie de faire ta connaissance. Merci pour ton gentil compliment. Je n'ai pas connu ta maman, mais tu es toi-même tellement mignonne qu'elle devait être très belle.

— Elle est morte. Mme Jarvis dit qu'elle est allée en enfer.

Madelyne lança un coup d'œil à Graham avant de reporter son attention sur la fillette.

— Qui est Mme Jarvis ?

— C'est la dame qui s'occupe de moi. Elle n'aime pas ma maman.

Madelyne toucha avec douceur l'hématome le plus visible qui marquait le visage de Bonnie.

— C'est elle qui te frappait ?

L'enfant acquiesça.

— Heureusement, ça ne fait plus mal. Un jour, je l'ai dit à maman. Maman a disputé Mme Jarvis et lui a dit de ne plus recommencer. Mais ça n'a servi à rien. Quand elle est partie, Mme Jarvis m'a encore frappée. Est-ce que je vais être fouettée, maintenant ?

Madelyne ravala les larmes qui lui brûlaient les yeux.

— Non. Graham et moi n'aimons pas ce genre de choses.

Elle désigna un comptoir éloigné.

— Tu vois le gros bocal de verre là-bas ? Il y a des bonbons à l'intérieur. Tu peux en prendre un, si tu veux. Mais fais bien attention en montant sur le petit escabeau.

— C'est vrai, je peux ? demanda Bonnie avec enthousiasme.

— Oui, mais fais bien attention de ne pas tomber.

La petite fille partit en courant ; ses longs cheveux se balançaient dans son dos. Madelyne n'avait jamais vu Laurie Smith, mais la jeune femme devait avoir été d'une beauté éblouissante. Ce n'était pas étonnant que Graham ait préféré son lit aux chastes baisers que Madelyne lui avait donnés.

— Tu m'as surpris, dit ce dernier en lui tendant la main pour l'aider à se relever. Je ne m'attendais pas que tu tiennes tête à ta sœur.

Ignorant le compliment, elle haussa les épaules. Pour l'heure, la seule chose qui comptait était la main de Graham, qui s'attardait sur la sienne. Elle aurait aimé que cet instant n'ait pas de fin.

Pour rompre le silence pesant qui s'était installé entre eux, elle dit enfin :

— Colleen a tort. Bonnie n'est pas responsable de ce qui lui est arrivé, ni de qui étaient ses parents.

— Colleen est une...

— Non ! Ne dis rien, le coupa-t-elle. Je sais qu'elle n'est pas facile, mais c'est quand même ma sœur.

— Dieu merci, vous ne vous ressemblez pas du tout.

Elle se risqua à le regarder, et fut récompensée par un sourire ravageur. Elle admira de nouveau ce visage qui la fascinait tant : les yeux sombres, le nez bien droit, le menton carré et volontaire, et ce sourire irrésistible qui découvrait ses dents blanches. En un éclair, elle eut l'impression de retrouver le jeune homme qu'elle avait connu. A ce moment-là, la porte d'entrée s'ouvrit, et deux femmes entrèrent. Madelyne sursauta et s'écarta aussitôt de Graham. Pour se donner une contenance, elle entreprit de réarranger un rayon de bouteilles qui n'en avait pas vraiment besoin.

— Tu sais, il y a quelque chose qui m'a toujours semblé étrange à propos de Colleen, dit-elle à voix basse. Quand elle était petite, elle désobéissait très souvent, et elle faisait pas mal de bêtises. Mon père était persuadé qu'elle n'apprendrait jamais les bonnes manières et ne pourrait pas devenir une femme respectable.

— Elle a beaucoup changé, mais pas vraiment en bien, n'est-ce pas? Pour moi, elle n'a aucune excuse.

Désireuse de changer de sujet, Madelyne chercha Bonnie du regard, et constata qu'elle était en train d'explorer le magasin tout en mangeant son bonbon.

— Dis-moi, comment se fait-il que ce soit toi qui prennes soin de Bonnie à présent?

— Eh bien, c'est très simple. Après avoir été jetée dehors par ta charmante sœur, Mme Jarvis m'a amené Bonnie. Elle m'a déclaré sans détour que, puisqu'elle ne touchait plus d'argent de Laurie Smith, elle ne s'occuperait plus de sa fille.

Graham avait posé les mains bien à plat sur le comptoir. Tandis qu'il parlait, il ferma progressivement les poings. Spontanément, Madelyne posa ses mains sur les siennes.

— Je suis désolée, Graham.

Il lui lança ce regard qui la troublait tant. Elle avait peur, peur d'éprouver encore pour lui les mêmes sentiments qu'autrefois, peur des sensations qu'il éveillait en elle. Elle savait qu'elle ne pourrait jamais être pour lui la femme qu'il attendait. Vaguement effrayée et honteuse, elle retira vivement ses mains et se détourna.

— Bonnie est très maigre, observa-t-elle, soucieuse de créer une diversion.

— Je ne crois pas qu'elle ait été bien nourrie. A mon avis, elle a reçu plus de mauvais traitements que de bons repas, chez Mme Jarvis. Elle a des hématomes sur le visage, et sur les jambes aussi. J'ai demandé à une femme de chambre de l'hôtel de lui donner un bain et de brosser sa robe et son manteau, mais ils sont presque en loques, et elle n'en a pas d'autres. Et je ne parle même pas de l'état de ses chaussures.

— Je peux arranger ça. Laisse-moi faire.

Madelyne se dirigea vers les rayons consacrés aux vêtements.

— Je n'ai pas un grand choix, dit-elle sur un ton d'excuse. Ici, la plupart des gens confectionnent eux-mêmes leurs habits. Mais on devrait quand même trouver de quoi l'habiller convenablement. Voyons... il lui faut quelques robes, un manteau neuf, des sous-vêtements, une chemise de nuit...

Parcourant les rayonnages des yeux, elle finit par trouver ce qu'elle cherchait et sortit les piles de vêtements pour enfants. Pendant qu'elle s'affairait, Graham s'approcha.

— Tu pourrais la prendre chez toi, Madelyne. Tu es seule, et tu vis dans cette immense maison...

La jeune femme fut prise au dépourvu par cette suggestion. Prendre Bonnie chez elle ? Cette idée lui parut d'abord absurde. Pourtant, tout en examinant les tailles des robes et des chemises de nuit, elle ne put s'empêcher d'y réfléchir. Les objections ne tardèrent pas à se succéder dans son esprit. Tout d'abord, il y avait Colleen et ses menaces. Elle ferait sûrement un véritable scandale, et s'opposerait par tous les moyens à ce projet. Et puis, qui s'occuperait de Bonnie dans la journée ? Comme la ville n'avait pas d'école, Madelyne serait obligée de la prendre avec elle au magasin, et elle n'était pas certaine que la petite fille trouve cela vraiment amusant à la longue.

— C'est bon, oublie ce que j'ai dit, reprit Graham d'une voix où perçait l'irritation.

Surprise, elle le regarda.

— Pourquoi ?

— J'avais oublié que ta réputation était plus importante que tout le reste. Tu as peur que Colleen ne mette ses menaces à exécution, n'est-ce pas ? Ne t'inquiète pas, Bonnie et moi nous débrouillerons très bien tout seuls.

— Tu es injuste, Graham. J'étais en train de penser à tout ce qu'une telle décision impliquait.

— Tu n'as pas eu besoin de réfléchir quand tu as pris le chaton.

— Mais ce n'est pas la même chose. Tu ne peux pas comparer un enfant à un animal !

— Tu sais parfaitement ce que je veux dire. Tout le monde se moque bien que tu aies un chat, donc tout va bien. Mais dès qu'il s'agit de prendre quelques risques, tu recules. Tu crains tellement de ne pas agir suivant les convenances que tu préfères ne rien faire du tout.

Madelyne le foudroya du regard.

— Ne sois pas stupide ! Tu ne vas tout de même pas la ramener à l'hôtel !

— Elle est bien mieux avec moi qu'avec Mme Jarvis, ou même avec Colleen.

— Je suis d'accord avec toi. Mais tu ne peux pas la garder. Tu es célibataire.

— Toi aussi.

— Oui, mais au moins, je suis une femme.

— La différence entre toi et moi, c'est que moi, je me soucie de Bonnie.

— Moi aussi, figure-toi ! Allons, sois raisonnable, Graham, laisse-moi la prendre avec moi.

— Non.

Madelyne commençait à perdre patience. Même si elle

avait effectivement songé à la réaction de Colleen, elle estimait avoir fait preuve de bonne volonté. Pourquoi fallait-il toujours qu'il la juge aussi durement?

— Tu ne m'as même pas accordé une minute de réflexion! Je n'ai pas donné mon accord sur-le-champ parce que je songeais aux conséquences. Cela ne concerne pas que Bonnie et moi, vois-tu. Et comme j'ai eu l'air d'hésiter, tu as décidé à ma place, sans me donner une seconde chance.

— Tu n'as pas changé, Madelyne, répliqua-t-il en se raidissant.

Cette remarque cinglante la blessa plus que tout ce qu'il avait dit auparavant.

— Tu as tort.

— Peut-être, mais ça ne fait rien. Bonnie restera avec moi. Elle a sa chambre, et elle semble plutôt contente.

Une exclamation de joie les fit se retourner. Bonnie arriva en courant vers eux, serrant quelque chose dans sa main.

— Regardez, dit-elle en tremblant d'excitation. Regardez ce que le monsieur m'a donné.

Elle brandit fièrement une petite poupée de maïs. Les traits du visage avaient été grossièrement dessinés au charbon, et elle était habillée avec des chutes de tissus, mais le regard de Bonnie était éloquent : pour elle, c'était le plus beau cadeau du monde.

— Elle est magnifique, n'est-ce pas? déclara-t-elle solennellement, avant d'esquisser un sourire timide. Il a dit qu'elle était pour moi.

Cameron s'approcha d'une démarche nonchalante. Il s'éclaircit la gorge.

— Vous la mettrez sur ma note, mademoiselle Bancroft.

Graham continuait de fixer Bonnie d'un air incrédule.

— Quelque chose ne va pas ? l'interrogea Madelyne.

Il secoua la tête.

— C'est la première fois que je la vois sourire. Merci, dit-il en s'adressant à Cameron.

— Toutes les petites filles ont besoin d'une poupée, répondit ce dernier en haussant les épaules. Mademoiselle Bancroft, je me suis permis de cocher sur le catalogue tout ce dont j'avais besoin. Vous me préviendrez quand la commande sera arrivée.

Madelyne lui sourit.

— Bien sûr. Je m'en occupe.

— Merci. Et bonne journée, ajouta-t-il en touchant son chapeau. Shérif.

Les deux hommes se saluèrent, puis Cameron s'éloigna lentement et sortit du magasin.

Quand Madelyne se retourna vers Graham, elle vit qu'il la dévisageait avec une expression curieuse. La jeune femme comprit immédiatement sa signification, et se retint pour ne pas donner libre cours à son exaspération : elle en avait plus qu'assez des procès d'intention de Graham Kincaid. Après l'avoir accusée de ne pas se soucier de Bonnie parce qu'elle n'avait pas immédiatement accepté de la prendre chez elle, il la soupçonnait à présent d'être sensible au charme de Cameron Forbes. Décidément, elle ne comprendrait jamais rien aux hommes.

Elle poussa une pile de vêtements devant lui.

— Voilà. Cela devrait te permettre de résoudre le problème de garde-robe de Bonnie. Je vais voir si j'ai une paire de chaussures à sa taille dans l'arrière-boutique.

— Tu n'es pas obligée de faire tout ça.

— J'y tiens.

Elle s'était à peine éloignée qu'elle revint sur ses pas pour reprendre les vêtements.

— A la réflexion, je vais les garder ici.

— Pourquoi ?

— Parce que Bonnie va rester avec moi aujourd'hui.

— Il n'en est pas question.

Madelyne eut un petit sourire.

— Ah oui ? Et que vas-tu faire d'elle pendant que tu travailleras ?

— Eh bien, je...

Graham jeta un coup d'œil à la petite fille, qui s'était installée dans un coin et chuchotait des secrets à sa poupée. Il marmonna quelque chose d'inintelligible avant de poursuivre :

— Bon, d'accord, mais juste pour aujourd'hui. Je viendrai la chercher à l'heure de la fermeture.

— Merci infiniment, Graham. Quelle générosité !

Il la regarda d'un air tellement contrarié qu'elle éclata de rire avant de tendre la main à Bonnie.

— Allez, viens. Nous allons te chercher des chaussures. A plus tard, Graham.

Bonnie agita sa poupée en signe d'adieu et suivit docilement Madelyne. Cette dernière faillit se retourner en atteignant le rideau qui séparait le magasin de l'arrière-boutique, mais elle se l'interdit : elle ne voulait pas gâcher son cffet. Il lui suffisait de savoir que Graham était en train de fulminer derrière elle.

Graham acheva sa traversée du bois juste au moment où le soleil disparaissait à l'horizon. Le temps avait été relativement agréable ce jour-là, et la douceur qui s'installait annonçait la fin de l'hiver. Graham avait déjà aperçu des promesses de bourgeons sur les arbres, et il s'en réjouissait. Les hivers étaient rudes dans le Kansas, et il les quittait toujours sans regret.

S'arrêtant un instant, il contempla la grande maison

isolée. Madelyne avait allumé la lanterne placée sous le porche, ce qui donnait une petite note de gaieté à l'austère demeure. Le jeune homme reprit sa route, mais hésita un peu devant le perron. Il savait que Madelyne l'attendait. Quand il s'était présenté au magasin, Andrew l'avait informé qu'elle avait emmené Bonnie pour essayer ses vêtements, et qu'il pourrait passer la prendre chez elle. Comme le jeune employé n'avait pas transmis le message sur un ton particulièrement confidentiel, Graham avait un instant caressé l'espoir que Madelyne n'était pas aussi obsédée par sa réputation qu'autrefois. Mais il s'était bien vite ressaisi : il ne devait pas se laisser aller à ce genre d'idées stupides; jamais il n'y aurait rien entre eux. Le jeune homme qui avait juré à Madelyne un amour éternel n'était plus. Secouant la tête, il se dit qu'il pensait trop à tout cela. Il était venu pour chercher Bonnie et la ramener à l'hôtel, et rien d'autre. Il était là pour l'enfant, pas pour la jeune femme.

Comme il levait la main pour frapper, il ne put s'empêcher de ressentir une certaine excitation à l'idée de cette nouvelle confrontation.

Madelyne ouvrit avant qu'il n'ait eu le temps de frapper une seconde fois.

— Ne fais pas de bruit, Graham, chuchota-t-elle, un doigt sur la bouche. Bonnie dort.

Elle lui fit signe d'entrer et s'écarta pour le laisser passer avant de refermer la porte derrière lui avec beaucoup de précaution.

Elle lui prit machinalement son chapeau, et tendit la main pour qu'il lui donne son manteau. Il l'ôta tout en se demandant s'il ne ferait pas mieux de la prévenir tout de suite qu'il n'avait pas l'intention de rester longtemps. Avant qu'il ait pu se décider, elle le conduisit dans le salon. Une fois dans la pièce, elle désigna le canapé placé devant la cheminée, et Graham vit que Bonnie était allongée dessus et dormait. Madelyne avait posé une couverture sur elle pour la protéger. Le chaton était à ses pieds, également assoupi.

— N'est-elle pas adorable ? murmura Madelyne.

Graham acquiesça en silence avant de se tourner vers elle. La jeune femme contemplait l'enfant endormie avec attendrissement. Son beau visage, éclairé par la seule lumière de la pièce, celle du feu qui brûlait dans l'âtre, exprimait une grande douceur. Graham remarqua que sa coiffure n'était pas aussi stricte qu'à l'accoutumée : au lieu d'être noués en chignon sévère, ses cheveux étaient rassemblés dans une simple tresse assez lâche, et quelques petites mèches folles lui caressaient les joues. Madelyne semblait détendue, heureuse. Il lui envia cette sérénité apparente. Comme chaque fois qu'ils étaient proches, il se sentait troublé. Son regard s'attarda sur sa bouche pleine, et il lutta contre l'envie de l'embrasser. Afin de rompre le silence qui se prolongeait, il murmura :

— Laissons-la dormir.

Il se dirigea vers l'entrée. Madelyne le suivit.

— J'ai essayé de la garder éveillée, mais elle a littéralement sombré, expliqua-t-elle sur un ton d'excuse. Nous avons eu une journée très active.

— Je te crois volontiers, répondit Graham.

Madelyne eut un mouvement qui trahissait sa nervosité.

— Ecoute, j'ai mis un poulet à rôtir. Voudrais-tu rester dîner ?

Comme une mèche persistait à lui chatouiller le visage, elle la ramena derrière l'oreille. Graham tendit la main vers elle et lui effleura la joue.

— Qu'est-il arrivé à ton chignon de femme comme il faut ?

La jeune femme rougit et baissa les yeux.

— Eh bien, pendant que Bonnie et moi étions en train de jouer avec sa poupée, elle m'a demandé si elle pouvait me brosser les cheveux. Elle m'a dit qu'elle aimait beaucoup brosser les cheveux de sa mère, avant. Alors, comme ça lui faisait plaisir...

Elle haussa les épaules.

— Après, elle a insisté pour me coiffer, ajouta-t-elle en ramenant sa tresse sur son épaule pour l'examiner. Je sais, ce n'est pas parfait.

Elle sourit.

— Je dois avoir l'air d'un épouvantail.

— Non. Pas du tout. Ça te va très bien, au contraire.

— Oh.

Elle rougit encore davantage avant de reprendre :

— Alors, tu restes ?

Il savait qu'il aurait dû refuser. Faire durer l'intimité qui s'était installée entre eux ne servirait qu'à réveiller les fantômes du passé. Mais il était trop fatigué pour résister à la tentation de passer un moment avec elle.

— D'accord.

Le visage de Madelyne s'illumina, et le trouble de Graham s'accentua. Il avait eu tort d'accepter son invitation. Il n'avait pas encore réussi à s'endurcir au point d'être insensible à son charme. Il la suivit cependant dans la cuisine. L'odeur du repas lui mit l'eau à la bouche, et il se rendit compte qu'il mourait de faim : il ne s'était pas arrêté pour déjeuner, et son petit déjeuner lui paraissait très loin.

— Ce sera bientôt prêt.

Quelques minutes plus tard, elle sortit le poulet et les pommes de terre du four.

— Voilà, dit-elle en posant le plat brûlant sur le plan de travail. Il ne me reste plus qu'à enfourner la tarte aux pommes, ajouta-t-elle en joignant le geste à la parole. Mais assieds-toi, je t'en prie.

— Où ça ? demanda Graham d'un air amusé.

Des piles de vêtements encombraient les chaises. Madelyne s'empressa de les réunir en une seule.

— Désolée pour le désordre. Je suis allée au grenier avec Bonnie cet après-midi, et nous avons déniché les habits que Colleen et moi mettions quand nous étions petites. Nous avons même retrouvé nos poupées, mais Bonnie préfère de loin la sienne. Tiens, prends celle-ci.

Graham s'assit sur la chaise qu'elle lui désignait et étira ses longues jambes sous la table.

— Colleen ne va sûrement pas apprécier que Bonnie porte ses vêtements.

— Peut-être, répondit Madelyne, mais ça m'est égal. Quand sa fille est née, je lui ai proposé de les reprendre, et elle a refusé. Elle a affirmé qu'elle préférait en acheter de nouveaux. Je trouve cela dommage, et je serais heureuse que Bonnie puisse en profiter.

Tout en parlant, elle s'affairait dans la cuisine. Elle sortit une nappe blanche et mit rapidement la table avant de commencer à découper le poulet.

— On dirait que tu es une cuisinière expérimentée. Personne ne s'en occupe pour toi ? Ton père avait bien une cuisinière, non ?

— Oui, mais moi pas. A la mort de papa, je l'ai mise à la retraite. Je lui verse une pension depuis. Je n'avais vraiment pas besoin d'une cuisinière pour moi toute seule.

— Et la bonne ?

— Elle s'est mariée et elle est partie. Mais j'ai pris quelqu'un pour faire le ménage. Elle vient deux fois par semaine. Avec le magasin, je n'ai pas du tout le temps de m'en occuper.

Elle poussa un soupir avant de continuer :

— Colleen ne comprend pas pourquoi je travaille dans le commerce. Elle pense que ce n'est pas convenable pour une femme, et elle me pousse à prendre un gérant. Mais moi, j'aime mon travail, j'aime le contact avec les clients. Je deviendrais folle si je devais m'arrêter. Enfin, je ne sais pas pourquoi je te raconte tout ça, dit-elle avec un petit rire forcé.

— Peut-être parce que tu ne peux pas le confier à ta très chère sœur, répondit Graham avec une pointe d'ironie.

— Sans doute, reconnut Madelyne en achevant de découper la volaille. Bien, voyons si cet animal est aussi bon qu'on me l'a promis !

Elle le servit généreusement, et garnit son assiette de pommes de terre rôties au four.

— Bon appétit, Graham. J'espère que c'est comestible, ajouta-t-elle d'un air anxieux.

— Bon appétit, Madelyne. Je te rassure, c'est délicieux, affirma-t-il après la première bouchée.

— Merci.

Ils mangèrent quelque temps en silence, puis la jeune femme demanda :

— Tu as l'air fatigué. Ta journée a été difficile ?

— Je crois qu'on peut le dire, en effet, répondit Graham.

C'était étrange : cette scène lui rappelait une de celles qu'il avait imaginées mille fois. Il ne s'était pas contenté de se représenter Madelyne nue entre ses bras, mais avait souvent songé à ce que serait la vie avec elle. Il tenta de repousser cette impression. Ce n'étaient que des rêves, et ils ne deviendraient jamais réalité.

— Tu n'as rien appris de plus sur la mère de Bonnie ?

— Malheureusement, non. La plupart des gens

assurent qu'ils ne l'ont jamais connue. Et les rares qui admettent l'avoir un peu fréquentée jurent leurs grands dieux qu'ils ne savent rien. Certains des citoyens « respectables » de la ville ne cachent d'ailleurs pas leur sentiment sur cette affaire. Mme Greeley m'a demandé pourquoi je perdais mon temps à mener cette enquête.

— J'en suis désolée pour toi, dit la jeune femme avec sollicitude.

Ils se faisaient face, et Graham put admirer à loisir son visage en forme de cœur et ses grands yeux bleus si expressifs. Il vit qu'elle était sincère. Soudain, il eut envie de se confier à elle. Elle était la seule vers qui il pouvait se tourner.

— Colleen a mis au moins une de ses menaces à exécution. Avant même que je ne leur pose la question, toutes les femmes que j'ai rencontrées aujourd'hui m'ont déclaré qu'il leur était impossible de s'occuper de Bonnie. Seul un couple qui vit dans une petite ferme était prêt à la prendre, mais contre rétribution. Tout le monde se moque du sort de cette enfant.

— Pas moi, protesta Madelyne. J'aurais accepté, si tu m'avais donné une chance.

— Tu ne peux pas prendre Bonnie.

— Mais pourquoi ? Tu es injuste. Tu m'estimes incapable de prendre soin d'elle ?

— Ce n'est pas ça.

D'un doigt distrait, il se mit à dessiner des ronds sur la table. En parlant aux habitants de Landing, il avait constaté que la plupart d'entre eux étaient bornés et extrêmement attachés aux apparences. Même si la ville était devenue plus importante, les mentalités ne semblaient pas avoir beaucoup évolué sur ce point. Il avait toujours trouvé ridicule l'obsession de Madelyne pour sa réputation, mais pour la première fois, il se demandait si elle n'était pas justifiée. Si les gens se montraient aussi peu charitables à l'égard d'un enfant, il n'osait pas imaginer leur attitude vis-à-vis de la jeune femme, si elle ne respectait pas les règles.

— Quel est donc le problème, dans ce cas ? s'impatienta Madelyne.

— Ce ne serait pas convenable.

— Pas convenable ! s'exclama-t-elle, manquant s'étrangler de stupéfaction. Et c'est toi qui me dis ça ! Tu n'aurais pas pris un coup sur la tête, par hasard ? Le Graham Kincaid que je connais n'en aurait rien à faire.

Tout en parlant, elle s'était levée et avait mis les poings sur les hanches.

— Peut-être que j'ai compris certaines choses.

— Peu importe, rétorqua-t-elle, j'aime beaucoup Bonnie.

— Mais je vais quand même la garder avec moi.

— C'est pire que si c'était moi.

— Oui, mais ils ne peuvent plus me blesser. Avec tout ce que j'ai entendu pendant mon enfance, j'ai bien été obligé de m'endurcir. Tandis que toi, tu n'as jamais été confrontée à cela.

— Mais je suis forte. Je leur tiendrai tête.

Graham la regarda attentivement et sourit.

— Tu mens très mal, tu sais ?

Lorsque Madelyne se leva pour débarrasser les assiettes, Graham fit mine de se lever aussi pour l'aider, mais elle lui fit signe de rester assis.

— Tu es mon invité, Graham. C'est déjà suffisamment impoli de ma part de t'avoir fait dîner dans la cuisine, alors, si en plus, je t'oblige à laver la vaisselle... Dis-moi plutôt si tu trouves que Landing a changé.

— La ville est devenue plus importante. Les habitants sont plus nombreux, les commerces aussi. J'ai même entendu qu'il y aurait bientôt un journal.

Madelyne leva les yeux au ciel.

— Ne m'en parle pas ! Colleen veut que Gene écrive un billet moral. Comme si ses prêches n'étaient pas assez longs et ennuyeux comme ça ! Si en plus, il faut les lire... Mais continue, je t'en prie.

— Eh bien, l'écurie de louage a été refaite et agrandie.

— C'est à cause de l'incendie.

— Oui, je sais. Et il y a aussi un nouveau saloon.

Madelyne haussa les sourcils.

— Vraiment ? Je ne l'ai absolument pas remarqué, dit-elle en imitant la voix hautaine de Colleen.

Graham sourit avant de reprendre.

— L'ancien est encore là. Je suis retourné le voir.

Son visage s'assombrit.

— J'ai repensé à ma mère. Elle servait à boire aux clients, lavait les verres, et balayait après la fermeture. C'est tout. Elle n'est jamais montée avec un homme. Pourtant, certains lui ont proposé de l'argent. Je les ai entendus. Mais ma mère n'était pas une catin.

Gênée, Madelyne détourna la tête.

— Veux-tu de la tarte aux pommes ? demanda-t-elle, visiblement désireuse de changer de sujet. Avec de la crème fraîche, c'est excellent. Tu devrais goûter.

Elle se leva avec un tel empressement qu'elle faillit renverser sa chaise. Comme elle passait près de lui, Graham tendit le bras pour lui prendre la main : elle était douce, très douce, songea-t-il en caressant les doigts longs et minces.

— Je suis désolé de t'avoir mise mal à l'aise. Mais je ne peux pas m'empêcher de repenser à tout cela.

— Ça ne m'ennuie pas, mais je me rappelle comme les autres étaient méchants, et j'ai de la peine pour toi.

— Tu n'y étais pour rien.

— Non, mais je me suis toujours sentie un peu coupable.

Il se leva et l'attira à lui. Elle ne le repoussa pas, mais il sentit sa confusion. Résistant à la tentation de l'embrasser, il la relâcha, et elle se précipita vers le four. Elle l'avait laissé ouvert pour que la tarte puisse rester tiède sans brûler pour autant. Elle revint vers lui avec la tarte dans une main et le pot de crème dans l'autre. Elle le servit et posa l'assiette devant lui sans le regarder.

— Tu sais, reprit-il en attaquant la tarte, je n'ai pas beaucoup de bons souvenirs dans cette ville.

Madelyne se mordit la lèvre pour s'empêcher de lui demander : « Et moi, je fais partie de tes mauvais souvenirs ? » Elle avait trop peur d'entendre la réponse.

— Tu as été plus heureux après ton départ ?

— Oui. Il n'y a pas de comparaison possible.

— Et où es-tu allé ?

— C'est sans importance.

— Tu ne veux pas me le dire ? Pourquoi ?

— Parce que c'est sans importance, répéta-t-il avec obstination. Quand j'ai quitté Landing, j'ai juré que je n'y mettrais plus jamais les pieds. J'aurais bien fait de m'en souvenir. J'ai eu tort de revenir ici.

— Oui.

Madelyne se mit à découper rageusement sa part de tarte. Graham se rendit compte qu'il l'avait blessée en parlant ainsi. Mais il n'avait pas eu le choix. S'il avait commencé à évoquer les endroits où il était allé, il n'aurait pu s'empêcher de se rappeler pourquoi il était parti. Ensuite, il aurait forcément songé à quel point il l'avait aimée, et il était hors de question qu'il se laisse submerger par ses sentiments.

— Ne t'inquiète pas, reprit la jeune femme. Je suis

sûre que ton année ici passera très vite. Tu reprendras toutes tes affaires et tu...

Elle s'arrêta net, comme frappée par une pensée subite.

— Excuse-moi un instant, il faut que j'aille chercher quelque chose.

Sans un mot d'explication, elle se rua hors de la pièce. Intrigué, Graham se leva et la suivit. Il eut tout juste le temps de voir disparaître sa robe dans l'escalier en spirale. En haut des marches, il s'orienta grâce aux bruits de tiroirs qu'on ouvrait et fermait sans ménagement, et avança lentement le long du couloir. Une seule porte était ouverte, et il comprit que Madelyne était sans doute dans sa chambre. Il tenta de se raisonner, et se dit qu'il ferait mieux de regagner la cuisine. Mais au moment où il s'apprêtait à faire demi-tour, une exclamation le retint :

— Bon sang, mais où ai-je donc fourré cette clé ?

« Madelyne n'a pas l'habitude de parler ainsi », songea Graham en dissimulant un sourire. La curiosité le poussa à s'approcher sur la pointe des pieds jusqu'à la porte de la chambre. Madelyne était devant une commode, penchée au-dessus d'un tiroir ouvert. Par terre, à côté d'elle, était posé un coffret de bois à serrure. Pourtant, ce ne fut pas cela qui retint l'attention de Graham, mais le lit. Abasourdi par ce qu'il y découvrait, il ouvrit la bouche, mais aucun son n'en sortit. Le lit était couvert de sous-vêtements, ce qui n'était pas étonnant en soi. Mais une femme respectable telle que Madelyne aurait dû porter de simples cotonnades ou du linon batiste. Ce n'était cependant pas ce qu'il avait sous les yeux. Son sourire s'élargit progressivement, tandis qu'il contemplait avec un vif intérêt la lingerie fine, de soie et de satin, que mettait Madelyne sous ses robes sévères boutonnées jusqu'au col. Ayant grandi au milieu de femmes dont le métier était de séduire les hommes, il connaissait tout des différentes matières, de leur valeur et de leur usage. Attiré par les dessous soyeux et chatoyants, il se dirigea vers le lit et saisit une chemise de nuit crème, presque transparente, avec un motif de dentelle particulièrement travaillé au niveau du décolleté.

— Je l'ai enfin trouvée ! se réjouit Madelyne en brandissant triomphalement une clé.

Elle tomba à genoux devant le coffret et entreprit de l'ouvrir. Après avoir fouillé à l'intérieur pendant quelques secondes, elle en sortit un objet. Ce fut alors qu'elle releva la tête.

Leurs regards se rencontrèrent. Graham avait déjà vu Madelyne rougir, mais jamais à ce point. Elle devint écarlate, du cou jusqu'à la racine des cheveux.

— Que... que fais-tu ici ? bafouilla-t-elle.

Elle paraissait au bord de l'évanouissement.

— Que fait ceci chez toi ? demanda-t-il en agitant la chemise de nuit.

— Je, je... Je n'ai pas d'explication à te donner. Tu es dans ma chambre, et je t'ordonne d'en sortir immédiatement.

Il ne bougea pas d'un pouce.

— Madelyne, je dois admettre que je suis stupéfait. Et très impressionné. De la soie et de la dentelle pour une jeune femme aussi respectable que Mlle Bancroft ? J'en connais plus d'un qui serait étonné !

Il laissa lentement glisser le tissu entre ses doigts.

— Graham !

Elle se leva et le saisit par le bras.

— Je n'arrive pas à croire que tu te montres aussi goujat ! Comment oses-tu venir dans ma chambre et toucher à mes affaires personnelles ? N'as-tu vraiment pas de manières ?

— Aucune, admit-il gaiement. Je me demande ce que

penserait Mme Moralité, enfin, je veux dire ta sœur, Colleen, si elle voyait cela. Elle trouverait sûrement que tu es perverse !

Madelyne l'entraîna fermement hors de la chambre.

— Je ne suis pas perverse, protesta-t-elle. J'ai acheté ces quelques sous-vêtements pour le magasin lors de mon dernier voyage à Saint Louis. Comme ils ne se vendaient pas, je les ai rapportés à la maison. Je n'allais pas les laisser prendre la poussière. De toute façon, ça ne te regarde pas !

Graham la dévisagea attentivement. Sa rougeur s'était atténuée, mais elle tremblait.

— Pourquoi me mentir ? demanda-t-il. Je t'ai déjà dit que tu étais très mauvaise à ce petit jeu. Et puis, cela me plaît de savoir que tu portes de la soie et de la dentelle en secret, sous cette robe si stricte.

D'une main caressante, il suivit les contours de son visage délicat. Il la vit frissonner.

— As-tu toujours été aussi désirable, Madelyne ?

— Je ne sais pas, murmura-t-elle.

Elle entrouvrit les lèvres, et sa respiration s'accéléra. Ses yeux bleus prirent une nuance foncée.

— Je crois que si, dit-il avant de poser sa bouche sur la sienne.

pensant Mme Lenoir, entre, je veux dire [illegible] lorsqu'elle savait cela. Elle éprouvait [illegible] [illegible]

Madeleine [illegible]

— Je ne suis pas [illegible]

[illegible]

[illegible]

[illegible]

[illegible]

— Je ne suis pas [illegible], murmura-t-elle.

[illegible]

[illegible]

# 7.

Une fraction de seconde avant que leurs bouches ne s'unissent, une petite voix avertit Madelyne qu'elle ferait bien de repousser Graham pendant qu'il lui restait encore un semblant de volonté. Elle savait parfaitement que c'était folie de l'embrasser de nouveau. Si les choses allaient trop loin, elle ne pourrait s'en prendre qu'à elle-même. Elle n'était pas bien certaine d'avoir envie de lui résister pour autant.

Quand elle sentit ses lèvres sur les siennes, elle oublia aussitôt toutes les raisons qu'elle avait d'être réticente. Refermant ses doigts sur l'objet qu'elle était montée chercher, elle le glissa dans une poche de sa robe avant de nouer ses mains autour du cou de Graham.

Pendant un bref instant, elle songea qu'elle n'aurait pas dû se montrer aussi consentante, mais faire preuve de réserve et de timidité, comme toute femme digne de respect. Elle aurait dû jouer les vierges effarouchées et s'écarter avec vivacité, peut-être même le gifler. Mais avec Graham, elle avait toujours été incapable d'agir de façon sensée.

Comme son baiser se faisait plus impérieux, elle se hissa sur la pointe des pieds pour se presser contre lui. Pourquoi avait-elle tant besoin de son contact ce soir ? A cause de sa dispute avec Colleen, en souvenir du passé ? Ou bien était-ce parce qu'au fond, elle se savait plus proche de lui qu'elle ne voudrait jamais l'admettre ?

Elle laissa ses mains glisser dans le dos de Graham, s'arrêta à la taille, et remonta lentement le long de son ventre et de son torse, traçant des petits cercles aux endroits sensibles.

Lorsqu'il gémit, Madelyne constata avec satisfaction qu'elle avait toujours le pouvoir d'enflammer ses sens. Mais elle délaissa bien vite ce genre de considérations lorsqu'il commença à tracer les contours de sa bouche du bout de la langue. Elle dut s'accrocher à lui, car ses jambes menaçaient de se dérober. Sans cesser de l'embrasser, Graham posa les mains sur sa chute de reins avant de descendre un peu plus bas. Malgré l'épaisseur de ses jupons, elle s'en rendit rapidement compte, et se cambra contre lui quand il la serra davantage.

Ses mains remontèrent alors jusqu'à sa taille, et Madelyne commença à ressentir une certaine frustration. Il continuait de tourner autour de sa bouche sans aller plus loin, comme s'il refusait de s'abandonner davantage. Mais elle en voulait plus.

S'écartant brusquement de lui, elle murmura son nom d'une voix voilée par le désir :

— Graham.

Deux yeux sombres plongèrent dans les siens. Elle reconnut les flammes qui les embrasaient. Elle-même en ressentait la chaleur : elles couraient le long de son corps, mettant le feu à sa poitrine et à un endroit secret, entre ses jambes. Elles révélaient une faim et une soif dévorantes pour quelque chose qui lui était inconnu.

— Embrasse-moi, chuchota-t-elle.

— C'est bien ce que je suis en train de faire, répondit-il en souriant.

— Non, je veux parler d'un vrai baiser.

— Tu es devenue bien impatiente pendant mon absence.

Au lieu d'acquiescer, sans cesser de se dire qu'elle irait sans doute droit en enfer, elle posa à son tour les mains sur ses courbes masculines, froissant légèrement le tissu de son pantalon noir. Pendant qu'elle faisait cela, Graham ne la quitta pas des yeux. Il pensait certainement qu'elle n'était qu'une hypocrite, jouant les femmes vertueuses alors qu'elle se comportait avec lui comme une dévergondée, mais elle s'en moquait. Elle avait toujours aimé le toucher, le respirer, le découvrir, et elle n'avait pas l'intention de laisser passer sa chance.

Comme elle le caressait avec insistance, Graham rendit les armes et reprit sa bouche avec ardeur. Cette fois-ci, il combla son attente car il insinua aussitôt la langue entre ses lèvres, explorant sa bouche sans relâche.

Le cœur de Madelyne battait de plus en plus vite, de plus en plus fort. Elle répondait à ses baisers avec une ferveur identique à la sienne, s'accrochant à lui tandis que le monde autour d'elle s'évanouissait. Seuls comptaient cet homme et les sensations qu'il faisait naître en elle.

La bouche de Graham descendit le long de sa joue et s'attarda sur son cou. Sans cesser de l'embrasser, il commença à déboutonner son corsage. La jeune femme se raidit, et sursauta quand il effleura sa poitrine.

— Graham, je...

Il releva la tête et la regarda avec beaucoup de douceur.

— N'aie pas peur, fais-moi confiance.

Elle savait qu'elle aurait dû l'arrêter, mais elle en était bien incapable. Quand Graham eut défait suffisamment de boutons, il tira sur les rubans de son corset pour le délacer. Il ne restait plus qu'une petite chemise de soie pour l'empêcher de toucher sa peau nue. Nullement freiné dans son élan, il glissa les mains dessous et couvrit ses seins. De ses pouces, il se mit à agacer les pointes, qui durcirent aussitôt. Jamais Madelyne n'aurait imaginé que ses caresses lui procureraient autant de plaisir. Une plainte sourde lui échappa, et elle vacilla dangereusement, se retenant aux épaules de Graham. Ses frôlements se firent de plus en plus insistants, et la jeune femme songea que rien ne pourrait jamais égaler ce qu'elle éprouvait en cet instant. Mais elle comprit qu'elle s'était trompée lorsque la bouche de Graham prit le relais de ses mains : elle allait d'un mamelon à l'autre, les aspirant, les mordillant, et les léchant sans relâche.

Lorsque Graham parut s'écarter, Madelyne l'en empêcha en murmurant :

— Ne t'arrête pas, je t'en prie. Tu es un véritable magicien, Graham.

Il eut un rire profond. Ce simple son fit reprendre ses esprits à Madelyne, qui prit brutalement conscience de ce qu'ils étaient en train de faire. Elle repoussa aussitôt Graham. Ce dernier se redressa sans hâte et la regarda. Ses yeux s'attardèrent sur sa poitrine, et la jeune femme baissa la tête, découvrant que la soie humide collait à sa peau et que le tissu était devenu presque entièrement transparent, exposant ses seins nus. Graham avança une main pour lui couvrir la poitrine.

— Comme tu es belle ! Plus belle encore que dans mes souvenirs, dit-il d'une voix émue. Et la soie te va particulièrement bien.

Madelyne rougit violemment, envahie par un sentiment de honte et de culpabilité. Elle recula d'un pas pour se dérober à la caresse de Graham.

— Ça suffit, Graham !

Elle resserra les rubans de son corset à la hâte, et entreprit de reboutonner sa robe.

— Madelyne, regarde-moi.

Tout d'abord, elle s'y refusa, anxieuse d'échapper au jugement qu'elle craignait de lire dans ses yeux. Elle finit par relever prudemment la tête et rencontra son regard. Il lui souriait. Le désir dévorant qu'elle avait vu sur son visage quelques instants auparavant n'avait pas entièrement disparu ; le feu couvait encore, et il suffirait d'un rien pour le rallumer. Malgré sa gêne, elle était heureuse de savoir que son attirance était partagée.

— Tu n'as pas à t'inquiéter : je garderai tous tes coupables secrets pour moi.

— Et c'est censé me rassurer ?

— Oui. Imagine la réaction des femmes comme il faut de Landing, si elles apprenaient ce que tu portes sous tes robes.

Graham approcha encore sa main pour la toucher. Elle se déroba de nouveau.

— Pourquoi te montres-tu si farouche ? Après ce qui s'est passé...

— C'est plus fort que moi. J'ai honte de ce que nous avons fait.

Le sourire de Graham s'atténua.

— Je suis content que tu parles de « nous ».

— Je reconnais que je n'ai pas protesté quand tu... Mais personne ne doit savoir. Jamais !

Graham eut un mouvement qui trahissait son exaspération.

— Je te répète que tu n'as rien à craindre. Tu sais très bien que je n'ai jamais rien révélé à personne, Madelyne.

L'intimité qui avait été la leur avait totalement disparu, à présent. La jeune femme savait parfaitement à quoi Graham faisait référence, et elle n'avait guère envie de se rappeler leur dernière conversation, sept ans plus tôt. Elle ne cesserait jamais de regretter ce qu'elle lui avait dit alors.

— Je ferais bien de partir, dit Graham en se dirigeant vers l'escalier. Bonnie devrait être au lit.

Madelyne le suivit.

— Tu devrais la laisser ici pour la nuit, elle dort déjà. Tu penses peut-être que je ne veux pas la garder chez moi, mais c'est faux. Tu m'as jugée trop vite. Je l'aime beaucoup, et je serais ravie de m'en occuper.

— Je te crois. Mais je dois quand même la prendre avec moi. Je comprends Bonnie mieux que personne, et c'est plus important que tout.

La jeune femme resta perchée sur la dernière marche.

— Moi aussi, je la comprends. Je n'étais guère plus âgée qu'elle lorsque j'ai perdu ma mère. Je peux l'aider.

Graham fit un geste de dénégation.

— Il n'y a pas que ça. La mère de Bonnie était une fille de saloon. Quelles explications pourras-tu fournir à Bonnie quand elle commencera à te poser des questions à ce sujet ?

Madelyne ne sut que répondre. Graham avait raison. Elle descendit la dernière marche. Avant de le précéder dans le salon, elle mit la main dans sa poche et sortit l'objet qu'elle était montée chercher dans sa chambre.

— Ceci t'appartient, dit-elle en le tendant à Graham. J'ai voulu te le rendre, lors de notre dernière entrevue il y a sept ans, mais je l'avais oublié.

Il examina le canif sans un mot. La lumière que diffusait la lampe du couloir faisait luire le métal poli, éclairant les initiales GK. La jeune femme fut surprise de constater qu'elles étaient toujours bien visibles. Elle en avait tracé les contours tant et tant de fois qu'elle pensait les avoir au moins partiellement effacées.

— Pourquoi l'avoir gardé ? demanda-t-il enfin.

— Je n'en sais rien. Je n'ai jamais pu me résoudre à m'en débarrasser, en tout cas. Peut-être attendait-il le retour de son propriétaire.

Après un silence un peu embarrassé, elle reprit :

— Je vais chercher les affaires de Bonnie.

Elle glissa les vêtements neufs dans un sac tandis que Graham soulevait doucement l'enfant endormie. Sur le perron, elle lui tendit le sac.

— Bonne nuit, chuchota-t-elle.

Il ne répondit pas immédiatement.

— Il y a quelque chose, entre ce fermier et toi ?

Il avait posé la question de manière abrupte.

— Avec Cameron Forbes ? Bien sûr que non ! s'exclama spontanément Madelyne.

— Parfait, dit Graham avant de s'éloigner dans la nuit.

Perplexe, la jeune femme suivit sa haute silhouette des yeux jusqu'à ce qu'elle se fonde dans le noir. Pourquoi avait-il posé cette question ? Etait-il jaloux ? C'était stupide, d'autant plus qu'il ne l'aimait plus depuis longtemps. Elle aurait préféré mourir plutôt que de le lui avouer, mais elle n'avait jamais éprouvé à l'égard de quelqu'un d'autre les sentiments qu'elle avait eus pour lui. Et elle commençait à se demander si elle était encore capable de tomber amoureuse d'un autre homme.

— Et il y aura de la dentelle, aussi ? demanda Bonnie avec enthousiasme.

— Oui. Autour du col, et sur les manches, répondit Madelyne en souriant.

Elle déplia la robe bleu foncé et la montra à la petite fille.

— Tu vois ? Elle est assortie à la couleur de tes yeux.

— Et la dentelle va avec mon visage, commenta l'enfant en agitant le tissu blanc.

La jeune femme se mit à rire, et serra Bonnie contre elle.

— Tu as raison.

Sa première rencontre avec l'enfant maigre et apeurée remontait à une semaine. Depuis, Madelyne passait le plus clair de son temps avec Bonnie. Tous les matins, Graham la conduisait au magasin, et il passait la chercher en fin de journée. Il n'y avait pas eu de suite à la première soirée. S'il arrivait à la jeune femme de se rendre chez elle avec Bonnie, elle faisait toujours en sorte d'être de retour à l'épicerie générale bien avant la tombée de la nuit. Ainsi, elle ne risquait plus de se retrouver dans une situation embarrassante.

— Elle était à toi, cette robe ? l'interrogea Bonnie.

— Oui. En fait, elle est presque neuve, car je ne l'ai mise qu'une ou deux fois. Comme elle est un peu trop grande pour toi, je vais faire un ourlet. Je suis sûre qu'elle t'ira mieux qu'à moi. Tu es tellement mignonne.

Bonnie eut un sourire timide ; elle n'était guère habituée aux compliments.

— Je pourrai bientôt la mettre ?

— Bien sûr. Dimanche, il y aura une fête paroissiale après la messe.

— Je ne suis jamais allée à la messe.

Madelyne étouffa une exclamation de surprise avant de se reprendre. Elle n'avait aucune raison de s'étonner. Jamais Laurie Smith n'aurait été autorisée à entrer dans l'église de Landing, et Mme Jarvis, qui ne prenait même pas la peine de nourrir et d'habiller Bonnie convenablement, ne s'était certainement pas souciée de l'âme d'une enfant.

— L'église est très jolie, tu verras, dit-elle. Pendant le service, on chante, et le pasteur lit des textes de la Bible. Et pendant son prêche, il parle de Dieu.

Elle soupira.

— Parfois, il parle un peu trop longtemps, mais ce n'est pas très grave, parce qu'il a une belle voix.

— Est-ce qu'on va chanter à la fête ?

— Peut-être. En fait, c'est surtout un pique-nique organisé pour accueillir Graham, notre nouveau shérif.

Les yeux de Bonnie s'agrandirent.

— Un pique-nique ? Un vrai ? Avec du poulet froid ?

— Oui. Et aussi des gâteaux et de la limonade.

— Je pourrai en avoir ?

— Bien sûr.

— Je suis drôlement contente que Graham soit le nouveau shérif ! s'exclama joyeusement Bonnie.

— Ça ne m'étonne pas, dit Madelyne en riant, avant de reprendre ses travaux d'aiguille.

Elle songea que les citoyens de Landing ne partageaient pas tous l'opinion de Bonnie. Certains lui en voulaient de consacrer autant de temps à une enquête qu'ils jugeaient inutile. Madelyne avait même eu un échange assez désagréable avec Mme Greeley, la femme du boucher, et elle supposait que la nouvelle de leur dispute avait déjà fait le tour de la ville. Sachant que sa sœur n'allait pas manquer de se précipiter au magasin pour lui faire des remontrances, Madelyne avait choisi de passer une partie de la journée chez elle, avec Bonnie. Par chance, la journée était pluvieuse, ce qui signifiait qu'elle ne recevrait pas la visite de Colleen : jamais elle ne se risquerait à maculer de boue ses précieux souliers.

Heureusement pour Graham, Colleen et Mme Greeley ne paraissaient représenter qu'une faible minorité. Les nouveaux arrivants étaient suffisamment nombreux pour faire pencher la balance en faveur du shérif. Il avait même reçu des soutiens totalement inattendus : c'était Mme Dobson qui avait suggéré d'organiser la fête paroissiale en l'honneur de Graham. Pourtant, la veuve avait toujours affirmé que le jeune homme n'était qu'une source d'ennuis. Peut-être ne considérait-elle pas ces ennuis potentiels d'un si mauvais œil, songea Madelyne en souriant.

Tandis qu'elle cousait avec application, Bonnie s'installa à ses pieds pour jouer. Au bout d'un moment, elle demanda :

— Est-ce qu'on pourrait faire une robe pour ma poupée ?

— Pourquoi pas ?

— Et pour Alice aussi ?

Le chaton avait terminé sa sieste du matin et venait de faire son apparition. Il était encore suffisamment petit pour tenir dans une main, mais il était déjà très agile. Et rien n'échappait à ses yeux dorés, nota Madelyne comme le chaton mettait la patte sur une bobine de fil.

— Je crois que sa fourrure tigrée convient parfaitement à Alice.

Cette dernière miaula pour exprimer son accord.

— Et toi, qu'est-ce que tu vas porter ? demanda Bonnie.

— Je ne sais pas encore, mais j'ai le choix, ne t'inquiète pas.

— Mais tu dois mettre quelque chose de spécial !

— Je trouverai la robe qui convient.

Bonnie se leva et prit Alice dans ses bras.

— Allons la choisir maintenant.

Madelyne posa la robe qu'elle était en train de retoucher sur la table. Elle finirait cette tâche plus tard.

— D'accord.

Sans lâcher le chaton, Bonnie mit sa main dans la sienne, et elles montèrent dans la chambre de Madelyne. Il y avait deux grandes armoires de part et d'autre de la pièce. La jeune femme ouvrit celle qui faisait face au lit.

— J'ai une jolie robe rose à fleurs, dit-elle en sortant une robe assez vieille, dont la couleur était un peu passée.

Bonnie secoua la tête.

— Non, pas celle-là. Je ne la trouve pas jolie, moi.

— Très bien. Voyons ce que j'ai d'autre.

Madelyne fouilla de nouveau dans sa penderie avant d'en extraire une robe bleu pâle avec des fronces sur le devant, un col de dentelle, et une cascade de volants à partir de la taille. Quand elle vit Bonnie froncer le nez, elle la rangea sans faire de commentaire.

Elle lui présenta trois autres robes, mais la petite fille n'était toujours pas entièrement satisfaite. Un modèle de soie rose avait néanmoins trouvé à peu près grâce à ses yeux. C'est alors qu'elle désigna l'autre armoire du doigt.

— Qu'est-ce qu'il y a, là-dedans ?

Madelyne hésita. Devait-elle lui montrer une robe que, de toute façon, elle ne pourrait pas porter ? Pourtant, malgré ses réticences, elle eut soudain envie d'avoir l'avis de quelqu'un.

— Peux-tu garder un secret, Bonnie ?

L'enfant acquiesça vigoureusement.

— Tu ne dois en parler à personne, c'est juste entre toi et moi, d'accord ?

— D'accord.

Madelyne ouvrit l'armoire. Celle-ci comprenait une partie penderie, et une partie rayonnages. C'était là qu'elle rangeait habituellement la lingerie fine que Graham avait découverte la semaine précédente. Ce souvenir la fit rougir. Pour l'écarter, elle s'empressa de sortir une robe de soie couleur crème et la fit tourner sous les yeux émerveillés de Bonnie. Le décolleté était scandaleusement plongeant, et les manches pratiquement inexistantes, laissant les épaules largement découvertes. La ligne était assez sobre : le haut, très près du corps, moulait avantageusement la poitrine. Resserrée à la taille, la robe avait ensuite une forme un peu évasée et tombait gracieusement. La seule fantaisie consistait en quelques roses, également de soie, très habilement disposées autour du décolleté. La robe se fermait dans le dos grâce à de petits boutons recouverts de tissu. C'était une véritable robe de princesse. Bonnie demeura quelques instants bouche bée, les yeux remplis d'admiration.

— C'est la plus belle robe que j'aie jamais vue.

— Moi aussi. C'est une robe de grand couturier, tu sais. L'année dernière, quand je suis allée voir un de mes fournisseurs à Saint Louis, il m'a montré cette robe. Elle avait été commandée par une de ses clientes et faite sur mesure par la maison Worth. Mais la cliente avait changé d'avis et la robe lui était restée. Quand je l'ai vue, je n'ai pas pu résister : je l'ai achetée.

— C'est celle-là que tu dois mettre ! s'exclama Bonnie.

— Non. C'est malheureusement impossible, répondit Madelyne en rangeant la robe.

— Mais c'est ta plus jolie robe, protesta la petite fille. Moi, en tout cas, je vais mettre ma jolie robe, je te préviens. Alors, il faut que tu portes cette robe Wa... Wo... Euh, comment tu l'appelles, déjà ?

— Worth. C'est le nom du couturier. Un homme très connu qui a sa maison de couture à Paris.

— Worth, répéta Bonnie avec application. Et il ne veut pas que tu portes sa robe ?

— Si, mais pas dans ce genre d'occasion.

Bonnie fit la moue et réfléchit.

— Bon, dans ce cas, tu n'as qu'à porter la rose. La troisième que tu m'as montrée, tu sais ? Comme ça, nous serons toutes les deux jolies.

— Oui, ma chérie.

Madelyne prit Bonnie dans ses bras, et l'enfant se serra contre elle. La jeune femme sentit une tristesse profonde lui étreindre la poitrine. La présence de cette enfant avait révélé un manque qu'elle avait longtemps refoulé. Madelyne adorait s'occuper du magasin. Depuis la mort de son père, c'était toute sa vie. Pourtant, même si elle se répétait constamment qu'elle devait s'estimer heureuse de pouvoir travailler et agir à sa guise, une petite voix lui murmurait qu'elle passait à côté de quelque chose. Mais pourrait-elle jamais fonder une famille avec un homme qu'elle aimerait et dont elle serait aimée ? Elle n'y croyait plus guère. Depuis qu'elle avait quinze ans, un seul homme avait compté dans sa vie. Il avait été absent pendant sept ans et, dans moins de douze mois, il partirait pour toujours.

# 8.

— Je n'ai pas envie d'y aller, marmonna Graham en ajustant le col de sa chemise après avoir noué sa cravate lacet.

Bonnie, qui était venue jouer dans sa chambre pendant qu'il se préparait, releva vivement la tête.

— Madelyne dit qu'on va chanter à l'église, observa-t-elle, comme si cela arrangeait tout.

— Je sais, répondit-il, songeant que c'était bien le cadet de ses soucis.

Graham enfila sa veste noire sans prendre la peine de se regarder dans le miroir : il se moquait bien d'avoir l'air élégant ou non. En deux grandes enjambées, il s'approcha de la fenêtre. Il constata que les gens étaient en train de se rassembler sur la place de l'église. Sa contrariété s'accrut quand il se rendit compte qu'ils étaient beaucoup plus nombreux que ce à quoi il s'attendait. Ils devaient probablement être en train de parler de lui, songea-t-il avec amertume.

Ceux qui étaient là sept ans plus tôt n'avaient pas oublié pourquoi il avait quitté la ville, et ils estimaient qu'il perdait son temps à enquêter sur la mort de Laurie Smith. Les autres habitants n'en faisaient pas cas. Pour eux, il importait simplement que le travail soit fait. Mais ils allaient bientôt apprendre des choses sur son passé, et il se demandait quelle serait leur réaction ensuite. En réalité, ce n'était pas tant pour lui qu'il s'inquiétait que pour Bonnie. Il se retourna vers la petite fille. Alice, la femme de chambre, était venue assez tôt pour la coiffer et l'habiller. Elle lui avait fait de très jolies anglaises ; avec sa robe bleue assortie à ses yeux, l'enfant était ravissante. La ressemblance avec sa mère était frappante, trop frappante même : Graham craignait les réactions de ceux qui avaient connu Laurie. La journée s'annonçait longue et difficile.

Avec un soupir, il se dit qu'il était temps de descendre s'il voulait ne pas arriver en retard à la messe ; il était inutile de se faire remarquer davantage.

— Viens, Bonnie, on y va.

La petite fille se leva avec empressement, et mit sa main dans la sienne. Sa confiance absolue émut Graham. Il ne la décevrait pas : il était déterminé à la protéger envers et contre tout.

Dehors, le temps était splendide. Il semblait que les oiseaux, les arbres, le ciel et le soleil s'étaient donné le mot pour que cette première journée de printemps soit belle.

Chacun avait mis sa tenue du dimanche : les hommes étaient en costume sombre, et les femmes rivalisaient d'élégance, portant robe et chapeau colorés. Tandis qu'il dépassait lentement les petits groupes, Bonnie dans son sillage, Graham nota que les conversations animées se transformaient en chuchotements sur leur passage. Croisant des personnes de sa connaissance, il les salua d'un signe de tête. Le boucher, M. Greeley, lui rendit son salut.

— Bonjour, shér...

Il fut interrompu par sa femme, qui lui donna un léger coup dans les côtes.

Graham eut brusquement envie de tourner les talons et de partir, mais il n'en fit rien. Il devait rester pour Bonnie, s'il voulait qu'elle soit acceptée par la communauté. Il avait cependant quelques doutes sur la réussite de cette intégration.

— Bonjour, shérif.

La voix familière le fit se retourner. Mme Dobson se dirigeait vers lui de toute la vitesse de ses petites jambes, les plumes de son chapeau noir accompagnant le mouvement.

— Madame Dobson, dit-il en touchant le bord de son chapeau.

La veuve se pencha vers la petite fille.

— Tu es toute belle, Bonnie. Cette robe te va vraiment très bien.

L'enfant lui fit un grand sourire.

— Madelyne me l'a donnée parce qu'elle va avec mes yeux.

— C'est vrai. Et tu as de très jolis yeux, ce qui ne gâte rien.

La vieille dame se redressa.

— Graham Kincaid, je suis très mécontente de vous.

Graham se raidit, prêt à éloigner Bonnie en cas d'altercation.

— Vous gardez cette adorable enfant pour vous, ce qui est terriblement égoïste de votre part. Vous pourriez me l'amener un peu, quand même.

Graham la fixa d'un air incrédule.

— Chez vous ?

— Oui, chez moi. Vous semblez surpris, et je trouve cela assez vexant. Vous me connaissez un peu, tout de même. N'avez-vous donc aucune mémoire ? demanda-t-elle d'un ton entendu.

Elle n'ajouta rien, consciente que les gens autour d'eux

écoutaient leur conversation. Cependant, Graham comprit aussitôt à quoi elle faisait allusion : la veuve avait veillé sa mère et s'en était occupée alors qu'elle était mourante, faisant preuve d'un grand dévouement.

Mme Dobson attendait sa réaction, les poings sur les hanches. Mais il demeura muet, ne sachant quoi lui répondre. Il n'avait jamais songé à lui confier Bonnie parce que pour lui, cette femme austère incarnait les règles d'une société stricte et peu ouverte. Petit, il avait subi ses sermons à intervalles réguliers, et il l'avait évitée le plus possible. A présent, il se rendait compte que peut-être, elle avait agi ainsi pour son bien. Bonnie le tira brusquement de ses réflexions.

— Dis, Graham, tu ne vas pas me renvoyer, n'est-ce pas ? Je ne veux pas aller vivre ailleurs.

Il lui sourit.

— Bien sûr que non, Bonnie. Mme Dobson proposait juste de te garder de temps en temps.

La veuve acquiesça.

— Tu es très gentille, et tu illumines ma journée quand tu es au magasin.

Elle se tourna vers Graham.

— Je lui apprends à compter, et nous avons commencé les additions. Elle se débrouille très bien. Mais trêve de bavardages, nous n'allons pas rester plantés là toute la journée. Donnez-moi le bras et entrons.

— Vous me surprendrez toujours, madame, murmura Graham.

Mme Dobson ignora sa remarque et désigna un banc.

— Venez, nous allons nous asseoir à côté de Madelyne.

Avec une agilité surprenante pour quelqu'un d'aussi corpulent, elle se faufila entre les deux bancs et s'installa. Graham voulut saluer Madelyne, mais l'immense chapeau de la veuve, qui lui cachait la jeune femme, l'empêcha de mettre son projet à exécution. Il dut se contenter de regarder autour de lui.

L'église avait peu changé en sept ans. Il remarqua néanmoins que le pasteur avait fait l'acquisition d'un orgue, devant lequel une jeune femme rousse était assise. Une musique magnifique s'éleva dans l'église dès qu'elle commença à jouer.

— C'est nouveau, glissa-t-il à Mme Dobson.

— Oui. Nous l'avons depuis trois ans, grâce à Madelyne. Elle s'est vraiment montrée très généreuse. Sans compter que nous pouvons en profiter trois dimanches par mois, puisque notre pasteur ne se déplace qu'une semaine sur quatre dans les villes voisines. Nous avons de la chance, n'est-ce pas ?

— C'est sûr, marmonna Graham d'un ton peu convaincu.

Au moment où les Greeley passaient devant eux, Mme Dobson les interpella :

— Bonjour Anabell, bonjour Winston, comment allez-vous ?

Le couple s'arrêta, et Graham vit les émotions se succéder sur le visage de Mme Greeley. Finalement, elle prit la parole.

— Bonjour, Catherine. Nous allons très bien, merci.

— Parfait, dit Mme Dobson en souriant. Je suppose que vous connaissez déjà Graham Kincaid. Je vous présente Bonnie Smith.

Le visage pincé d'Anabell Greeley pâlit, et elle s'agrippa fortement à son réticule.

— Madelyne, shérif, dit-elle en hochant la tête. Bonnie, ajouta-t-elle à travers ses dents serrées.

Puis elle reprit sa progression d'un pas pressé, abandonnant son mari, qui n'avait pas bougé. Ce dernier les salua à son tour avant de se lancer à sa poursuite.

La veuve Dobson répéta sa manœuvre avec toutes les personnes qui passaient devant leur banc, et put ainsi présenter Bonnie à une bonne partie de l'assemblée. La petite fille souriait timidement, montrant parfois sa poupée à ceux qui lui paraissaient sympathiques, se réfugiant contre Graham lorsque les regards se faisaient trop appuyés. Le jeune homme fut soulagé quand le pasteur entonna le premier chant.

Gene Estes, après avoir lu quelques textes de la Bible, se lança dans un long sermon à propos du péché de chair, et Graham sentit les regards peser sur Bonnie et lui. Les mots du pasteur s'adressaient évidemment à eux, mais Graham n'en fut pas trop affecté. Grâce à Mme Dobson, les choses se déroulaient mieux qu'il ne l'avait espéré. Pendant une harangue particulièrement interminable, il se pencha vers elle :

— Je vous remercie pour Bonnie, murmura-t-il. Grâce à vous, les gens semblent l'accepter.

La veuve lui adressa un sourire entendu avant de poser une main affectueuse sur l'épaule de Bonnie.

— Je suis peut-être vieille, répondit-elle, mais je ne suis ni sourde ni aveugle. Et puis, j'aime beaucoup Bonnie. Mais chut, tenez-vous tranquille et écoutez le prêche.

Quand le service se termina enfin, Graham poussa un soupir de soulagement et étira ses membres douloureux.

— Je ne sais pas si c'est fait exprès, mais on ne risque pas de s'endormir, ici. J'avais oublié à quel point ces bancs étaient durs.

La veuve se mit à rire.

— C'est préférable, car Gene serait furieux si quelqu'un faisait la sieste pendant l'office.

Elle tapa du pied.

— Dépêchez-vous, Graham, ou nous finirons par arriver en retard à la fête. Je vous rappelle que vous êtes notre invité d'honneur.

Graham se leva pour la laisser passer et attendit Madelyne dans l'allée centrale.

— Bonjour, lui dit-il comme elle sortait du banc.

— Bonjour, répondit-elle d'un air un peu distant.

Graham remarqua qu'à la différence du soir où ils avaient dîné ensemble, elle avait de nouveau endossé la tenue de la femme respectable. Ses cheveux, relevés avec art, étaient coiffés d'un chapeau orné d'un ruban rose assorti à sa robe. Cette dernière mettait ses formes en valeur, sans toutefois trop révéler au regard.

Graham regrettait la jeune femme décoiffée qui l'avait chaleureusement accueilli chez elle une dizaine de jours plus tôt. Détendue, souriante, elle s'était montrée une charmante hôtesse. Et ce qui avait suivi le dîner avait été bien agréable... et plus que cela, même. Mais la demoiselle Bancroft qui se tenait à présent devant lui était aussi lointaine que sa sœur, Colleen.

Il jeta un coup d'œil en direction du pasteur et de son épouse, qui saluaient les fidèles à l'entrée de l'église. Colleen portait une robe verte visiblement très amidonnée, ce qui accentuait encore sa raideur naturelle. Ses lèvres serrées et son maintien militaire firent frissonner Graham. Il avait sans doute comparé un peu hâtivement Madelyne à sa sœur.

— Pourquoi ce sourire énigmatique ? lui demanda Madelyne.

— J'étais en train de penser que vous ne vous ressemblez plus du tout, ta sœur et toi. Pourtant, je me rappelle encore l'époque où l'on vous confondait.

— Mais toi, tu ne t'es jamais trompé.

« Et pour cause, songea Graham. C'est toi, que je voulais épouser, pas Colleen. »

— Ecoute, reprit Madelyne, nous avons préparé un repas froid avec Bonnie, hier après-midi. Tu veux bien te joindre à nous ?

Il haussa les sourcils.

— Tu acceptes de te montrer avec moi en public ? Tu sais ce que cela signifie ?

Elle acquiesça lentement.

— Colleen sera furieuse, poursuivit-il.

— Ça m'est égal.

« C'est courageux de ta part, Madelyne, mais tes lèvres tremblent », pensa-t-il.

— D'accord, dit-il à voix haute, je serais ravi de me joindre à vous, mademoiselle Bancroft.

Il lui présenta son bras, qu'elle accepta spontanément. Ensemble, Bonnie les précédant, ils sortirent lentement de l'église. Derrière la bâtisse de bois, il y avait un grand pré appartenant à la paroisse : il servait souvent de terrain de jeux aux enfants, mais on y organisait également des réunions en plein air. Quand le trio arriva, de nombreuses familles s'étaient déjà installées sous les arbres. Madelyne alla chercher le panier qu'elle avait mis à l'ombre, et chercha une place libre des yeux. C'est alors que Mme Dobson, qui était déjà confortablement assise, les héla :

— Madelyne, Graham, Bonnie, venez ! Je vous ai réservé une place.

Madelyne le regarda en haussant les épaules.

— Elle est animée de bonnes intentions, tu sais. Mais si ça t'ennuie...

— Non, ça ne me dérange pas, au contraire, rétorqua Graham.

— Vraiment ? Je suis surprise.

— Pourquoi ? Mme Dobson m'a bien dit un jour que j'étais beau comme le péché.

Et il éclata de rire. Madelyne se mit à rire à son tour avant de baisser la tête en rougissant.

Au bout d'un moment, quand tout le monde eut fini de

s'installer et commencé à manger, Graham se sentit un peu plus à l'aise. Il surprenait parfois des regards dans leur direction, mais personne n'avait fait de réflexion désagréable à Bonnie. Celle-ci, assise à côté de Mme Dobson, mangeait avec appétit sans cesser de raconter des histoires à sa poupée.

— Qui veille sur la ville pendant que tu te distrais, Graham ? demanda Madelyne en lui tendant un verre de limonade.

— C'est Wyatt qui est de garde aujourd'hui. Mais comme presque tout le monde est à la fête, s'il y a le moindre problème, je serai déjà sur place.

— C'est une habitude, chez toi, nota-t-elle en souriant.

Il ne répondit pas, conscient qu'elle avait raison.

La jeune femme était adossée à un arbre, les genoux repliés vers elle, et Graham ne put s'empêcher de la contempler. Ses yeux se fixèrent sur sa bouche : celle-ci avait la sensualité d'un fruit mûr et la fraîcheur d'un bouton de rose.

— Que regardes-tu ainsi ? l'interrogea Madelyne à voix basse, afin de ne pas être entendue de Bonnie et Mme Dobson.

— Toi. J'ai toujours plaisir à admirer ta beauté. Et cette robe te va très bien, ajouta-t-il d'une voix plus forte.

Bonnie releva la tête.

— Elle en a une autre qui est encore plus jolie, dit-elle avec enthousiasme. Elle est blanche avec des roses ici, expliqua-t-elle en désignant sa poitrine. C'est une vraie robe de princesse.

— Pourquoi ne pas l'avoir mise aujourd'hui ? demanda Mme Dobson en s'emparant d'une cuisse de poulet froid.

— Parce qu'elle n'était pas adaptée à la circonstance, répondit-elle avant de se tourner vers la petite fille. Tu n'étais pas censée parler de cette robe, Bonnie.

L'enfant mit la main devant sa bouche.

— Oh, pardon! J'avais oublié.

Graham s'allongea sur la couverture qui leur servait de nappe. Appuyé sur un coude, le visage tourné vers la jeune femme, il lui lança malicieusement :

— Qu'a-t-elle donc de si spécial, cette robe?

Madelyne lui jeta un regard furieux et ignora sa question. Pendant qu'elle se vengeait sur sa salade de pommes de terre, Graham tenta d'imaginer ce qu'elle portait sous son corsage. Du satin et de la dentelle? Ou peut-être de la soie, dont la douceur s'accordait parfaitement à celle de sa peau. Mais il dut bien vite renoncer à ce jeu de devinettes, car son corps réagissait un peu trop vivement à ces pensées lascives.

Il répéta alors sa question.

— Elle n'a rien de particulier, répliqua Madelyne avec humeur. C'est une belle robe, voilà tout. Mais ce serait déplacé de la porter dans une occasion comme celle-ci.

A ce moment-là, l'attention de Bonnie fut attirée par un petit oiseau qui, espérant sans doute grappiller quelques miettes, volait très bas. Elle tira Mme Dobson par la manche afin de lui faire partager son étonnement. La veuve se pencha vers elle pour lui expliquer de quel oiseau il s'agissait. Profitant de leur distraction, Graham, feignant l'étonnement, demanda :

— Encore un secret?

— Un parmi beaucoup d'autres, je le crains, répondit Madelyne en souriant.

— Ne t'excuse pas. Tes secrets sont très intéressants. Surtout lorsqu'on parvient à soulever un coin du voile.

La jeune femme rougit en comprenant l'allusion, mais elle ne se renferma pas sur elle-même pour autant.

— Vraiment?

Graham eut soudain envie de l'attirer à lui et de

l'embrasser. Il regretta de ne pouvoir lire dans ses pensées ; en sept ans, Madelyne avait plus changé qu'il ne l'avait d'abord cru. La jeune fille timide à qui il avait donné son cœur avait grandi. Elle se laissait encore trop facilement déstabiliser par les autres, mais elle avait malgré tout appris à s'affirmer davantage.

— Graham, Graham, tu as vu l'oiseau ? Mme Dobson dit que je peux lui donner un morceau de pain, dit Bonnie en battant des mains.

— Mais il faut aller le poser un peu à l'écart, ma chérie, précisa la veuve.

— Oui, madame.

Graham se souleva à demi et effleura légèrement la joue de Bonnie.

— Je suis sûr que l'oiseau sera très content de son repas.

La petite fille se jeta dans ses bras, manquant le faire tomber.

— Quelle belle journée ! J'aimerais qu'elle dure toujours ! Vive la messe et les fêtes par... pariales ! Il devrait y en avoir toutes les semaines !

De ses petites mains, elle s'accrocha à sa veste, et posa son visage contre sa poitrine. Pour la première fois depuis des années, Graham sentit que son cœur était touché. Il l'avait pourtant cru définitivement mort, mais il se rendait compte à présent qu'il pouvait encore éprouver une forme d'amour pour quelqu'un. Ce n'était pas la passion qu'il avait eue pour Madelyne, mais une affection sincère et désintéressée envers une enfant qui n'avait plus que lui au monde pour la protéger. Il caressa tendrement les cheveux de Bonnie.

— J'ai du mal à croire que c'est la même petite fille que tu as amenée au magasin il y a quinze jours, observa Madelyne d'une voix émue. Grâce à toi, elle a réappris à vivre.

Ce compliment embarrassa et réjouit Graham.

— Nous nous comprenons très bien.

Bonnie s'écarta un peu de lui et lui sourit.

— Nous serons toujours ensemble. Toute la vie, il me l'a promis.

— C'est vrai, reconnut Graham.

Il n'avait pas toujours tenu ses promesses, mais il savait qu'il tiendrait celle-ci, quoi qu'il advienne. Il n'avait pas le droit de décevoir Bonnie. Elle lui avait tant apporté : elle lui avait montré à quel point son existence était vide et solitaire, et avait commencé à occuper une place très importante dans sa vie. Certes, elle ne guérirait pas toutes ses blessures et ne comblerait pas tous ses manques, mais elle l'avait aidé à comprendre le sens du partage et du souci de l'autre.

— Très bien, les enfants. Vous êtes prêts ? Mettez-vous tous en ligne, la course à l'œuf va bientôt commencer, appela M. Greeley.

— Je peux y aller, Graham ? Je peux, dis ? supplia Bonnie.

— D'accord, dit-il en souriant. Mais ne compte pas sur moi pour laver ta robe si tu te retrouves couverte d'œuf.

Bonnie se mit à bondir pour manifester sa joie.

— Je ferai très très attention, je te promets.

Et elle courut rejoindre les autres enfants, qui se pressaient déjà autour du boucher.

Madelyne, qui surveillait la scène avec un peu d'inquiétude, fut soulagée de voir que M. Greeley lui tendait une cuillère sans faire de commentaire. Quelques enfants la dévisagèrent avec curiosité, et la fille de Colleen lui fit la grimace, mais elle fut obligée de cesser quand un petit garçon roux lui donna un coup de coude dans les côtes.

Madelyne se détendit alors.

— Je pense que tout va bien se passer avec les autres enfants.

— Parfait, dit Graham en s'allongeant de nouveau à ses pieds.

Comme il faisait assez chaud, il avait ôté sa veste. Il ferma les yeux, apparemment prêt à s'assoupir. Mme Dobson était allée parler à quelques amis, de telle sorte qu'ils se retrouvaient seuls sur la couverture. Leur intimité était très relative, songea Madelyne en regardant autour d'elle : ils étaient tout de même au milieu des citoyens de Landing.

Presque malgré elle, la jeune femme posa de nouveau les yeux sur le visage de Graham. Ses traits s'étaient détendus, et un léger sourire errait sur ses lèvres. Sa respiration se fit progressivement plus paisible. Madelyne, voyant sa poitrine se lever et s'abaisser régulièrement, se rappela à quel point elle avait pris plaisir à la caresser. Une douce chaleur envahit son corps tandis que les baisers passionnés qu'ils avaient échangés lui revenaient à la mémoire.

Elle déglutit avec difficulté, luttant désespérément pour repousser ces pensées voluptueuses. Elle ne comprenait pas comment elle avait pu permettre de telles privautés à Graham. Ce qui l'ennuyait, plus encore que le fait qu'ils ne fussent même pas fiancés, c'était le fait que, dans moins d'un an, Graham quitterait Landing pour toujours. Que se passerait-il si elle continuait à le laisser faire ? Ne risquait-elle pas davantage que sa virginité et sa réputation ? En réalité, elle avait peur de retomber amoureuse de lui. S'il lui brisait de nouveau le cœur, elle ne s'en remettrait jamais.

Pourtant, il était bien difficile d'ignorer l'homme séduisant allongé près d'elle. Pour fuir la tentation de le toucher, elle se leva et entreprit de ramasser la vaisselle sale, la rangeant au fur et à mesure dans le panier qu'elle avait apporté. Elle se contenta de laisser les verres ; ils auraient sûrement encore soif avant la fin de la journée. Elle était en train d'emballer les restes d'un gâteau au chocolat lorsqu'elle sentit qu'on lui saisissait la cheville. De surprise, elle faillit en lâcher son plat.

Se tournant à demi, elle se rendit compte que Graham avait passé un bras sous sa robe. Ses doigts tièdes lui caressaient la peau.

— Tu es fou ! chuchota-t-elle en vérifiant que personne n'avait remarqué la manœuvre.

— Tu m'as réveillé, répondit Graham d'une voix rauque, sans ouvrir les yeux. Tu faisais trop de bruit, aussi, avec ces assiettes.

— Tu n'avais qu'à me demander d'arrêter, au lieu de, de...

La main de Graham était en train de remonter lentement le long de son mollet. Madelyne s'immobilisa, envahie par une torpeur délicieuse. L'audace de Graham la stupéfiait. Il était en train de lui caresser la jambe devant les trois quarts de la ville, et personne n'avait rien remarqué. Elle s'abandonna aux sensations qui l'envahissaient. La chaleur était en train de remonter le long de ses cuisses, dans son ventre... Son souffle se fit plus court.

Soudain, Graham retira sa main. Madelyne ne bougea pas, espérant qu'il ne tarderait pas à recommencer. Mais à sa grande déception, elle constata quelques instants plus tard que les mains de Graham étaient posées bien à plat sur sa poitrine. Son expression était toujours aussi indéchiffrable.

Avec un soupir, elle retourna s'adosser à l'arbre. Sa

frustration était telle qu'elle avait envie de crier. Pourtant, elle se contenta de foudroyer Graham du regard.

— Tu ferais damner un saint, murmura-t-il.

La mauvaise humeur de Madelyne disparut aussi vite qu'elle était venue. Graham n'était certainement pas un saint, mais le compliment lui fit plaisir.

Elle reporta son attention sur la course. M. Greeley venait de donner le signal du départ. La ligne mouvante des enfants s'ébranla en désordre. Madelyne chercha Bonnie des yeux : elle tenait sa cuillère avec d'infinies précautions ; l'œuf tanguait et roulait, mais ne tombait pas. La jeune femme se mit à rire.

— Bravo, Bonnie, cria-t-elle. Continue comme ça !

L'enfant regarda dans sa direction et lui sourit avant de reprendre sa progression.

— Elle est en tête de la course ? demanda Graham, toujours allongé.

— Non, mais elle s'amuse bien. Tu peux faire ta sieste tranquille.

Il marmonna quelques mots inaudibles avant d'inspirer profondément.

Madelyne se força à oublier ses caresses et recommença à suivre la course. Le premier accident venait d'avoir lieu. Un petit garçon avait laissé tomber son œuf. Deux fillettes le dépassèrent en poussant des cris aigus. Quant à Bonnie, elle jeta un bref coup d'œil dans leur direction, mais poursuivit sa route.

De nombreux parents se tenaient au bord de la piste improvisée et encourageaient leurs rejetons.

Une petite fille de quatre ou cinq ans fit un faux mouvement, et son œuf vint s'écraser sur sa robe blanche. Elle se laissa aussitôt tomber et se mit à hurler. Son frère fit un écart pour lui venir en aide, bousculant au passage un petit garçon. Ce dernier, poussé hors de la piste, essaya désespérément de conserver l'équilibre. Malmené, son œuf tomba de la cuillère et atterrit directement sur les chaussures bien cirées de Gene Estes.

Madelyne porta la main à sa bouche pour s'empêcher de rire. Elle regarda la foule pour voir si quelqu'un d'autre avait assisté à la scène; apparemment, ce n'était pas le cas. Tout le monde était concentré sur la course. La jeune femme reporta son attention sur son beau-frère, et elle n'en crut pas ses yeux : Gene Estes, le pasteur de Landing, avait saisi le bras du garçonnet et le secouait vivement, tout en ayant l'air de le réprimander sévèrement. Son expression avait quelque chose d'effrayant. Il jeta un regard rapide autour de lui pour vérifier qu'il n'y avait pas de témoin et, du revers de la main, frappa l'enfant au visage. Celui-ci tomba lourdement sur le sol, trop abasourdi pour pleurer. Gene ne fit pas un geste pour l'aider à se relever et s'éloigna rapidement.

Le regard de Madelyne allait du petit garçon à son beau-frère. Ce dernier avait rejoint Colleen et s'était accroupi pour essuyer ses chaussures avec un mouchoir. Madelyne, à sa grande consternation, le vit sourire tranquillement, comme si rien ne s'était passé. Comme elle le pensait, elle était sans doute la seule à avoir remarqué l'incident. Cherchant l'enfant des yeux, elle constata qu'il s'était relevé et qu'il avait rejoint sa mère. Visiblement, il était en train de raconter ce qui lui était arrivé, car il mimait la scène. Enfin, il désigna le pasteur du doigt. Sa mère fronça les sourcils et secoua la tête avant de saisir son fils par l'oreille.

— Elle ne le croit pas, dit Madelyne à voix haute.

— De qui parles-tu? demanda Graham d'une voix ensommeillée.

— De la femme, là-bas. Elle refuse de croire ce que lui dit son fils, mais il ne ment pas. Je le sais, j'ai tout vu.

Graham se redressa, étouffant un bâillement.

— Vu quoi ?

— Ce petit garçon a laissé tomber son œuf sur les chaussures de Gene. Il ne l'a pas fait exprès, évidemment, c'est un autre garçon qui l'a poussé. Mais Gene l'a disputé, puis il l'a frappé au visage. L'enfant est tombé, et mon beau-frère s'est tranquillement éloigné, comme si de rien n'était. Et quand le garçon a raconté ça à sa mère, elle a refusé de le croire.

— Je comprends que Gene n'ait pas été très content, mais cela n'excuse pas sa réaction. Je le trouve plutôt brutal pour un homme de Dieu.

— Je suis bien d'accord, approuva Madelyne en se levant.

Elle était décidée à rétablir la vérité auprès de la mère du garçon. Comme elle la cherchait des yeux, Bonnie arriva en courant ; elle brandissait triomphalement un ruban blanc.

— Madelyne, Graham, j'ai eu un ruban ! Je suis arrivée troisième.

— Félicitations, dit chaleureusement Graham. Tu t'es très bien débrouillée.

— Je sais.

La petite fille rayonnait de fierté.

Madelyne se pencha vers elle et la serra dans ses bras.

— Je suis très fière de toi, Bonnie. J'ai vu que tu avais su te concentrer pendant la course, alors que les autres enfants se laissaient distraire. Et en plus, tu as dépassé plein de plus grands que toi.

Bonnie lui sourit.

— Je vais participer à la course en sac, et cette fois-ci, je vais gagner.

Elle glissa le ruban dans la main de la jeune femme et repartit en courant.

— Est-ce que c'est eux ? demanda Graham avec un mouvement de la tête.

Madelyne tourna la tête et vit un chariot qui s'éloignait. Reconnaissant le petit garçon assis à l'arrière, elle acquiesça.

— Oui. La prochaine fois que je les verrai en ville, je raconterai ce qui s'est réellement passé à cette femme. Je n'arrive pas à croire que Gene ait fait une chose pareille, dit-elle avant de se rasseoir.

Graham vint s'installer à côté d'elle et arracha un brin d'herbe dont il fit un sifflet. Le coinçant entre ses deux pouces, il en tira quelques sons aigus.

— Moi, ça ne me surprend pas, dit-il en jetant son sifflet improvisé. Beaucoup de gens sont foncièrement mauvais, tu sais.

— Tu ne le penses pas vraiment, j'espère ?

— Regarde ce qui vient de se passer. Notre cher pasteur a frappé un enfant, et personne ne veut croire ce gosse.

— Mais tout le monde ne se comporte pas ainsi, Dieu merci !

— La vie m'a appris que les hommes sont capables du pire.

— A t'entendre, on pourrait penser que l'enfer est déjà sur terre.

— Ce n'est pas faux.

— Tu es d'un cynisme, parfois !

— Et toi, tu fais preuve d'une naïveté qui me surprendra toujours.

Elle ne répondit pas. Graham étendit ses longues jambes devant lui et s'étira comme un chat. Lorsqu'il baissa les bras, il posa la main sur celle de Madelyne. Elle la tourna de façon qu'ils soient paume contre paume, et leurs doigts s'emmêlèrent. Personne ne pouvait les voir, mais la jeune femme se demanda si elle n'aurait pas mieux fait de retirer sa main. Elle repoussa cette idée avec agacement : elle en avait assez de toujours se comporter en femme vertueuse. Sa seule récompense n'était jamais qu'une infinie solitude.

— Je n'ai pas réussi à retrouver la famille de Bonnie, reprit Graham, interrompant ses réflexions.

— Je ne savais pas que tu avais fait des recherches à ce sujet.

— Je le lui avais promis.

Graham tenait toujours parole, songea tristement Madelyne. Ce n'avait pas toujours été son cas. Elle lui avait promis de l'épouser, et elle était revenue sur sa promesse.

— J'ai envoyé des télégrammes dans un certain nombre de villes, mais ils sont restés sans réponse. Je commence à me demander si Laurie Smith avait une famille.

— Peut-être Smith n'était-il pas son vrai nom, suggéra la jeune femme.

— C'est possible.

— Peut-être est-ce la solution, après tout. Partir, changer de nom, et repartir de zéro, rêva-t-elle à voix haute.

— Ce n'est pas si simple que tu le crois, répliqua Graham.

— Tu as bien essayé de tout recommencer, quand tu es parti.

— Oui, et regarde où j'en suis !

— Landing n'est pas si mal.

— Ça dépend pour qui.

— Tu as sans doute raison, répondit-elle en soupirant.

Afin de se distraire de ces pensées, elle regarda les enfants qui se préparaient pour la course en sac. Bonnie la chercha des yeux et lui sourit en agitant gaiement le bras. Madelyne lui fit signe à son tour. Le soleil caressa la chevelure noire de la petite fille, la faisant briller. L'enfant attrapa le bas du sac et le remonta devant sa poitrine. Elle avait un air très déterminé.

Bonnie avait six ans. Madelyne songea, en se mordant la lèvre inférieure, qu'elle aurait pu avoir un enfant du même âge si elle s'était enfuie avec Graham. Mais à dix-sept ans, elle était beaucoup trop timorée, et ce destin de paria lui paraissait pire que tout.

A présent, elle n'était plus aussi sûre d'avoir fait le bon choix. Elle coula un regard en direction de Graham. Tomber amoureuse de lui neuf ans plus tôt avait été l'expérience la plus merveilleuse et la plus terrifiante qu'elle ait jamais faite. Si elle regrettait d'être restée à Landing, elle savait cependant qu'il était bien trop tard pour revenir en arrière. Le jeune homme qui l'avait aimée passionnément n'existait plus. Peut-être Graham éprouvait-il encore quelque sentiment à son égard, mais il ne lui pardonnerait jamais sa trahison et les blessures qu'elle lui avait infligées. Il ne lui ferait jamais suffisamment confiance pour lui accorder de nouveau son amour, même si c'était ce qu'elle désirait par-dessus tout.

# 9.

Graham examina attentivement l'état de la barrière. Les intempéries l'avaient fortement endommagée. Il redressa la partie qui était à terre et commença à la reclouer. Les échos de son marteau sur le bois ne tardèrent pas à résonner dans l'air frais du petit matin. Au bout de quelques instants, la porte d'entrée de la maison s'ouvrit, et Mme Dobson fit son apparition. Elle avait posé un châle de laine sur ses épaules, et le serrait étroitement contre elle.

— Mais enfin, qu'est-ce que c'est que tout ce vacarme ? C'est vous qui faites tout ce bruit, Graham Kincaid ? Savez-vous bien quelle heure il est ? Vous m'avez réveillée, et je ne vois pas bien comment je vais réussir à me rendormir, si vous continuez comme ça !

— Bonjour, madame, lui dit Graham avec un large sourire, avant de reprendre sa tâche.

— Vous n'avez pas répondu à ma question, jeune homme.

— Eh bien, comme vous pouvez le constater, je suis en train de réparer votre barrière. Vous m'aviez expliqué que vous préfériez prendre des chats plutôt qu'un chien, car elle ne fermait plus.

La veuve s'avança jusqu'au perron.

— Pourquoi faites-vous cela ?

— Par sympathie pour vous, madame.

— Je suis peut-être vieille, mais je ne suis pas complètement stupide. Vous êtes le shérif de cette ville, vous n'avez pas le temps de réparer des barrières. Pourquoi n'êtes-vous pas en train d'assurer la sécurité des citoyens ?

Graham s'essuya le front du revers de la main.

— C'est très simple, madame. D'une part, je ne suis pas encore de service, puisqu'un de mes adjoints est de garde jusqu'en début de matinée, et d'autre part, j'ai l'impression que les citoyens respectables de cette ville n'ont pas grand-chose à craindre. Ce sont les autres qui devraient se faire du souci.

— Vous voulez parler de la mère de Bonnie, n'est-ce pas ?

La veuve soupira avant de poursuivre :

— Ce qui lui est arrivé est terrible. Mais vous ne m'avez toujours pas dit pourquoi vous vous étiez mis en tête de réparer cette clôture.

— Considérez que c'est ma façon de vous remercier pour Bonnie. Sans vous, la journée de dimanche ne se serait pas aussi bien passée. Je ne suis même pas sûr qu'on l'aurait autorisée à participer aux jeux avec les autres enfants. Je vous suis très reconnaissant pour tout ce que vous avez fait.

Elle écarta ses remerciements d'un geste de la main, mais Graham la vit rosir de plaisir.

— Je n'ai fait que mon devoir, Graham. Avez-vous déjà mangé ?

— Non, madame.

— Quand vous en aurez fini avec tout ce vacarme, vous viendrez me trouver. Je vous préparerai un petit déjeuner.

Avant de rentrer, Mme Dobson se retourna.

— Mais n'allez pas dire à tout le monde que je vous ai invité à entrer. Je ne voudrais pas qu'on croie que je reçois de jeunes hommes chez moi. Dieu sait ce qu'on irait raconter sur mon compte !

Graham sourit.

— Je serai muet comme une carpe, je vous le promets.

— Parfait. Alors à tout à l'heure.

Une demi-heure plus tard, Graham avait terminé. Après s'être soigneusement lavé les mains à la pompe qui se trouvait dans la cour, il gravit le perron et frappa quelques coups discrets avant de pénétrer dans la maison de Mme Dobson. Il ne lui fut pas bien difficile de trouver la cuisine : il n'eut qu'à suivre l'agréable odeur de bacon, de café et d'œufs brouillés qui flottait dans l'air.

D'un geste, Mme Dobson l'invita à s'asseoir, avant de lui servir d'autorité une tasse de café.

— Buvez-le pendant qu'il est bien chaud, lui ordonna-t-elle.

Graham obéit et observa la veuve par-dessus sa tasse. Quelque chose était différent, mais il n'arrivait pas à... Soudain, il comprit.

— Vous avez là un bien beau châle, madame Dobson. C'est un très joli vert, qui va parfaitement avec vos yeux, ajouta-t-il d'un ton plein de sous-entendus.

Elle l'étudia attentivement, cherchant sans doute une trace de moquerie ou de réprobation sur son visage. Ne voyant rien de tout cela, la veuve eut un petit sourire.

— Cela fait plus de dix ans que mon mari s'en est allé, paix à son âme. Je me suis dit qu'il était temps de changer un peu. Je suis sûre qu'il ne m'en voudra pas d'égayer ma tenue d'une touche de couleur.

— Vous avez eu raison, approuva Graham.

— Certains seraient surpris s'ils apprenaient que je songe à mettre un terme à mon deuil.

— Peut-être, mais pas autant que s'ils savaient que vous avez aidé ma mère.

Elle fixa sur lui un regard perspicace.

— Ce qui ferait vraiment jaser, jeune homme, c'est si on découvrait que vous comptez fleurette à Madelyne.

Graham ouvrit la bouche pour protester.

— Inutile de nier. Vous vous teniez la main sous l'arbre, dimanche dernier. J'ai des yeux pour voir.

— Vous ne les avez pas dans vos poches, en tout cas.

Mme Dobson se tourna vers son fourneau pour vérifier que rien ne brûlait. Elle retira la poêle du feu et servit Graham en silence. Celui-ci l'observa longuement, notant que sans ses larges chapeaux et sa coiffure très stricte, elle avait l'air plus doux et plus jeune. Cette femme était certainement moins âgée que ce qu'il avait toujours cru. L'intelligence se lisait sur son visage ; elle ne devait pas se laisser facilement abuser. Il s'appuya contre le dossier de sa chaise et croisa les bras sur sa poitrine.

— Ainsi, nous avons chacun nos secrets.

— Je ne dirai pas un mot à propos de vous deux si j'estime que c'est préférable. Quelles sont vos intentions envers Madelyne ?

— Je n'en sais rien.

Graham avait parlé sans réfléchir, mais il se rendit rapidement compte qu'il avait dit la vérité. Il n'avait pas d'intention précise par rapport à Madelyne et ne pouvait pas en avoir, car tout ce qui touchait sa relation avec la jeune femme était beaucoup trop confus pour lui. Il n'arrivait pas à prendre le recul nécessaire pour l'analyser. Avant son retour, il s'était persuadé que son ancienne fiancée serait mariée et aurait quitté Landing. Il avait eu un choc en découvrant qu'il n'en était rien. En outre, il n'avait jamais imaginé que l'attirance qu'ils éprouvaient l'un pour l'autre serait si forte.

— Cette réponse n'est pas très satisfaisante, mais elle a l'air sincère. Et Bonnie ? Allez-vous continuer à vous en occuper ?

— Oui.

Mme Dobson haussa les sourcils.

— Vraiment ? Vous êtes un homme célibataire, Graham, et c'est une enfant.

— Elle a besoin de moi.

— Je vous soupçonne d'avoir autant besoin d'elle qu'elle de vous. Si vous me l'aviez proposé, j'aurais accepté de la prendre chez moi, vous savez.

— Peut-être est-ce pour cela que je ne vous l'ai pas demandé, répliqua-t-il en souriant. De toute façon, j'ai arrêté de lui chercher un foyer d'accueil. Elle est plus heureuse avec moi.

— Et Madelyne, que pense-t-elle de tout cela ?

— Eh bien, elle a souvent tendance à se soucier davantage de sa réputation que de tout le reste.

— Ne prenez pas ce ton méprisant. Vous croyez tout connaître de la vie, mais c'est faux.

— Qu'entendez-vous par là ?

— Vous êtes injuste avec elle. Vous ne devriez pas vous montrer si prompt à la juger. Elle a sans doute ses raisons pour se comporter ainsi. Et puis, reconnaissez que même si vous gardez Bonnie parce qu'elle a besoin de vous, vous n'êtes pas mécontent de tout le trouble que vous semez sur votre passage.

— C'est faux. Ma seule préoccupation, c'est le bien-être de Bonnie.

— C'est votre principale préoccupation, je suis bien d'accord, mais vous n'êtes pas fâché de secouer un peu les mentalités de cette ville. Ne dites pas le contraire, je ne vous croirai pas.

Elle se leva pour remplir de nouveau son assiette et ajouta des pancakes.

— Je ne suis plus le petit garçon que vous avez connu.

— Certes. Pourtant, mon petit doigt me dit que nous ne sommes pas au bout de nos surprises. Croyez-moi, les problèmes ne sont pas bien loin : je le sens.

— Tu as tort, Colleen. Ce n'est pas une bonne idée, dit Madelyne en ébouillantant la théière.

— Je sais très bien ce que je fais, répondit Colleen avant de poser le sucrier sur le plateau. Si j'avais su ce que projetait cet homme, je m'en serais occupée immédiatement. C'est un véritable scandale.

— Bonnie est une petite fille. Elle ne t'a rien fait, que je sache. Pourquoi ne la laisses-tu pas tranquille ?

Colleen se redressa et lui lança un regard furieux. Sa robe sombre ne la mettait guère en valeur, car elle accentuait la dureté de ses traits. Avec ses cheveux trop tirés en arrière et sa bouche pincée, elle ressemblait exactement à ce qu'elle était devenue : une femme autoritaire et peu charitable.

— Tu es aussi responsable que lui dans cette histoire. Je ne mentionnerai pas ton rôle parce que tu es ma sœur, mais je tiens à te dire que je suis extrêmement déçue. J'ose à peine imaginer ce que père aurait pensé de ton attitude.

Madelyne s'obligea à conserver son sang-froid. Ce n'était pas la première fois qu'elle essuyait les foudres de sa sœur. Elle avait l'habitude de l'écouter tranquillement, et d'attendre que l'orage se calme. Mais aujourd'hui, la situation était différente. En effet, c'était contre Bonnie que se déchaînait Colleen, et Madelyne était bien décidée à empêcher sa sœur de lui nuire de quelque façon que ce soit.

Après avoir rempli le pot à crème, elle alla regarder si le thé était suffisamment infusé. Des rumeurs de conversation et des petits rires lui parvenaient du salon. Colleen avait invité quelques femmes de la ville et des environs à venir prendre le thé chez elle. Au grand regret de Madelyne, la mère du garçon que Gene avait frappé n'était pas parmi elles. Elle avait tenté de parler de l'incident à sa sœur, mais cette dernière avait refusé de blâmer son mari, affirmant que l'enfant avait sans nul doute mérité sa correction.

— Le thé est-il prêt ? demanda Colleen.

— Pas tout à fait.

Madelyne commença à couper en tranches le cake qu'elle avait apporté. Que dirait sa sœur si elle savait que Bonnie l'avait aidée à le préparer ? Elle décida d'attendre que Colleen en ait mangé une part avant de le lui dire.

— Je te répète que tu as tort d'agir ainsi.

— Heureusement, ton opinion n'intéresse que toi.

Madelyne serra les dents. Il était inutile de se mettre en colère, car cela ne l'avancerait à rien. Elle tenta de nouveau de raisonner Colleen.

— Graham s'occupe très bien de Bonnie. Personne n'en voulait, elle était presque à la rue, et il l'a prise avec lui. Il prend soin d'elle, veille à ce qu'elle soit nourrie, logée, et blanchie. Je ne vois pas ce qu'il y a de si scandaleux.

— Enfin, Madelyne, tu es stupide ou quoi ? C'est un célibataire qui vit à l'hôtel, et cette enfant est la bâtarde d'une catin. Elle n'a rien à faire dans cette ville. Elle devrait se trouver dans un orphelinat. Là, on lui apprendrait les bonnes manières, et elle ne pourrait pas corrompre nos enfants avec ses grossièretés.

Madelyne reposa le couteau et s'essuya les mains sur une serviette.

— La seule à tenir des propos grossiers, c'est toi, ma chère sœur. Je me demande si ça te procure du plaisir.

Colleen leva la main, comme pour la gifler.

— Comment oses-tu... ?

— C'est toi qui oses tout. Bonnie est une petite fille bien élevée et innocente de tout ce dont tu l'accuses. Pourquoi t'aveugles-tu ainsi ?

— Je constate que cet homme a une mauvaise influence sur toi. Quels péchés as-tu commis, Madelyne Bancroft ?

— C'est de Bonnie dont nous parlons, pas de moi. Tu es injuste avec elle.

— Je t'interdis de les revoir, elle et cet homme.

Madelyne mit ses poings sur les hanches.

— Tu n'as pas le droit de m'interdire quoi que ce soit.

— Et comment ! Je suis ta sœur, et je suis mariée. Je suis donc responsable de tes actes. Je sais que tu as défendu cet homme devant Mme Greeley. Dieu seul sait ce que tu as fait d'autre !

— Cesse de parler de moi, ordonna Madelyne. Nous sommes en train de discuter de la petite fille. Elle n'a ni famille ni maison. Et elle n'a que six ans. Tu ne peux pas lui en vouloir pour ce que ses parents ont fait.

— Les péchés des pères retomberont sur la tête de leurs enfants, cita sentencieusement Colleen.

— Tu as tellement changé, Colleen. Je ne te reconnais plus. Nous étions si proches, avant.

— Tu ne dois t'en prendre qu'à toi-même. Ce n'est pas moi qui ai changé, mais toi. C'est toi qui as pris le parti du shérif et de cette...

— Ça suffit. Arrête de l'insulter. Je ne t'écoute plus.

Colleen donna un coup violent sur la table.

— Je n'ai pas de leçon à recevoir de ta part ! C'est toi, la honte de cette famille.

Madelyne songea que jamais Colleen ne regarderait la vérité en face. Etait-ce vraiment si difficile ?

— Lorsque nous étions petites et que maman est partie...

— Tais-toi ! Maman n'est pas partie, elle est morte. Elle est morte, morte, je te dis ! Je me rappelle très bien son enterrement.

— Mais c'était une mise en scène ! Il n'y avait personne dans le cercueil.

— Tu mens. Tu as toujours menti pour me faire souffrir. Tu n'as pas le droit de me tourmenter comme ça. C'est déjà bien assez que tu diriges le magasin. C'est une véritable humiliation, pour moi. Ma propre sœur travaille comme un vulgaire paysan. Et en plus, tu es vieille fille. Tu auras vraiment tout fait pour me gâcher la vie.

Madelyne avait l'habitude de ce discours : Colleen le lui rabâchait très régulièrement.

— Ta honte va et vient en fonction de ce qui t'arrange, rétorqua-t-elle vivement. Mais ça ne résout pas la question de Bonnie pour autant. Je ne comprends pas pourquoi tu n'as pas voulu la prendre en charge quand on te l'a amenée. Et je ne vois pas davantage en quoi le fait que quelqu'un d'autre s'en occupe te pose problème. Qu'est-il donc arrivé à ta charité chrétienne ?

— Je la réserve aux bons chrétiens, grommela sa sœur.

Elle s'empara d'un plateau, et fit signe à Madelyne de prendre le second.

— Ecoute-moi bien, Madelyne. Je ne supporterai pas ton attitude dévoyée bien longtemps. Il suffit d'un mot de ma part pour que plus personne ne fréquente l'épicerie.

— Tu te trompes.

— Vraiment ? As-tu envie de voir qui a raison ?

— Je suis ta sœur, tout de même. Est-ce que cela ne signifie rien pour toi ?

— Pas si tu continues à te comporter comme tu le fais, répondit Colleen en quittant la cuisine.

Madelyne se laissa tomber sur une chaise et se mit le menton entre les mains. Elle n'était pas la bienvenue dans la maison de sa sœur. Cela l'attristait, mais ne la surprenait plus. Tout avait sans doute commencé ce jour froid de novembre, lorsque leur père leur avait annoncé que leur mère était morte. C'était sans doute la seule fois où leur père avait menti, mais ce mensonge avait été lourd de conséquences : sa sœur et elle continuaient d'en payer le prix, chacune à sa manière.

Pendant qu'elle remuait ces sombres pensées, la porte de la cuisine s'ouvrit, et Gene entra. Son crâne chauve et son front luisaient de sueur. Il avait ôté sa veste, et ne portait que son gilet par-dessus sa chemise blanche. Quand il la vit, il lui sourit. Mal à l'aise, Madelyne se contraint néanmoins à lui rendre son sourire. Une lueur étrange brillait dans les yeux de son beau-frère.

— Bonjour, Madelyne. Que fais-tu ici ?

— Colleen a organisé une réunion. J'attendais simplement que le thé soit assez infusé.

Après avoir fait mine de vérifier, elle annonça avec un entrain forcé :

— Eh bien, voilà, il est prêt.

Elle transféra le liquide brûlant dans la théière en argent et jeta un coup d'œil rapide autour d'elle pour voir si elle n'avait rien oublié. Avant qu'elle n'ait pu se saisir du plateau, Gene s'approcha d'elle et lui prit le bras.

— Colleen se fait du souci pour toi, tu sais.

En dépit de sa calvitie et de son expression particulière, Gene était loin d'être repoussant. Il était grand, large d'épaules, et il se tenait très droit. La première fois qu'elle l'avait rencontré, Madelyne avait pensé, à l'instar de Colleen, qu'il était plutôt séduisant. Elle avait rapidement changé d'avis quand elle avait fait plus ample connaissance avec lui, et avait même essayé de dissuader sa sœur de l'épouser.

Comme il lui caressait légèrement le bras, elle dut faire un effort considérable pour prendre sur elle et ne pas le repousser violemment.

— Ma sœur s'inquiète beaucoup trop pour moi. Il est inutile de l'imiter, Gene. Tout va très bien, je t'assure.

— Mais moi aussi, je me fais du souci pour toi. Depuis que ton père est mort, je considère que tu es sous ma responsabilité.

Ses yeux rencontrèrent les siens, et le malaise de Madelyne s'accrut. Elle se dégagea doucement et s'empara du plateau. Gene eut l'air de comprendre le message car il s'empressa de lui tenir la porte — geste bien inutile, la porte étant restée ouverte. Elle le remercia cependant.

Avant qu'elle n'ait réussi à lui échapper, il reprit la parole.

— L'enfant doit partir. Elle ira à l'orphelinat.

— Alors, toi aussi ? murmura la jeune femme, résignée. Mais de quoi avez-vous donc peur ?

— Je n'ai pas peur. Je voulais juste te prévenir. Cette enfant est source de discorde pour notre communauté. Or notre Seigneur veut que nous nous aimions les uns les autres et que nous vivions tous en parfaite harmonie.

— Mais tu en exclus Bonnie et sa mère.

— Exactement.

— C'est une enfant, Gene. Elle est inoffensive.

— Le Malin peut prendre n'importe quelle apparence, même celle d'une petite fille. L'enfant du péché est damné.

Madelyne ne répondit pas et s'éloigna en direction du salon.

En entrant, elle constata que la discussion allait bon train et que les esprits étaient déjà passablement échauffés.

— Elle dort avec lui, déclara Mme Greeley avec assurance.

Une dizaine de femmes avaient pris place sur les canapés de Colleen. Cette dernière avait hérité de son père le goût d'accumuler les meubles et les bibelots, et la pièce avait quelque chose d'étouffant. Madelyne dut attendre patiemment que Mme Dobson ait dégagé la table surchargée avant de pouvoir poser son plateau. Quand ce fut fait, elle alla s'asseoir à côté de la veuve. Elle avait décidé qu'elle prendrait congé de cette assemblée dès que possible. Si elle ne s'éclipsait pas sur-le-champ, c'était uniquement par politesse.

— C'est dégoûtant ! s'exclama la femme du médecin, tandis que les autres poussaient des cris d'indignation.

Mme Dobson se redressa.

— Anabell, tu devrais avoir honte de répandre de tels mensonges, dit-elle d'un ton sévère. Bonnie a sa propre chambre, à l'hôtel.

— Mais les deux chambres communiquent, n'est-ce pas ?

Madelyne intervint avec chaleur.

— Vous parlez d'une petite fille de six ans qui fait des cauchemars la nuit parce qu'elle vient de perdre sa mère.

— Bon débarras, déclara Colleen.

Madelyne fit mine de se lever, mais Mme Dobson la retint d'un geste.

— Vous ne parviendrez à rien, si vous vous mettez en colère, murmura-t-elle.

— Que faites-vous ici ? lui demanda Madelyne à voix basse. Je croyais que vous appréciiez Graham.

— Justement, je suis venue pour voir ce que mijote votre sœur.

Mme Greeley reprit la parole.

— La question n'est pas de savoir si l'enfant dispose ou non d'une chambre séparée. Le problème, c'est qu'elle vit à Landing. Elle nous souille et symbolise le péché contre lequel nous luttons pied à pied. Nous devons purifier la ville de sa présence impie. Si le shérif refuse l'offre généreuse de notre congrégation, j'estime qu'il doit être renvoyé.

Colleen eut un sourire de triomphe.

— Mais il est sous contrat, objecta une autre invitée.

— Je demanderai à Winston de consulter notre avocat sur ce point, répondit Mme Greeley.

— Graham Kincaid est un bon shérif, et nous avons de la chance de l'avoir, dit alors Mme Dobson.

Colleen feignit la surprise.

— Vous me surprenez, ma chère. Avez-vous oublié qu'il y a sept ans, cet homme a fui la ville après avoir battu une prostituée ?

— Il a été innocenté de cette accusation, répliqua la veuve.

— Oui, et c'est la catin qui l'a innocenté, si je ne m'abuse. J'ai entendu dire qu'elle le connaissait assez intimement pour savoir que ce n'était pas lui qui l'avait frappée, alors même qu'il faisait nuit noire. C'est curieux, quand on y pense, qu'il s'intéresse tant à l'enfant de cette femme.

Madelyne comprit aussitôt les sous-entendus de sa sœur.

— Bonnie n'a que six ans, et Graham est parti...

La jeune femme vit huit paires d'yeux se braquer sur elle. Elle se rendit compte qu'elle avait commis une erreur en appelant Graham par son prénom. Mais il était trop tard, et elle poursuivit :

— Son absence a duré plus de sept ans. Bonnie ne peut donc pas être sa fille.

— Elle prétend avoir cet âge, mais elle n'a aucun moyen de le prouver. Sa mère aurait bien été du genre à mentir pour protéger son amant.

Plusieurs femmes approuvèrent de la tête.

Madelyne se dressa soudain, ulcérée.

— Vous êtes toutes devenues folles ! Bonnie est une petite fille innocente. Elle n'est pas différente de vos enfants, et Graham a agi comme tout bon chrétien devrait le faire. Tu ne sais pas ce que signifie le mot charité, Colleen. Tu n'as pas de cœur ! Je m'en vais. Tu me fais horreur !

— Fais bien attention, Madelyne. Tu sembles oublier à qui tu t'adresses.

— Oh ! non. Je vous connais toutes très bien, et j'ai honte de penser que je vous considérais comme mes amies.

Après s'être frayé un chemin dans le salon encombré, elle se tourna vers Mme Dobson.

— Je suis désolée, Mme Dobson. Je sais que vous

soutenez Graham, mais vous avez tort de croire que vous pourrez raisonner ces femmes.

Colleen se leva à son tour.

— Madelyne, cesse de te comporter comme une hystérique, et assieds-toi.

— Non. Ma place n'est pas ici, dit-elle avant de quitter la pièce.

Sa sœur la rattrapa comme elle franchissait le seuil.

— C'est toi, la folle, dit Colleen d'une voix menaçante. Je te préviens : si tu te mets en travers de mon chemin, je te le ferai payer très cher.

— Tu ne me fais pas peur, rétorqua Madelyne en descendant les marches.

— Nous verrons, dit sa sœur derrière elle. Nous verrons...

# 10.

Madelyne fit irruption dans le bureau du shérif comme une furie. Elle poussa la porte avec une telle force que celle-ci claqua et rebondit contre le mur. La jeune femme n'y prêta aucune attention, ne s'arrêtant qu'une fois devant le bureau de Graham.

Ce dernier leva les yeux et la considéra avec étonnement. Madelyne, qui allait l'appeler par son prénom, nota juste à temps qu'un jeune homme brun occupait le bureau à sa gauche.

— J'ai à vous parler, shérif Kincaid. C'est urgent, dit-elle à travers ses dents serrées.

— C'est ce que j'ai cru comprendre, répondit calmement Graham. Tu peux aller faire un tour, Daniel, ordonna-t-il au jeune homme.

— Bien, shérif.

Le dénommé Daniel se leva, alla décrocher son chapeau, et sortit après avoir salué la jeune femme d'un « madame » respectueux.

Graham désigna la chaise vide qui lui faisait face.

— Assieds-toi, je t'en prie.

— Merci.

Madelyne s'assit, avant de se relever aussitôt. Incapable de rester immobile, elle se mit à arpenter la pièce.

— Excuse-moi, je ne tiens pas en place. Je suis trop énervée pour m'asseoir, expliqua-t-elle à un Graham de plus en plus intrigué.

Comme elle avait très chaud — elle avait marché d'un pas vif et la colère la faisait bouillir — elle ôta son châle. Graham se leva à son tour et alla se poster devant elle, l'obligeant à cesser son va-et-vient.

— Je ne t'ai jamais vue dans un état pareil. Tu as l'air prête à exploser.

— C'est le cas, tu peux me croire, répondit-elle avant de prendre une profonde inspiration. Je reviens de chez Colleen.

— C'est donc ça ! Je n'ai pas de mal à comprendre ta mauvaise humeur. C'est le genre de visite qui vous gâche la journée, nota-t-il avec un léger sourire.

— Il n'y a vraiment pas de quoi plaisanter. Elle a réuni des femmes de notables, et elles sont en train de médire de toi.

— Et alors ? Je m'en moque.

— Tu as tort.

— Je devrais m'inquiéter parce qu'elles veulent me faire renvoyer ?

Devant le sursaut de surprise de Madelyne, il haussa les épaules.

— Je sais que Colleen et ses amies aimeraient bien se débarrasser de moi. Pour elles, je suis un gêneur, un importun. Mais elles n'ont aucun pouvoir. Elles ne peuvent pas m'atteindre.

— Tu te trompes, je t'assure. Elles racontent des choses affreuses sur ton compte et sur celui de Bonnie. Ce ne sont peut-être que des rumeurs, mais elles peuvent te porter préjudice. L'une d'entre elles a affirmé que Bonnie dormait avec toi.

Le regard de Graham se fit soudain très dur.

— Qui a dit cela ?

— C'est sans importance. Mme Dobson a démenti, et n'importe quel employé de l'hôtel pourrait confirmer que ce n'est pas le cas. Mais Colleen a suggéré que...

Madelyne s'arrêta net et déglutit avec difficulté. Elle ne voulait pas aborder ce sujet, car elle avait peur de la vérité. Baissant les yeux, elle constata que ses mains tremblaient.

— Madelyne ?

Graham avait posé la main sur son bras.

— Qu'est-ce qui te trouble dans ce qu'a dit Colleen ?

— Elle a dit que Bonnie était sûrement ta fille, et que c'était pour cette raison que tu t'intéressais tant à elle, murmura la jeune femme.

Elle attendit, la tête obstinément courbée. Elle se sentait incapable d'affronter son regard : elle craignait trop d'éclater en sanglots si elle y lisait la confirmation des soupçons de sa sœur.

Lorsque Graham poussa quelques jurons bien sentis, Madelyne ne put s'empêcher de relever la tête.

— Cette fois-ci, je ne m'excuserai pas pour ce que j'ai dit. Ta sœur n'est qu'une abominable mégère qui sème le mal autour d'elle. C'est une langue de vipère. Et dire qu'elle a épousé un pasteur !

Malgré son teint mat, il était rouge de colère.

— Je n'ai jamais pensé grand bien de Colleen, mais là, ça dépasse tout.

Madelyne se détourna. Son cœur battait de plus en plus fort et pesait de plus en plus lourd dans sa poitrine. Graham n'avait pas nié être le père de Bonnie. Il enrageait simplement que Colleen ait découvert son secret. Madelyne lutta de toutes ses forces pour ravaler les larmes qui lui montaient aux yeux.

— Je... je comprends, bredouilla-t-elle.

— Non, tu ne comprends rien du tout.

Elle sentit soudain ses mains sur ses épaules.

— Tu la crois, n'est-ce pas ?

— Je ne sais plus que penser. Laurie prétendait pouvoir te reconnaître dans le noir, et tu... tu as admis avoir fait... ces choses avec elle.

— Tu as une bien piètre opinion de moi. Pas étonnant que tu aies refusé de me suivre il y a sept ans.

Madelyne ferma les yeux. Elle était consciente de sa présence derrière elle, mais elle refusait de se retourner : elle ne voulait pas qu'il sache à quel point tout cela l'affectait encore.

— Oui, il m'arrivait de rendre visite à Laurie. Et oui, je faisais « ces choses » avec elle. Mais j'ai cessé d'aller la voir une fois que nous avons été fiancés.

La jeune femme se retourna lentement vers lui et le regarda droit dans les yeux.

— C'est vrai ?

— Je te le jure.

— Nous avons été fiancés pendant plusieurs mois avant ton départ, donc...

— Si Laurie avait été enceinte de moi quand elle a été agressée, tout le monde s'en serait rendu compte.

— Merci de m'avoir dit cela. Rien ne t'y obligeait, et...

Elle se détourna légèrement afin de dissimuler son expression.

— C'est très important pour moi.

Graham prit son visage entre ses mains, la forçant à le regarder.

— Cela signifie que tu me crois ?

— Bien sûr.

— Tu m'étonneras toujours, Madelyne Bancroft ! s'exclama-t-il avant de retourner s'asseoir à son bureau.

Bien, maintenant que nous avons mis les choses au point, raconte-moi ce qui s'est dit d'autre à cette petite réunion.

— Comme elles cherchent à te faire renvoyer, l'une d'elles va consulter son avocat au sujet de ton contrat.

De nouveau, il haussa les épaules.

— C'est donc sans importance, pour toi ? demanda la jeune femme. Imagine qu'elles trouvent un moyen pour t'obliger à partir. Tu ne pourras pas remplir la mission que tu t'es fixée, et elles auront gagné.

— Elles ne peuvent pas gagner, Madelyne. J'ai tenu mon pari : je me suis réconcilié avec pas mal de personnes, et j'ai regardé en face les fantômes du passé. Même si je devais partir, ce ne serait pas un désastre.

« Pour moi, si », songea Madelyne en prenant conscience qu'elle ne souhaitait pas son départ. Peut-être avait-il fait la paix avec certaines personnes, mais pas avec elle. Et il lui faudrait du temps pour y parvenir.

— Laisse-moi prendre Bonnie chez moi, offrit-elle spontanément. Si elle ne vit plus avec toi, ces femmes n'auront plus aucun argument contre toi.

— Non, répondit-il rudement. C'est un peu trop facile, maintenant que Mme Dobson a réussi à faire accepter Bonnie par une partie de la communauté.

— Tu es injuste, se révolta Madelyne. Je te l'ai proposé à plusieurs reprises, et tu as refusé sous prétexte que j'avais hésité la première fois que tu me l'avais demandé. Tu ne vas tout de même pas me le reprocher éternellement ! Je te rappelle que la plupart du temps, je travaille au magasin. J'avais peur que Bonnie ne trouve les journées trop longues et ne s'ennuie. Mais j'ai pu constater qu'en réalité, elle s'y plaît beaucoup. Elle aime voir des gens, elle sait s'amuser seule, et Mme Dobson lui apprend à compter. J'ai même commencé à lui enseigner l'alphabet. A présent, je sais que mon activité professionnelle ne constitue pas un obstacle.

Elle jeta un coup d'œil à Graham : son visage exprimait l'incrédulité.

— Tu ne me crois pas ?

— C'est un très beau discours, mais je ne suis pas sûr que tu résisterais longtemps à certaines pressions si tu mettais ton projet à exécution.

— Tu ne m'as pas écoutée. Je me moque de Colleen et des Mmes Greeley de cette ville !

— Tu ne réussiras pas à me convaincre. Et puis, je tiens trop à Bonnie pour m'en séparer.

— Tu l'aimes vraiment, n'est-ce pas ?

— On ne peut qu'aimer une enfant comme Bonnie. Elle accorde sa confiance et son affection à ceux qui savent s'en montrer dignes, et elle n'a aucun préjugé. Elle se moque bien de savoir si mes parents étaient riches ou pauvres, ou s'ils exerçaient une profession honorable. Elle ne se laisse pas influencer par ce que pensent les autres. Avec elle, il n'y a pas de mensonges.

Madelyne porta sa main à sa joue comme si Graham l'avait giflée. Ce qu'il venait d'exposer ressemblait à une condamnation sans appel de son attitude sept ans plus tôt : elle, Madelyne, ne lui avait pas accordé sa confiance, s'était montrée prisonnière de ses préjugés, et s'était laissé influencer par ce que pensaient les autres.

Remuée, la jeune femme se dirigea vers la fenêtre et observa l'agitation de la rue. Elle avait toujours vécu à Landing. Ici, tout et tous lui étaient familiers, c'était son univers, elle y jouissait d'un certain confort, s'y sentait en sécurité. Quand Graham était entré dans sa vie, il avait bouleversé son monde ordonné et sans surprise, lui faisant découvrir quelque chose d'à la fois excitant, merveilleux, et terrifiant : l'amour. Il avait fait voler ses repères en éclats, lui avait montré qu'il existait d'autres façons de vivre que la sienne, lui avait parlé de liberté. Avec lui, elle avait l'impression d'exister, de vivre plus intensément, de respirer sans contrainte, parfois jusqu'au vertige. Grâce à lui, elle avait passé les deux années les plus extraordinaires de son existence. L'été qui avait précédé son départ, elle croyait que son destin était tout tracé : un jour ou l'autre, elle épouserait cet homme, et comme dans les contes, ils vivraient heureux et auraient beaucoup d'enfants. Mais le destin lui avait joué un bien mauvais tour. Obligée de choisir entre une vie errante auprès de son amour tout neuf, qui l'effrayait encore, et une existence monotone mais cousue de certitudes, elle avait préféré le connu à l'inconnu.

Madelyne appuya son front contre la vitre, et la fraîcheur du verre lui fit du bien. La peur, cette peur de l'amour, de l'inconnu, lui était restée. Qu'arriverait-il si elle parvenait à s'en défaire? Qu'arriverait-il si elle réussissait à suivre sa propre route, sans se soucier des autres ? De nouveau, elle entendit la voix de son père lui annoncer que sa mère était morte. C'était un mensonge, mais aux yeux du monde, c'était la vérité. Et il lui avait fallu vivre avec ce fardeau, la terrible solitude de celle qui sait, et la peur ne l'avait plus jamais quittée. Un instant, elle fut tentée de tout expliquer à Graham. L'idée l'avait souvent effleurée, mais elle n'avait jamais eu le courage d'aller au bout de son projet. Elle ouvrit les yeux et prit une profonde inspiration. Peu importait les raisons de son traumatisme à présent : même si Graham l'écoutait et la comprenait, les explications viendraient trop tard. Il était inutile de rouvrir de vieilles blessures.

— Je suis désolée, dit-elle enfin en se tournant vers lui. Je veux que tu saches que je n'ai jamais cessé de regretter ce que je t'ai dit ce jour-là. Je n'aurais pas dû réagir ainsi, ni t'insulter comme je l'ai fait. Encore une fois, je ne pensais pas un mot de tout ce que j'ai dit.

« Et j'ai eu tort de ne pas partir avec toi. » Elle se garda bien de prononcer ces dernières paroles. L'heure n'était plus aux regrets.

— Je sais bien que tu es désolée, répondit Graham. Mais ça ne change pas le passé pour autant.

Les excuses de Madelyne, ces excuses qu'elle lui avait faites le premier jour de son arrivée et qu'elle venait de renouveler, il les avait attendues pendant plus de sept ans. A l'époque, ces mots auraient tout changé pour lui, mais à présent, il ne ressentait plus rien en les entendant. Seuls comptaient les actes, et le fait que sa fiancée l'avait trahi.

— J'en suis bien consciente, déclara la jeune femme. Mais je me suis toujours demandé ce que tu étais devenu ensuite. Tu n'as rien voulu me dire l'autre jour, pourtant, c'est important pour moi de savoir. Tu...

Elle s'interrompit, incapable de soutenir son regard.

Graham la contempla longuement. Madelyne portait la même robe que le soir où elle l'avait invité à dîner, et où il l'avait embrassée et caressée. Ce soir-là, il avait découvert que malgré toute la rancœur qu'il avait à son égard, l'attirance qu'ils éprouvaient l'un pour l'autre était intacte. Lorsqu'elle était loin, cela n'avait pas d'importance, mais quand elle était devant lui, comme maintenant, il devait lutter pour ne pas la prendre dans ses bras.

— Oh, je sais, tu n'es pas obligé de me répondre, reprit la jeune femme d'une voix presque inaudible.

— Quand je suis parti, j'étais tellement fou de rage

que j'ai décidé que j'allais donner raison à ceux qui me tenaient pour un criminel.

— Mais tu n'as jamais commis d'acte répréhensible, objecta Madelyne.

— A voir comment les gens de Landing se comportaient avec moi, on aurait pu croire le contraire.

Graham eut un sourire amusé avant de continuer :

— J'ai longuement réfléchi au moyen le plus rapide de devenir un hors-la-loi célèbre, et la solution m'est apparue, dans toute sa simplicité : il me suffisait de braquer des banques.

— Tu ne l'as tout de même pas fait !

— J'ai chevauché au hasard pendant des journées entières. Quand je suis arrivé dans une petite ville, je n'avais pas la moindre idée de l'Etat dans lequel je me trouvais. Mais comme il y avait une banque, j'ai décidé d'y faire mes premières armes. Je suis d'abord entré dans un saloon : j'avais besoin d'un verre pour me donner du courage. C'était le milieu de l'après-midi, et l'endroit était presque désert. Le patron, un homme sympathique, m'a servi quelques verres. Et, parce qu'il m'inspirait confiance et que j'avais trop bu, je lui ai fait part de mes intentions.

Madelyne, intéressée par le récit, était venue s'asseoir en face de lui. Attentive, ébahie, elle le dévisageait comme si elle le découvrait.

— Et comment a-t-il réagi ?

— Il n'arrêtait pas de me poser des questions sur la façon dont j'allais m'y prendre, et mettait régulièrement le doigt sur des problèmes auxquels je n'avais pas songé. C'était terrible, car plus le temps passait, plus je sentais à quel point j'étais mal préparé et incapable de mener mon projet à bien. Pour finir, j'ai avoué à mon interlocuteur que je ne serais jamais à la hauteur et que je ferais mieux de renoncer tout de suite. Alors l'homme m'a souri et m'a dit que j'avais choisi la voie de la raison, avant de sortir son étoile et de la poser sur la table. C'est là qu'il m'a appris qu'en plus d'être patron du saloon, il était shérif de la ville.

— J'imagine que tu as dû être surpris.

— C'est le moins que l'on puisse dire ! J'avais l'impression d'être un parfait abruti. Mais Williams était un homme juste. Il m'a dit que puisque je n'avais pas commis de délit, mais seulement pensé à en commettre un, il n'avait aucune raison de m'arrêter. Et là, il m'a fait une proposition stupéfiante. Il m'a demandé si je cherchais du travail, et m'a proposé de devenir son adjoint.

Graham se rappelait cet épisode de sa vie comme s'il était arrivé la veille. Il avait d'abord cru que l'homme se moquait de lui, et s'était mis en colère. Mais Williams l'avait détrompé, et avait commencé à lui exposer d'une voix égale ce qu'impliquait la fonction d'adjoint au shérif dans une petite ville.

— Il a eu confiance en toi, nota Madelyne d'une voix émue. C'est le premier à t'avoir vraiment donné ta chance.

— Je lui dois beaucoup. Je me suis acquitté d'une partie de ma dette envers lui quelque temps plus tard, mais ce n'était pas suffisant à mes yeux. C'est lui qui m'a convaincu de revenir ici. Il m'a fait comprendre que je devais faire la paix avec Landing pour pouvoir tourner définitivement cette page difficile de mon passé.

— Et tu ne te doutais pas que je serais encore là, n'est-ce pas ?

Graham observa Madelyne du coin de l'œil : elle avait pâli.

— Je te croyais mariée et partie au loin, reconnut-il.

— Evidemment, dit-elle d'une voix étranglée.

Graham se demanda s'il avait entendu une note d'amertume dans cette dernière remarque, ou si c'était simplement l'effet de son imagination.

Mais la jeune femme reprit bientôt d'un ton neutre :

— Et tu comptes toujours quitter la ville, à la fin de ton contrat ?

— Oui. Bonnie et moi irons nous installer ailleurs.

— Tu emmèneras Bonnie avec toi ?

— Si je ne retrouve aucun membre de sa famille, je l'adopterai.

— Vraiment ?

— Oui, je ne veux pas la perdre.

Madelyne soupira.

— J'aimerais pouvoir revenir en arrière et modifier les événements du passé. Tout serait différent, aujourd'hui.

— Non. Tu n'aurais rien pu changer. Jamais tu n'aurais eu le courage de t'enfuir avec moi.

— Peut-être que si.

— C'est impossible.

— Oh, je sais bien ce que tu penses de moi. Tu estimes que je dépends trop des jugements des autres, et que c'est un tort. Mais les choses ne sont pas si simples. Nous avons été élevés différemment, toi et moi. J'ai appris à tenir compte de l'opinion des gens de mon entourage. Mon père m'aurait reniée, et ma sœur ne m'aurait jamais pardonné cette fugue. Ils étaient ma seule famille, et je les aimais. J'ai pris la mauvaise décision, j'aurais dû passer outre, mais il faut que tu me comprennes. J'étais si jeune...

— Je ne crois pas que je parviendrai jamais à te comprendre.

Un silence pesant tomba entre eux. Graham vit Madelyne approcher la main du bureau et s'emparer du canif qui y était posé. C'était celui qu'elle lui avait rendu quelques semaines plus tôt. Il se demandait toujours pourquoi elle l'avait gardé pendant toutes ces années.

La jeune femme se mit à suivre le contour de ses initiales du bout de ses doigts. Ce geste paraissait tellement naturel qu'il donnait l'impression d'avoir été répété des milliers de fois ; comme si ce canif avait eu une signification particulière pour elle. Graham secoua la tête pour écarter ces pensées absurdes.

— Colleen n'aime pas que je m'occupe du magasin, déclara soudain Madelyne. Elle pense que c'est honteux qu'une femme, enfin, qu'une vieille fille comme moi, travaille dans le commerce. Elle ne cesse de me répéter que je devrais engager un gérant, afin de me consacrer aux bonnes œuvres, comme le font toutes les femmes convenables.

Graham ne put s'empêcher de sourire.

— Tu trouves peut-être cela amusant. Moi, pas. Colleen est ma seule famille, et après ce qui s'est passé aujourd'hui, je ne suis pas sûre que nous nous réconciliions un jour.

Graham pensa qu'en dépit de la culpabilité évidente de Madelyne, cet éloignement n'était sans doute pas une mauvaise chose pour elle. Il n'arrivait pas à l'imaginer en train de repriser des vêtements ou de tricoter des chaussettes pour les orphelins. Il était clair qu'elle aimait diriger son commerce et qu'elle serait malheureuse si elle devait y renoncer.

— En te mariant, tu aurais pu échapper aux remontrances incessantes de ton tyran de sœur. N'y as-tu jamais songé ?

Madelyne reposa le canif sur le bureau et croisa les bras dans une attitude défensive.

— J'ai été fiancée pendant un an environ. Mon père était déjà malade, à cette époque. Quand il est mort, j'ai voulu repousser la date du mariage pour porter le deuil pendant douze mois. Mon fiancé a refusé d'attendre aussi longtemps. Il a rompu, et en a épousé une autre.

— Tu ne devais pas être bien pressée de te marier, objecta Graham.

— C'est vrai, reconnut la jeune femme avec embarras. En réalité, je n'étais pas amoureuse de lui. C'était impossible, après...

Sa voix s'enroua, et elle baissa la tête en rougissant.

— Enfin, je veux dire, après la disparition de mon père. Je n'ai pas supporté qu'il cherche à me forcer la main alors que je pleurais la perte d'un être cher.

Qu'avait-elle failli avouer? Qu'elle ne pouvait plus aimer personne après lui, Graham? C'était impossible. Et quand bien même il y aurait un semblant de vérité dans cette hypothèse, il ne voulait pas le savoir. Il avait fait une croix sur son histoire d'amour avec elle. Dans un an, il quitterait Landing avec Bonnie. Il le lui avait promis, et il tiendrait parole.

Pourtant, malgré toutes ses résolutions à l'égard de Madelyne, il dut lutter contre l'envie de se lever, de l'attirer à lui et de l'embrasser. Afin de résister à cette tentation, il usa de la seule arme qu'il savait efficace : les mots.

— Est-ce que ton père et Colleen approuvaient tes fiançailles, ou les as-tu tenues cachées comme les nôtres ?

La jeune femme releva vivement la tête et soutint son regard.

— Je ne joue plus, Graham. Tu as gagné la partie.

J'en ai assez de ne pas savoir sur quel pied danser avec toi. Tantôt tu te montres amical, tantôt tu me repousses avec dureté. J'ai en assez.

Elle se leva et lissa nerveusement les plis de sa robe.

— Tu n'as pas plus de respect pour moi que Colleen. Quand je vous écoute tous les deux, j'ai l'impression que je n'ai ma place nulle part.

— Trouver une place, c'est une question de volonté, Madelyne.

— Facile à dire, pour toi, tu as toujours fait ce que tu voulais ! C'est ce qui fait ta force, d'ailleurs. Tu dois être content de ne pas m'avoir épousée. Je n'aurais jamais été à la hauteur. Finalement, je t'ai épargné une immense déception.

Madelyne se trompait, songea Graham, comprenant soudain pourquoi il n'y avait jamais eu d'autre femme après elle. Ce n'était pas par peur de l'engagement qu'il avait repoussé la proposition de la veuve du Wyoming, mais parce qu'il savait que sa capacité d'aimer une femme était morte lorsqu'il avait perdu Madelyne.

Il se leva et fit le tour du bureau. Une fois devant Madelyne, il lui prit les mains et exerça une légère pression. Elle le regarda avec méfiance, comme si elle redoutait que son geste d'apaisement ne soit que le prélude à une nouvelle attaque.

— Je suis désolé, dit-il, je n'ai pas à te juger.

Elevant les mains de la jeune femme, il les posa sur son visage.

— Tu as raison, poursuivit-il, ce jeu a trop longtemps duré. Je garderai mes distances, désormais. Même Colleen ne pourra pas critiquer mon comportement à ton égard.

Elle dégagea brusquement ses mains.

— Et tu crois que c'est ça, que je veux ?

— Ce sera mieux pour toi.

— Pour moi ? s'indigna Madelyne, les poings sur les hanches. Tu ne vas pas t'y mettre aussi ! C'est déjà suffisamment pénible d'avoir une sœur qui cherche à régenter ma vie. Elle passe son temps à me dicter ce que je dois dire et faire, et tu es en train de l'imiter.

— Je pensais répondre à tes désirs.

— Mes désirs ? Que sais-tu de mes désirs ? Tu m'as prêté des intentions, voilà tout.

— Bon sang, Madelyne, pour une fois que j'essaye de respecter les convenances, tu ne vas pas m'en faire le reproche, tout de même ! Tu devrais m'en être reconnaissante.

— Cesse de jurer et de me donner des ordres, Graham.

— Tu ne veux pas que je garde mes distances ? s'étonna-t-il.

Excédée, la jeune femme tapa du pied.

— Oh ! Je veux, je veux... Je ne veux plus qu'on décide à ma place ! Je veux pouvoir mener ma vie à ma guise !

— Très bien. Quand tu sauras enfin où tu en es, fais-moi signe.

Il allait se détourner, quand elle saisit sa chemise et l'attira à elle. Dans ses yeux brûlait une flamme passionnée qui le troubla.

— Madelyne ?

— Chut, dit-elle avant de poser sa bouche sur la sienne.

Graham savait qu'il aurait pu se dégager aisément, mais il n'en fit rien. Au contraire, il l'enlaça. Le fait qu'elle ait pris l'initiative de ce baiser l'étonnait, mais c'était loin de lui déplaire. Il sentit soudain que, d'une langue audacieuse, elle avait commencé à tracer avec insistance le contour de sa bouche, tentant d'en forcer l'accès encore scellé. Lorsqu'il se rendit, entrouvrant les lèvres, elle lui effleura légèrement les dents avant d'engager un assaut sensuel qui lui fit perdre le souffle.

Sans cesser de l'embrasser, elle plongea les mains dans ses cheveux, et redescendit lentement vers sa nuque. Puis elle murmura son nom et posa les deux mains à plat sur sa poitrine, l'obligeant à reculer jusqu'à ce que son bureau l'arrête.

— Assieds-toi, murmura-t-elle d'une voix haletante.

Il lui obéit, et elle avança entre ses jambes écartées. Malgré l'épaisseur des jupons, il perçut le frôlement d'une de ses cuisses contre sa virilité, qui réagit aussitôt. Il tenta de lutter contre le désir ardent qui avait pris possession de lui, mais il se rendit compte que, pour la première fois, il était en train de perdre le contrôle de la situation.

Confusément, il devinait que Madelyne était venue pour lui prouver quelque chose. Il aurait dû lui résister, mais il en était incapable.

— C'est moi qui décide, dit-elle en abandonnant sa bouche pour descendre le long de son cou.

Elle se mit à déposer des petits baisers rapides là où la peau était la plus sensible, avant de le mordiller légèrement.

Graham, tentant de retenir une plainte, émit un grondement sourd.

Il sursauta quand il sentit qu'elle avait commencé à défaire les boutons de sa chemise. L'espace d'un instant, il songea qu'à travers les fenêtres parfaitement nettoyées, n'importe qui pourrait les voir. Madelyne mourrait de honte si quelqu'un les découvrait, et lui en voudrait de ne pas l'avoir prévenue.

— Madelyne, il faut que...

— Non, répondit-elle avant d'appuyer les lèvres sur son torse.

Ses baisers humides et brûlants le rendaient fou. Madelyne, parfaitement inconsciente des réactions qu'elle provoquait chez lui, laissa glisser une main le long de sa cuisse. Il fallut à Graham un dernier sursaut de volonté pour ne pas guider cette main caressante vers son membre érigé. Il serra la jeune femme contre lui, sachant qu'il ne trouverait pas le repos tant qu'il n'aurait pas fait l'amour avec elle.

— Madelyne, arrête.

Elle releva la tête. Le désir obscurcissait ses yeux bleus, qui avaient pris une nuance marine.

— Je trouve que c'est très agréable, déclara-t-elle en souriant.

— Puis-je te faire remarquer que nous sommes dans mon bureau, au vu et au su de toute la ville ?

— Je m'en moque. J'ai décidé de me moquer de tout, répliqua-t-elle en se laissant aller contre lui. Embrasse-moi, Graham.

De nouveau, il se rendit. Mais, à peine avait-il posé sa bouche sur la sienne qu'il entendit la porte s'ouvrir. Une exclamation sonore résonna dans la pièce. Madelyne s'arracha aussitôt à son étreinte et se retourna.

— Madelyne Bancroft, je n'ai jamais été aussi humiliée de ma vie ! s'écria Colleen d'une voix suraiguë. Je n'en crois pas mes yeux !

— Colleen ! Que fais-tu ici ? demanda Madelyne d'un ton atterré.

Colleen la foudroya du regard. Graham devina que si elle en avait eu le pouvoir, elle aurait sans doute transformé sa sœur en statue de sel.

— Cet après-midi, Mme Greeley m'a confié ses soupçons à votre sujet. Elle m'a dit qu'elle pensait qu'il y avait quelque chose entre le shérif et toi. Et comme une idiote, je t'ai défendue. Espèce de catin !

Madelyne vacilla. Graham alla se placer devant elle.

— Doucement, Colleen Estes. Il est inutile d'en venir aux insultes. Si quelqu'un est à blâmer dans cette histoire, c'est moi.

— Oh, vous ne m'apprenez rien, shérif. Mais restez en dehors de cela : c'est une affaire entre ma sœur et moi. Vous n'avez pas à prendre sa défense. Je sais qu'elle est venue vous voir de son plein gré.

— Je n'ai pas besoin qu'on me défende, dit Madelyne en se mettant à la hauteur de Graham.

Elle fit un pas en direction de Colleen.

— Je ne vois pas quel mal il y a à s'embrasser, ajouta-t-elle d'un air de défi.

— Excuse-moi si je ne partage pas ton sens de l'humour. J'ai vu ce qui s'était passé ici. Comment as-tu osé te comporter ainsi ? Et avec cet homme-là, en plus !

Graham serra les poings devant l'expression de mépris de Colleen, mais il se contint. Jamais il ne frapperait une femme, même si, en cet instant, ce n'était pas l'envie qui lui manquait.

— Ne le mêle pas à cette discussion, éclata Madelyne. C'est vrai, nous nous sommes embrassés. Et tu sais pourquoi, sainte Colleen ? Parce que je le voulais. Oui, c'est moi, tu as bien entendu, moi, qui ai voulu l'embrasser. Et si j'ai envie de recommencer, personne ne m'en empêchera, et certainement pas toi.

Colleen la fixa longuement avant de secouer la tête.

— Tu me fais pitié, Madelyne. Cela faisait longtemps que je me doutais que ton célibat prolongé te minait, mais je ne savais pas à quel point j'avais raison de m'inquiéter. J'imagine que cela doit être terrible, de vivre en sachant qu'aucun homme n'a jamais voulu de toi. Pourtant, tu n'es pas d'une laideur repoussante. Je suppose que c'est ton indépendance qui a fait fuir les hommes. Je comprends que tu en aies assez d'être vieille fille, mais pourquoi l'avoir choisi, lui ? Il vaut mille fois mieux souffrir de la solitude que de la honte d'être avec un homme comme lui.

— Répétez un peu ce que vous venez de dire, grommela Graham.

— Non, Graham, dit Madelyne en lui faisant signe de ne pas bouger. Colleen, je refuse d'écouter plus longtemps tes mensonges. Tu raconterais n'importe quoi pour te rendre intéressante, mais c'est fini, je ne te ferai plus jamais confiance. Et puis, il faut que tu saches une chose : fréquenter Graham est la meilleure chose qui me soit arrivée. Je regrette simplement de ne pas m'en être rendu compte plus tôt.

Colleen ricana méchamment.

— Tu n'es qu'une pauvre idiote, Madelyne. Tu vas être la risée de Landing. Tu l'es même déjà. Madelyne Bancroft, la vieille fille maniaque, court après le beau shérif. Tu ne vois donc pas qu'il se sert de toi pour l'aider à s'occuper de cette petite bâtarde ? Et toi, tu t'imagines qu'il a des sentiments pour toi ? Quelle erreur ! J'ai pitié de toi, vraiment.

Graham voulut poser sa main sur l'épaule de Madelyne, mais elle se précipita vers la porte et, écartant Colleen, sortit en courant. Un coup d'œil rapide lui suffit pour constater qu'elle était en larmes.

Il s'apprêtait à la suivre lorsque Colleen s'interposa.

— Elle n'a pas besoin de vous, dit-elle en s'appuyant contre la porte, qu'elle avait refermée.

— Ecartez-vous de mon chemin, ordonna-t-il d'un ton menaçant.

— Vous ne me faites pas peur.

Lorsqu'elle sourit, de ce sourire cruel qui était si familier à Graham, il eut l'impression de la revoir quand, petite fille, elle chantait ce refrain avec les autres enfants : « Graham est un bâtard, Graham est un bâtard. »

— Pour la dernière fois, écartez-vous de mon chemin !

Colleen fit un pas de côté.

— Ce n'est pas la peine d'essayer de la rattraper. C'est trop tard. Vous voyez, elle ne reviendra plus vers vous, maintenant. Elle sera persuadée que tous rient derrière son dos, et vous ne pourrez rien y changer.

— Elle ne croit plus vos mensonges.

Colleen eut un nouveau sourire mauvais.

— C'est ce que nous verrons. Madelyne a toujours été assez facile à contrôler. Oh, elle se rebelle bien un peu de temps en temps, mais ça ne dure jamais longtemps.

— Vous la haïssez vraiment.

— Bien sûr que non ! Je l'aime. Madelyne est ma sœur, après tout. C'est pour son propre bien que j'agis ainsi.

# 11.

Aveuglée par les larmes, Madelyne pénétra dans la réserve de son magasin par la porte de derrière, et se précipita dans son petit bureau. Une fois à l'intérieur, elle ferma la porte à clé et s'appuya lourdement contre le panneau de bois. A bout de souffle, le cœur au bord des lèvres, elle avait la gorge douloureuse, et ses yeux bouffis lui faisaient mal.

Pourtant, rien de tout cela n'était comparable à la souffrance terrible qui lui broyait la poitrine, et à la honte qui lui brûlait les joues.

« Tu n'es qu'une pauvre idiote, Madelyne. Tu vas être la risée de Landing. Tu l'es même déjà. Madelyne Bancroft, la vieille fille maniaque, court après le beau shérif. Tu ne vois donc pas qu'il se sert de toi pour l'aider à s'occuper de cette petite bâtarde ? Et toi, tu t'imagines qu'il a des sentiments pour toi ? Quelle erreur ! J'ai pitié de toi, vraiment. »

La voix de Colleen résonnait dans sa tête, répétant encore et encore ses paroles cruelles.

Madelyne ferma les yeux, mais elle ne réussit pas à chasser la vision qui s'était emparée de son esprit : elle imaginait sur elle le regard moqueur des gens qui, dès qu'elle aurait le dos tourné, se mettraient à murmurer des horreurs sur son compte.

Elle ne put s'empêcher de se demander si Graham aussi se moquait d'elle. La considérait-il comme une simple distraction, une manière agréable de passer le temps pendant qu'il était à Landing ? La jeune femme enfouit son visage dans ses mains, et pria pour que ce ne soit pas le cas.

Elle se rappela alors le comportement de dévergondée qu'elle avait eu juste avant l'arrivée de Colleen. Elle s'était jetée à la tête de Graham. Avait-il répondu à ses baisers par désœuvrement, ou même, par pitié ?

« Pourtant, tu n'es pas d'une laideur repoussante, laideur repoussante, laideur repoussante... »

Malgré ses tentatives désespérées pour les oublier, Madelyne était envahie par ces idées qui la déchiraient. Un cri étranglé lui échappa, et elle se laissa glisser à terre. Les larmes recommencèrent à ruisseler le long de ses joues. Prostrée, la jeune femme les sentit couler librement, songeant que le flot ne se tarirait peut-être jamais.

« Il vaut mille fois mieux souffrir de la solitude... », avait dit Colleen. Madelyne pensa qu'elle n'avait jamais souhaité cette solitude. Elle avait toujours cru qu'elle se marierait un jour. Pourtant, après le départ de Graham, elle n'avait jamais encouragé les hommes à la courtiser, repoussant rapidement tous les soupirants éventuels. Et le seul qui avait persisté avait fini par rompre leurs fiançailles. Ensuite, elle n'avait pas vu le temps passer : le magasin l'occupait presque sept jours sur sept. Petit à petit, tous les jeunes hommes célibataires s'étaient mariés, et un jour, elle s'était réveillée en comprenant qu'elle resterait vieille fille.

Mais sa situation n'était pas si dramatique, songea-t-elle en essuyant ses larmes du revers de la main. Il lui était égal d'être seule, si elle se savait respectée.

La jeune femme perdit la notion du temps. Elle était incapable de dire si plusieurs heures, ou seulement quelques minutes, s'étaient écoulées. Ses larmes avaient fini par s'épuiser, et des crampes douloureuses s'étaient emparées de ses jambes. Elle se releva avec difficulté, et s'empressa d'aller vérifier s'il était encore possible de deviner qu'elle avait pleuré. Etudiant son visage dans le miroir suspendu à un mur du bureau, elle constata que son nez était un peu rouge, et ses yeux gonflés. Elle versa de l'eau froide dans une cuvette et se lava le visage jusqu'à en avoir des picotements sur la peau. Après s'être séchée avec une serviette, elle examina sa coiffure : parce qu'elle associait la douleur au désordre, elle s'était attendue à découvrir une femme échevelée, mais son chignon, toujours aussi impeccable, ne trahissait en rien sa détresse intérieure.

Madelyne se raisonna, décidée à reprendre ses esprits : elle avait un commerce et des clients qui l'attendaient, elle ne pouvait se permettre ces crises et ces manifestations de faiblesse. Ce qui était fait était fait, et aucun vœu, aucune prière, n'y pourrait rien changer. Elle se promit de ne rien regretter : les moments passés dans les bras de Graham avaient été merveilleux, et toute la méchanceté de Colleen ne parviendrait pas à anéantir ses souvenirs.

Elle prit une profonde inspiration, cherchant en elle le courage qui lui avait fait défaut face à sa sœur, et ouvrit la porte de son bureau. D'un pas décidé, elle franchit le rideau qui la séparait du magasin. Une demi-douzaine de clients circulaient tranquillement dans les rayons. Bonnie était en train de s'amuser avec une petite fille de son âge sous l'œil vigilant d'Andrew.

Madelyne était heureuse que son jeune employé s'entende si bien avec l'enfant. Quand le magasin était fermé, il adorait jouer avec elle, et Madelyne se demandait parfois avec attendrissement lequel, de Bonnie ou d'Andrew, était le plus puéril.

— Madelyne ! appela Bonnie, visiblement ravie de la voir. On joue à la conquête de l'Ouest avec nos poupées. Andrew nous a même fait une petite cabane.

— C'est très bien, approuva la jeune femme en souriant. J'espère que vous êtes sages.

— Oh, oui, répondit l'enfant avant de retourner à son jeu.

Tout en faisant mine de ranger un rayon, Madelyne épia discrètement les personnes présentes pour voir si elle surprenait des regards entendus ou des petits rires moqueurs. Ne détectant rien d'anormal dans leur comportement, elle commença à se détendre.

— Ah, vous voilà enfin ! s'exclama Mme Dobson en contournant son bureau.

Elle s'approcha de la jeune femme et reprit d'une voix moins forte.

— Colleen était furieuse de votre départ, vous savez. Elle s'est lancée à votre recherche juste après la réunion.

Madelyne, qui avait entrepris de ranger les rouleaux de tissu par couleur et par matière, continua sa tâche sans répondre.

— Vous êtes bien pâle, nota Mme Dobson en posant la main sur son bras. Vous n'êtes pas malade, au moins ?

Madelyne ne put échapper à son regard scrutateur. Un examen attentif permit à la veuve d'affirmer :

— Vous avez pleuré.

La jeune femme porta les mains à ses joues, et jeta un

regard circulaire autour d'elle. Personne ne les observait, et les clients étaient trop occupés ou trop éloignés pour entendre leur conversation.

— Colleen m'a retrouvée, admit-elle.

— Vous n'êtes pas la seule à avoir quitté la réunion avant la fin, murmura Mme Dobson. Peu après votre départ, deux femmes se sont levées et ont déclaré qu'elles s'attendaient à plus de bonté de la part d'une femme de pasteur, et qu'elles n'avaient pas à se plaindre du shérif Kincaid. Colleen était folle de rage, mais elle s'est contenue. Je suis restée jusqu'au bout, parce que je voulais découvrir quels étaient ses projets. En fait, ils se résument à ce que vous savez déjà : ces dames vont faire examiner le contrat du shérif par un avocat. Même Anabell Greeley a reconnu que son mari lui avait demandé de ne pas trop faire d'histoires.

Mme Dobson sourit et hocha la tête.

— Je vais vous dire une chose, Madelyne. Je suis certaine que Graham Kincaid finira par être respecté de tous.

— Sauf de ma sœur, rectifia Madelyne. A-t-elle dit autre chose ? A propos de...

Elle hésita. Désireuse de vérifier si sa sœur avait menti ou non, elle ne voulait pas se montrer trop explicite.

— A propos de moi ?

— Concernant Graham et vous, vous voulez dire ?

La jeune femme croisa les yeux perspicaces de Mme Dobson.

— Alors, c'est... c'est vrai. Tout le monde est au courant, murmura-t-elle d'une voix étranglée. Colleen avait raison.

Elle allait se détourner et partir, mais Mme Dobson la retint par le bras, l'obligeant à lui faire face.

— Pas si vite, Madelyne. Colleen n'a rien dit du tout à ce sujet. Mme Greeley a simplement mentionné que Graham et vous paraissiez en très bons termes à la fête paroissiale. Colleen a protesté, et elle a affirmé que vous n'étiez certainement pas assez stupide pour avoir une relation, même amicale, avec quelqu'un comme lui. Si elle avait un brin de bon sens, elle reconnaîtrait que Graham Kincaid est un homme de bien. Ce n'est pas très difficile à voir. Le comportement d'un homme avec ses parents ou envers des enfants en dit toujours long sur sa personnalité. Et il faut admettre que dans les deux cas, il a fait ses preuves.

Un peu décontenancée, Madelyne l'écouta vanter longuement les mérites de Graham. Elle se demandait si, par ce biais, la veuve cherchait à lui dire qu'elle l'approuvait, ou si elle essayait de lui faire avouer son béguin pour le shérif. Mais ce n'était pas cela qui importait. La jeune femme avait compris que, contrairement à ce qu'avait prétendu sa sœur, la ville entière n'était pas en train de parler de cette histoire et de se moquer d'elle. Au soulagement succéda la colère. Une nouvelle fois, Colleen avait menti. Mais cette fois-ci, elle avait passé les bornes en se montrant d'une cruauté délibérée. Madelyne se demanda si elle pourrait jamais lui pardonner.

— J'ai du mal à croire que ma propre sœur ait pu me faire une chose pareille, dit-elle à haute voix.

Mme Dobson interrompit son bavardage et la considéra d'un air surpris.

— Je ne vois pas le rapport avec le shérif, s'étonna-t-elle.

— Oh, excusez-moi, je pensais à autre chose.

— Vraiment ? Vous avez la tête ailleurs pendant que je m'extasie sur les qualités morales et physiques de

Graham ? On aura tout vu ! Oh, mon Dieu, regardez justement qui voilà...

La veuve se redressa de toute sa petite taille et s'éclaircit la gorge d'un air embarrassé. Madelyne suivit son regard, et piqua un fard en découvrant la cause de sa gêne. Graham était entré dans le magasin sans que ni l'une ni l'autre ne s'en aperçoivent. Il se tenait à quelques pas d'elles, et il était évident qu'il venait d'entendre la fin de leur échange. La jeune femme se rendit compte qu'il lui avait rapporté le châle qu'elle avait oublié dans sa précipitation.

— Bonjour, madame Dobson, dit-il d'un ton neutre.

— Bonjour, shérif.

Elle passa devant lui dans un froissement de jupons et regagna son bureau. Une fois assise, elle s'empara d'une pile de lettres et se mit à les trier avec une application excessive.

Graham s'approcha de Madelyne.

— Il faut que nous parlions.

Elle hocha silencieusement la tête et lui fit signe de la suivre. Au lieu de se rendre dans son bureau, elle préféra se diriger vers la réserve. Ils y seraient moins à l'étroit ce qui, étant donné ce qui s'était passé, lui semblait être une précaution indispensable. Une fois à l'abri des oreilles indiscrètes, elle ne put se résoudre à affronter son regard, et commença à compter ses conserves de haricots verts, comme si elle n'était venue que dans cet objectif.

— Madelyne ?

— Voyons, où en étais-je ? Ah ! oui, cinquante. Et combien de sacs de maïs ?

— Madelyne, regarde-moi.

Il la prit doucement par les épaules, l'obligeant à se tourner vers lui. La jeune femme fut soulagée de ne lire ni pitié ni dégoût dans ses yeux sombres.

— Personne ne se moque de toi, dit-il.

— C'est possible. En tout cas, les rieurs ne sont pas venus ici, n'est-ce pas ? Colleen a sûrement exagéré les choses.

— Elle a menti, répondit Graham. Tout ce qu'elle a raconté n'était qu'un tissu de mensonges.

— Non, pas tout. Je suis bel et bien vieille fille. Quant à tout le reste, ajouta-t-elle d'une voix morne, je ne suis sûre de rien.

Il la secoua avec douceur.

— Tu doutes vraiment de tout ? Je n'arrive pas à y croire. Je te répète qu'elle a menti d'un bout à l'autre. Non seulement tu n'es pas la risée de la ville, mais personne n'est au courant de rien.

— Mme Dobson et Mme Greeley soupçonnent quelque chose.

— Et alors ? Il n'y a que deux personnes qui sachent vraiment ce qui s'est passé : toi, et moi.

Il la regardait si intensément qu'elle eut l'impression d'être nue devant lui. Elle tenta de se dégager de son étreinte, mais il la retint fermement. Sentant les larmes lui monter aux yeux, elle lutta pour les ravaler : elle ne voulait pas qu'il comprenne à quel point il l'avait blessée.

— Cesse de te débattre, ordonna-t-il en la serrant plus étroitement. Moi, je connais la vérité, et tu vas être obligée de m'écouter, que tu le veuilles ou non.

— Non, va-t'en, Graham. Tu en as assez fait comme ça ! s'exclama-t-elle en le repoussant.

Mais il ne bougea pas d'un pouce.

— Je n'ai encore rien fait, observa-t-il avec un léger sourire. Bon, je commence. D'abord, tu es la femme la plus belle que je connaisse. Je me rappelle très bien la première fois où j'ai découvert que tu n'étais plus une enfant, mais une jeune fille. C'était à l'église ; tu portais une robe blanche, et ta taille était soulignée par un large ruban rose. Tes cheveux étaient longs, et retenus par un ruban également rose. Quand je t'ai aperçue, j'ai cru qu'un ange était venu sur terre pour rendre visite aux mortels. Depuis, ta beauté n'a jamais cessé de me bouleverser.

Madelyne ouvrit la bouche, mais fut incapable de parler.

— Colleen est une femme aigrie, qui voudrait que tout le monde soit aussi malheureux qu'elle. Elle se comporte en tyran sûr de son bon droit, mais au fond, elle sait bien que personne ne l'aime. Quant aux paroles nous concernant, elles étaient parfaitement ridicules. Il y a toujours eu quelque chose entre nous, Madelyne. Nous nous plaisons, c'est comme ça. Et je te promets que si tu m'embrasses encore comme cet après-midi, tu récolteras ce que tu as semé. Peu importe l'endroit où nous nous trouverons : que ce soit chez toi, dans mon bureau, ou dans ton magasin, j'ôterai tes vêtements un par un, y compris la chemise de soie que tu portes sous ton corset, et je te ferai l'amour.

Les yeux de Graham brillèrent de désir.

— Tu es la beauté et la tentation incarnées. Mais apparemment, Landing n'est habitée que par des aveugles.

Il la relâcha, mais elle ne trouva pas la force de s'écarter de lui. D'un geste brusque, si rapide qu'elle crut presque avoir rêvé, il lui saisit la main et la posa brièvement sur sa virilité dressée. La jeune femme sentit ses joues devenir rouges et brûlantes.

Quand elle releva la tête, Graham avait déjà fait un pas en arrière.

— Tu comprends ce que tu me fais ? demanda-t-il.

— Oui, je crois, répondit-elle dans un murmure.

Elle sentit qu'une attraction irrésistible la poussait à se rapprocher de lui, à abolir l'espace qui les séparait. Ses mots avaient réveillé le désir qui sommeillait en elle, et elle en voulait davantage.

— Tu ne vas tout de même pas m'embrasser, dit Graham d'une voix rauque.

— Je...

Graham fit un nouveau pas en arrière et poussa un juron.

— Ne me tente pas, Madelyne, ou je ne réponds plus de rien. Tu es déjà allée trop loin, aujourd'hui, et nous avons bien failli atteindre le point de non-retour. Si tu continues à me provoquer, je ne suis pas certain de pouvoir m'arrêter à temps, cette fois.

— Mais, je...

Il l'interrompit brutalement.

— Peux-tu garder Bonnie, ce soir?

Ce changement de sujet la prit au dépourvu.

— Oui, bien sûr, mais pourquoi?

— Je vais passer la soirée à boire, et je n'ai pas envie qu'elle me voie ivre.

Interloquée, Madelyne voulut demander des explications.

— Que se passe-t-il, Graham?

— Il faut que je parte.

Il tourna les talons et sortit de la réserve. Elle entendit ses bottes marteler le plancher, puis la porte du magasin s'ouvrit et se referma violemment. Madelyne fixa longuement l'endroit où Graham s'était tenu, comme si elle espérait y trouver la réponse à ses questions. Au bout d'un moment, un sourire naquit sur ses lèvres. Qu'importaient Colleen et ses commérages! Graham lui avait permis de se sentir belle et désirable, et c'était tout ce qui comptait. Elle eut un petit rire nerveux en songeant à toutes les choses coquines qu'il lui avait dites.

Après avoir regagné son bureau, elle tenta de se concentrer sur ses vérifications de factures, mais en vain : ses pensées dérivaient sans cesse vers Graham. Elle finit par poser son crayon et tenta de réfléchir à la situation dans laquelle elle s'était mise.

Tout d'abord, elle s'était fâchée avec sa sœur. Ce n'était pas la première fois, loin de là, mais cette fois-ci, c'était plus grave. Madelyne en était arrivée à un stade où toute idée de retour en arrière lui était devenue insupportable. Il était grand temps qu'elle vole enfin de ses propres ailes. Elle ne laisserait plus Colleen lui dicter sa conduite. Connaissant sa sœur, la jeune femme se doutait qu'elle ne tarderait pas à recevoir sa visite. D'ici un jour ou deux, pensant que Madelyne aurait fait amende honorable, Colleen viendrait prendre de ses nouvelles. Elle prétendrait alors que si elle s'était montrée si dure, c'était pour « son propre bien ». Cela avait toujours été son grand argument. Madelyne n'y croyait plus, et commençait à douter que sa sœur ait jamais eu d'affection pour elle.

Lorsque quelqu'un frappa à la porte de son bureau, elle bondit sur ses pieds, pensant que Graham était peut-être revenu. Elle se précipita pour ouvrir.

A sa grande déception, elle se retrouva nez à nez non pas avec Graham, mais avec son beau-frère. Ce dernier remua tristement la tête en pénétrant dans la petite pièce.

— Je ne sais vraiment pas par où commencer, murmura-t-il. Colleen m'a rapporté ce qui s'était passé. Même si je ne suis pas entièrement d'accord avec elle, je partage son inquiétude.

— Merci, répondit Madelyne en se forçant à sourire. Si c'est pour cela que tu t'es dérangé, ce n'était vraiment pas la peine, je t'assure.

— Ce n'est pas la seule raison, dit-il en posant une main sur son épaule. Je suis venu pour te voir.

Surprise, elle le regarda attentivement. Qu'entendait-il exactement par ces mots ? Elle n'était pas certaine d'avoir bien envie de l'apprendre. En étudiant le visage de cet homme, elle s'étonna de l'avoir un jour trouvé beau. Il avait un air sournois, et son ton mielleux lui déplaisait souverainement. Et il était de tempérament violent. Jamais Madelyne n'oublierait la façon dont il avait giflé ce petit garçon sans défense.

— Je regrette que tu ne te sois pas confiée à moi, Madelyne, reprit-il. Je suis ton pasteur, tout de même.

— Mais de quoi veux-tu parler ?

— De tes besoins, de tes désirs de femme, répondit-il en se rapprochant. J'aurais dû savoir qu'une femme seule pouvait souffrir de certains... manques. J'aurais pu t'aider à les combler.

La panique envahit la jeune femme. Cherchant à mettre le plus de distance possible entre Gene et elle, elle recula, mais se heurta à ses dossiers. Elle avait dû mal comprendre ce que son beau-frère venait de lui dire. Cela paraissait absurde. L'homme qui lui faisait face était un pasteur, et il avait épousé sa sœur. Instinctivement, elle chercha des yeux comment lui échapper. Mais il lui bloquait l'accès à la seule issue possible.

Gene reprit :

— J'ai pensé que tu pourrais peut-être avoir besoin de mon avis, ou de mes prières. Je suis ton conseiller spirituel, après tout.

Infiniment soulagée, Madelyne faillit éclater de rire. Décidément, Colleen exerçait sur elle une très mauvaise influence : elle lui avait appris à voir le mal et le danger partout, même quand ça n'était absolument pas justifié.

— Oh, eh bien... c'est très gentil à toi de me proposer cela, mais j'ai beaucoup de travail en ce moment, et...

Gene franchit alors l'espace dérisoire qui les séparait, et posa une main moite sur sa joue. Du doigt, il suivit la ligne de sa mâchoire en se passant la langue sur les lèvres.

— J'ai beaucoup à t'offrir, Madelyne. Tu es une femme extrêmement attirante. Et Colleen n'est pas toujours très facile à vivre, si tu vois ce que je veux dire.

Il se rapprocha encore et se serra contre elle.

— Non ! s'écria-t-elle en le repoussant de toutes ses forces.

Elle profita de son désarroi pour le contourner, et se retrouva dos à la porte.

— Tu t'es trompé sur mon compte, Gene.

Son beau-frère lui lança un regard haineux. Son onctuosité et sa douceur apparentes avaient totalement disparu. La jeune femme frissonna. Elle n'avait jamais beaucoup aimé Gene, mais c'était la première fois qu'elle en avait peur. Il avait l'air capable de n'importe quoi.

— Je vois, dit-il d'un ton glacial.

— Je ne pense pas. Ecoute, peut-être que mon attitude t'a conduit à penser que...

Elle marqua un temps d'arrêt. Il fallait qu'elle trouve un moyen de se sortir de cette situation délicate sans se faire un ennemi de Gene. Elle n'était pas très bonne menteuse, mais elle sentit qu'elle n'avait pas le choix.

— C'est un terrible malentendu, poursuivit-elle. Ecoute, je veux que tu saches que j'apprécie ta gentillesse à mon égard. Nous n'avons qu'à oublier ce qui vient de se passer, et tout redeviendra comme avant.

Il fit un pas dans sa direction. Madelyne mit une main sur la poignée, prête à s'enfuir au moindre geste déplacé de sa part.

— Espèce de catin ! Fille de Satan ! Tu m'as induit en tentation, tu as essayé de me détourner du droit chemin. Tu dois être châtiée pour cela. Dimanche, en présence de toute l'assemblée des fidèles, je te dénoncerai comme pécheresse. J'exposerai ta nature lascive et lubrique à la face du monde.

— C'est absurde, protesta-t-elle. C'est toi, qui as voulu me toucher.

— Tu n'es que luxure, luxure ! Ton corps, tes cheveux...

Avant qu'elle n'ait eu le temps de s'écarter, il referma la main sur son chignon et tira violemment. Madelyne poussa un cri de douleur. Plusieurs mèches dégringolèrent sur sa poitrine. Au moment où Gene approchait la main pour les saisir, elle se dégagea et parvint à ouvrir la porte. Il la suivit dans le couloir.

— Colleen avait raison. Elle m'a dit qu'elle t'avait trouvée dans les bras de cet homme. Je n'ai pas voulu la croire, mais à présent, je sais que c'est toi, la menteuse. Je révélerai tes secrets maudits, Madelyne Bancroft, s'écria-t-il avant de se diriger vers la porte de service.

— Je n'ai rien fait !

Il se retourna.

— Ton âme est plus noire que les ténèbres.

— Tu ne me connais même pas, Gene Estes. Tu ne sais pas qui je suis. Personne ne le sait, ici. Tu veux me dénoncer comme pécheresse alors que je n'ai rien fait de mal ? Eh bien, réjouis-toi, car tu auras bientôt raison. Tu pourras t'en donner à cœur joie, dimanche, car d'ici là, je te promets que j'aurai commis les péchés dont tu m'accuses.

— Que Dieu te prenne en pitié, répondit-il avant de claquer la porte derrière lui.

— Madelyne ?

La jeune femme fit volte-face et découvrit Mme Dobson, qui la considérait d'un air inquiet.

— Malgré moi, j'ai entendu une partie de votre conversation avec M. Estes. Y a-t-il un problème ?

Madelyne faillit répondre par la négative, mais y renonça.

— Oui. Gene pense que je suis une fille de Satan ! Le plus drôle, c'est que je n'ai jamais commis un seul acte répréhensible de toute mon existence. Oh, bien sûr, j'ai sûrement de petites choses à me reprocher, mais rien de bien grave, je crois.

Mme Dobson se dirigea vers elle.

— Que s'est-il passé ? Votre chignon est tout défait.

Madelyne partit d'un rire hystérique ; elle était au bord de la crise de nerfs.

La veuve la prit dans ses bras et la berça comme une enfant.

— Chut, chut, allons, c'est fini. Tout va bien, là, là.

La jeune femme se laissa materner. Sentant qu'elle s'était mise à trembler, elle comprit que les larmes n'étaient pas loin.

— Il... il a essayé de m'embrasser. Enfin, je crois. Et il m'a dit des choses horribles.

— Je n'ai jamais aimé cet homme.

— Moi non plus. Mais Colleen et lui sont ma seule famille. Après ce qui s'est passé aujourd'hui, je ne crois pas la réconciliation possible.

— Ce n'est pas si grave que cela. Vous avez des amis, répondit Mme Dobson avec sollicitude.

— Je sais. Mais dimanche, Gene va me dénoncer pour un péché que je n'ai même pas commis. Ma réputation sera à jamais souillée.

— Qu'avez-vous à craindre, Madelyne? Vous avez toujours été une jeune femme respectable. Gene n'osera jamais mettre ses menaces à exécution.

— Je n'en sais rien, dit-elle en soupirant. Pourquoi faut-il que je me soucie autant de l'opinion des autres?

— Parce que c'est une attitude raisonnable.

Mais Madelyne n'en était plus aussi certaine. Elle avait l'impression de vivre un cauchemar. Gene lui avait fait des avances et s'apprêtait à raconter à toute la ville que c'était elle, et elle seule, la fautive. Si elle tentait de rétablir la vérité, qui la croirait? Dimanche, du haut de la chaire, il proclamerait sa déchéance, et elle ne pourrait pas l'en empêcher.

— J'ai en assez d'être toujours raisonnable! s'écria-t-elle. J'en ai assez de devoir me plier aux règles de la société. Assez de devoir me conformer aux jugements des autres. Assez, assez, assez!

— Doucement, mon enfant. Surtout, ne faites rien que vous regretteriez ensuite.

Madelyne se dégagea doucement de l'étreinte de Mme Dobson et se mit à arpenter le couloir de long en large. Soudain, elle eut une illumination. Comment n'y avait-elle pas songé plus tôt? Son projet était insensé et téméraire, mais il fallait qu'elle le mette en œuvre et aille au bout. Elle avait juré qu'elle choquerait toute la ville avant dimanche, et elle ne connaissait pas de meilleur moyen que celui auquel elle venait de penser.

— Pourriez-vous garder Bonnie, ce soir? demanda-t-elle.

— Bien sûr. Mais pourquoi? l'interrogea Mme Dobson d'un air soupçonneux. Quelle idée extravagante vient de germer dans votre esprit?

— C'est tout simple. Je vais moi-même détruire ma réputation.

La veuve posa une main apaisante sur son bras.

— N'oubliez pas que vous ne pourrez plus revenir en arrière. Certaines taches sont indélébiles, Madelyne.

— De toute façon, mon nom sera traîné dans la boue, dimanche. Alors, quelle importance ?

— J'espère que vous savez ce que vous faites.

— Non. Pour la première fois de ma vie, je vais laisser mon instinct guider ma raison.

Elle se tut un instant avant de reprendre :

— Je tenais à vous remercier du fond du cœur, madame Dobson. Merci pour tout. Ne vous inquiétez pas. Tout ira bien.

La veuve hocha la tête.

— N'oubliez pas que vous pourrez toujours trouver refuge chez moi, ce soir.

La jeune femme se pencha et déposa un baiser sur sa joue.

— Merci pour votre compréhension.

— Moi aussi, j'ai été jeune et impétueuse, dit Mme Dobson avec un sourire. Mais faites bien attention à vous, surtout. Et bonne chance.

— Merci. Je sais qu'au moins une fois dans ma vie, j'aurai fait quelque chose sans me soucier des conséquences.

Madelyne écarta le rideau et rentra dans le magasin. Un des petits Greeley était en train de contempler les bocaux de bonbons d'un air mélancolique. Madelyne savait que la femme du boucher n'offrait pas souvent de douceurs à ses enfants. Elle se dirigea vers le petit garçon et prit une poignée de bonbons dans le bocal le plus proche.

— Tu vois ces bonbons, Winston ? Ils seront à toi si tu portes un message au shérif de ma part. Ça te dit ?

L'enfant écarquilla les yeux.

— Oh ! oui, madame. J'y vais tout de suite, si vous voulez.

— Parfait.

Elle mit les bonbons dans un cornet qu'elle posa sur le comptoir, puis griffonna un mot au crayon sur un morceau de papier. Après l'avoir plié en quatre, elle le tendit au petit garçon.

— Je vais laisser les bonbons ici. Tu pourras les prendre à ton retour. Je préviendrai Andrew. Et maintenant, file.

Winston ne se le fit pas répéter deux fois. Le papier dans une main, il s'éloigna en courant.

Madelyne le regarda partir en souriant. Elle expliqua son arrangement à Andrew, et lui demanda de fermer le magasin à l'heure habituelle. Une fois ces dispositions prises, elle se dépêcha de partir avant de voir le courage la déserter.

Moins d'une heure plus tard, elle se contemplait dans le miroir de sa chambre. La robe Worth tombait aussi bien que lorsqu'elle l'avait essayée la première fois. Malheureusement, le décolleté était aussi profond que dans son souvenir. Elle essaya de le remonter en tirant sur le tissu, mais sans succès. Afin de se rassurer, elle tenta de se convaincre que les petites roses qui l'ornaient projetaient une ombre qui dissimulait partiellement sa gorge.

Le corsage mis à part, Madelyne se sentait très à l'aise dans la robe. Celle-ci lui allait à ravir, comme si elle avait été faite à ses mesures. Une fois certaine que la robe tombait bien, elle se coiffa. Après avoir longtemps tergiversé, elle finit par rassembler ses cheveux en une seule et longue tresse, et enroula la natte épaisse pour s'en faire une couronne.

Enfin, elle compléta sa tenue par une paire de gants et un petit sac assortis à la robe.

La jeune femme recula pour mieux juger de l'effet, et fut satisfaite de son reflet. Elle éprouvait la sensation étrange de s'être dédoublée. Dans ce miroir, c'était bien elle, mais c'était en même temps une autre Madelyne, plus audacieuse, plus ouvertement séduisante.

Elle hésita à jeter un châle sur ses épaules, mais cela aurait gâché l'effet produit par la robe. Heureusement, songea-t-elle, il faisait très doux dehors. Pour une fois, le temps se montrait coopératif.

Elle descendit prudemment les marches du perron, et emprunta le chemin qui menait en ville. La peur lui nouait le ventre, mais elle refusa d'y prêter attention. Elle en avait assez de faire ce qu'on attendait d'elle; assez d'être cette vieille fille respectable qu'on ne considérait même plus comme une vraie femme. Cette fois, elle avait décidé de donner aux citoyens de Landing de quoi alimenter leurs discussions pendant des mois.

# 12.

Graham regarda par la fenêtre de l'hôtel, avant de relire, pour la millième fois, le message que lui avait remis un des fils Greeley. Madelyne lui avait donné rendez-vous à l'hôtel, fixant une heure précise. Après avoir jeté un coup d'œil à l'horloge, il se rendit compte qu'elle avait déjà dix minutes de retard.

Il trouvait la requête de la jeune femme étrange. Une telle initiative ne lui ressemblait guère. Il ne comprenait pas pourquoi elle voulait le rencontrer, en fin d'après-midi, dans un lieu aussi exposé, aussi public que l'hôtel. Pour quelqu'un qui cherchait à éviter les rumeurs et les scandales, un tel choix était pour le moins surprenant. Qu'avait-elle donc de si urgent à lui dire, qui ne puisse attendre le lendemain ?

Une vague inquiétude s'empara de lui, et il scruta les mots griffonnés au crayon comme s'ils étaient capables de lui livrer la réponse. Madelyne avait été bouleversée par les méchancetés de sa sœur, et Graham se demandait s'il avait réussi à la réconforter et à la convaincre que Colleen, cette vipère sans cœur, lui avait menti.

Tandis que son sentiment de malaise allait croissant, il jeta un nouveau coup d'œil à la rue. Une jeune femme attendait le passage de plusieurs chariots pour traverser. Quand le dernier de la file fut passé, elle releva assez haut robe et jupons, afin qu'ils ne traînent pas dans la poussière. Ses chevilles étaient fines, et il était aisé de deviner qu'elle avait de jolies jambes. En temps normal, Graham aurait apprécié le spectacle, mais pas aujourd'hui. Il était bien trop occupé à scruter le visage et la robe de la passante. Incrédule, il se frotta les yeux, persuadé qu'il était victime d'une hallucination. Mais il dut bientôt se rendre à l'évidence : son esprit ne lui jouait pas de tour, et sa vue n'avait jamais été aussi excellente. La personne qui traversait la rue n'était autre que Madelyne Bancroft.

Le fait d'avoir grandi parmi des femmes qui faisaient commerce de leur corps lui conférait un avantage sur les autres hommes : non seulement il savait apprécier la lingerie fine en expert, mais il était également capable de reconnaître un vêtement coûteux. Madelyne, avec cette robe, aurait été plus à sa place dans un de ces bals qu'on donnait dans les grandes villes de l'est des Etats-Unis, ou dans une demeure aristocratique d'Europe. Mais à Landing, Kansas, elle paraissait aussi déplacée qu'une rose au milieu du désert.

Il se rendit compte qu'il n'était pas le seul à l'avoir remarquée. Plusieurs passants s'arrêtèrent pour mieux la regarder, et un petit attroupement se forma devant l'hôtel. Graham se dirigea vers la porte d'entrée, qui était toujours ouverte, et vit Madelyne saluer gracieusement ceux qu'elle connaissait.

— Bonjour, madame Jones, comment allez-vous ? Quelle belle journée, n'est-ce pas ?

Son interlocutrice dut lui répondre quelque chose, car il entendit la voix de Madelyne s'élever, claire et distincte, comme si elle voulait que tout le monde l'entende.

— Ma robe ? Elle est magnifique, non ? Oui, elle vient de Paris. C'est une robe qui a été créée par Worth, le couturier que toutes les Françaises du beau monde s'arrachent. A présent, si vous voulez bien m'excuser, j'ai rendez-vous avec le shérif... Je vous demande pardon ? Oui, à l'hôtel, c'est bien ça. Merci, bonne fin de journée à vous aussi. Au revoir.

Madelyne pénétra alors dans l'hôtel, un sourire radieux aux lèvres.

— Oh, Graham, comme c'est aimable à toi d'être descendu m'attendre. Mais ce n'était vraiment pas nécessaire, tu sais. Je suis sûre que je n'aurais eu aucun mal à trouver ta chambre.

— Je ne sais pas à quel jeu tu joues, Madelyne, mais dis-toi bien qu'avec moi, ça ne prend pas. Et ne t'imagine pas que nous allons monter dans ma chambre, car c'est hors de question.

— Quelle déception ! s'exclama la jeune femme avec une moue d'enfant boudeuse. Pourquoi es-tu si rabat-joie, Graham ?

— Est-ce que tu pourrais enfin m'expliquer ce qui se passe, Madelyne ?

— Tu ne m'as rien dit sur ma robe. Comment la trouves-tu ?

Et elle tourna sur elle-même, virevoltant comme pour une valse. Voyant Madelyne s'exposer ainsi sous tous les angles, Graham sentit sa résolution faiblir. Son cœur s'emballa dans sa poitrine, et les paumes de ses mains devinrent moites.

Il ne lui avait pas menti, cet après-midi, lorsqu'il lui avait affirmé qu'il la trouvait belle. Elle l'avait toujours été, mais jamais elle n'avait été aussi éblouissante qu'en cet instant. La robe était vraiment splendide, et le fait que son profond décolleté découvre la naissance des seins de Madelyne n'était pas le moindre de ses atouts. La jeune femme interrompit soudain le cours un peu désordonné de ses pensées.

— Je suis en train d'essayer de deviner si ton silence est de bon ou de mauvais augure.

Il s'éclaircit la gorge.

— Tu es parfaite.

Elle haussa ses sourcils délicats.

— La perfection est une qualité dont j'ai décidé de me débarrasser. Enfin, je me contenterai de ce compliment, pour l'instant. Peut-être pourrions-nous avoir maintenant ce petit entretien privé que je t'ai demandé de m'accorder.

Elle cligna lentement de l'œil, suggérant que le petit entretien privé en question ne manquerait pas d'appeler des développements intéressants.

Le trouble qui avait saisi Graham s'accrut encore. Les sens en alerte, il brûlait déjà de désir pour Madelyne, et celle-ci ne trouvait rien de mieux que de souffler sur les braises. Se rendait-elle compte qu'elle était en train de le soumettre à rude épreuve ? En la voyant ainsi, tellement à l'aise dans son rôle de tentatrice qu'on aurait pu croire qu'elle avait fait cela toute sa vie, il fut obligé de répondre par l'affirmative.

Il ne la reconnaissait plus. L'indécision permanente de Madelyne semblait avoir été remplacée par une grande assurance, et sa réserve naturelle par une audace étonnante. La métamorphose était totale.

D'un pas décidé, la jeune femme se dirigea vers la réception. Bouche bée, Newt la regardait fixement. Comme Graham quelques instants plus tôt, il semblait ne pas en croire ses yeux. Lorsque Madelyne planta son regard dans le sien, il rougit jusqu'à la racine des cheveux.

— Bonjour, Newt, dit-elle d'une voix caressante.

— Bon... bonjour, mademoiselle Ban... Bancroft, bafouilla-t-il.

— Pourriez-vous m'indiquer le numéro de chambre du shérif Kincaid ?

— 22. Mlle Bonnie occupe la 21, s'empressa-t-il d'ajouter.

— Merci, dit-elle avant de s'éloigner en direction de l'escalier.

— Mademoiselle Bancroft, attendez ! Vous ne pouvez pas monter comme ça.

Elle s'arrêta, avant de se retourner avec une lenteur calculée.

— Et pourquoi donc, je vous prie ?

— Eh bien, ça... ça ne se fait pas.

— Vraiment ?

Elle laissa le malheureux réceptionniste continuer à bredouiller des arguments d'une voix inintelligible et s'adressa à Graham.

— Viens, Graham, montons. Nous avons des tas de choses à nous dire.

Il contempla de nouveau la vue qu'offrait Madelyne, avec sa robe qui lui découvrait largement la poitrine et ses manières d'aguicheuse professionnelle, et finit par détecter la faille. La main de la jeune femme, celle qui était posée sur la rampe, ou plutôt cramponnée à la rampe comme si elle craignait de tomber, tremblait légèrement. C'était presque imperceptible, mais il la connaissait suffisamment pour comprendre que son assurance n'était qu'une façade. Si elle était venue le trouver, se jetant ouvertement à sa tête, c'était pour prouver quelque chose. Mais quoi ? Et pourquoi le faire de cette façon ?

A ce moment-là, deux hommes entrèrent dans le hall

de l'hôtel en discutant. Leur conversation s'arrêta brutalement quand ils remarquèrent la jeune femme.

Graham sut alors qu'il devait agir rapidement et prendre une décision.

— C'est vraiment ce que tu veux ? demanda-t-il.

Leurs regards se croisèrent. Le bleu de ses yeux avait foncé, mais il ne parvenait pas à distinguer quelle émotion était la cause de ce changement. Etait-ce la peur, l'excitation ou la détermination ? Les trois à la fois, sans doute, songea-t-il aussitôt.

— Oui. Je n'ai jamais voulu quelque chose à ce point.

Elle commença à monter les marches, et en trois longues enjambées, il fut près d'elle. Il lui présenta son bras, et lorsqu'elle le prit, il constata qu'elle frissonnait. Une fois sur le premier palier, il marqua un temps d'arrêt et murmura :

— Il n'est pas trop tard pour revenir en arrière, Madelyne. Tu as réussi à te faire remarquer, mais rien n'est encore perdu.

— Je ne reviendrai pas en arrière, répondit-elle en posant le pied sur la seconde volée de marches.

Il la suivit en silence, et quand ils arrivèrent enfin devant sa porte, il tâtonna pour introduire la clé dans la serrure. La proximité de la jeune femme le rendait nerveux et maladroit, comme s'il s'apprêtait à vivre sa première nuit d'amour. Pourtant, il avait décidé qu'il ne se passerait rien entre eux. Si Madelyne voulait discuter, ils discuteraient, mais ce serait tout. Comme il le lui avait dit plus tôt, il refusait d'entrer dans son jeu.

— Je préfère te prévenir tout de suite, dit-il en ouvrant la porte. Il ne va rien se passer.

Elle leva les yeux vers lui et sourit.

— Je ne vois pas du tout de quoi tu veux parler, répondit-elle, faussement naïve.

— Bien sûr !

Il hésita un instant avant de refermer la porte : s'il la laissait ouverte, les apparences seraient sauves. Mais il secoua la tête. Qui essayait-il de tromper ? Madelyne Bancroft venait de pénétrer dans sa chambre d'hôtel. La moitié de la ville était sans doute déjà au courant, et l'autre moitié ne tarderait pas à l'apprendre.

Avec un soupir excédé, il se résolut à fermer la porte, et se posta juste devant, les bras croisés. Il observa Madelyne tandis qu'elle tournait autour de son grand lit, examinait son armoire, les deux chaises devant la cheminée éteinte, et le fauteuil près de la fenêtre.

— On voit presque toute la ville, d'ici, nota-t-elle d'un ton rêveur.

Elle lui lança un coup d'œil par-dessus son épaule avant de reprendre :

— Il y a des gens qui s'arrêtent et qui montrent l'hôtel. Tu crois qu'ils sont déjà au courant, pour moi ?

— Je n'en doute pas une seconde.

— C'est fascinant, vraiment, la vitesse à laquelle se répandent les rumeurs. Je suppose que ma présence ici va faire sensation.

— Et même scandale, ajouta-t-il en s'approchant du lit.

Graham s'émerveilla de ce qu'il lui reste encore suffisamment de sang-froid pour faire semblant d'avoir une discussion banale dans des circonstances parfaitement ordinaires. Pourtant, chaque fibre de son corps réclamait Madelyne, et son désir était à la limite de la douleur.

— Pourquoi es-tu venue ? demanda-t-il.

— Je voulais juste te parler, répondit-elle avec légèreté.

Il la regarda de nouveau. Elle s'était installée dans le

fauteuil : les yeux rivés au plancher et les mains posées bien à plat sur les genoux, elle aurait été l'image même de l'innocence, s'il n'y avait pas eu la robe.

— Mais de quoi veux-tu que nous parlions ? Non. Explique-moi d'abord pourquoi tu as insisté pour monter dans ma chambre, et pour quelle raison tu portes cette robe.

Elle se leva vivement et sourit.

— Ma robe Worth ? N'est-elle pas splendide ? Quand je l'ai vue, chez un fournisseur de Saint Louis, j'ai compris qu'elle était faite pour moi. Bien sûr, je savais que c'était absurde de l'acheter, puisque je ne pourrais jamais la porter à Landing, mais je me suis quand même fait ce petit plaisir. Qu'est-ce que tu disais, déjà ? Ah, oui : c'est un autre de mes coupables secrets.

Elle fit un pas vers lui avant de reprendre :

— Oh, je ne m'attends pas que tu me comprennes. Tu crois que je suis en train de jouer avec toi, mais je t'assure que ce n'est pas le cas. Je n'ai jamais été aussi sérieuse. Je sais que quoi qu'il arrive, je serai sévèrement jugée. Alors, pourquoi ne pas faire quelque chose d'immoral, juste une fois ? Toute ma vie, j'ai fait ce qu'on attendait de moi. Madelyne Bancroft la vieille fille modeste, sage et vertueuse ; voilà l'image qu'on a de moi. Encore une fois, tu ne peux pas comprendre. Tu n'as jamais tenu compte des convenances.

— Je te comprends plus que tu ne le crois, dit-il en s'avançant à son tour.

Il prit une de ses mains gantées entre les siennes.

— Es-tu bien certaine que c'est ce que tu veux ? Y as-tu suffisamment réfléchi ?

— Non, répondit-elle en riant. C'est ça, le plus drôle

de l'histoire. J'ai décidé de rester une heure. Ce sera suffisant pour mener mon projet à bien. Et puis, je rentrerai chez moi. J'espère que ça ne te dérange pas.

— Eh bien, ce n'est pas forcément très agréable de se sentir manipulé.

— Tu es en colère contre moi ?

— Non, simplement déçu. J'aurais préféré que tu me laisses le choix.

— Il faut savoir ! Tu m'as toujours reproché de dépendre de l'opinion des autres, et pour une fois que j'ai décidé de m'en moquer, c'est toi qui recules.

— Puis-je te faire observer qu'en rendant ton acte aussi public, tu prouves qu'au contraire, ce que les autres pensent continue à t'importer ? Tu es juste passée de l'autre côté de la barrière pour les défier, c'est tout. Mais c'est toujours par rapport à eux que tu te définis.

— Peut-être ! s'exclama-t-elle rageusement. Il n'empêche que pour une fois, une seule fois, j'aurai agi de mon propre chef. Et ça, ça compte pour moi.

Graham, soucieux de mettre un terme à cette polémique, changea brusquement de sujet.

— Je ne t'ai rien proposé à boire. Veux-tu un petit bourbon ? demanda-t-il en allant se servir.

Madelyne cilla.

— Je n'ai pas l'habitude de boire de l'alcool, et encore moins de l'alcool fort, mais c'est la soirée de tous les dangers, n'est-ce pas ?

Il hocha la tête et lui versa une petite dose de bourbon dans un verre en cristal.

— Asseyons-nous, et trinquons, proposa-t-il en avançant une chaise avant de s'asseoir.

Elle l'imita, et ils levèrent leurs verres.

— A ta future mauvaise réputation, dit-il.

Elle eut un petit sourire crispé, mais trinqua néanmoins.

Il l'observa tandis qu'elle avalait une gorgée d'alcool. Elle fit la grimace, mais réussit à ne pas s'étrangler. Il dissimula un sourire.

— C'est bon, n'est-ce pas ?

— Meilleur que je ne pensais, affirma-t-elle avec aplomb, alors qu'il était évident qu'elle n'en appréciait guère le goût.

— De quoi allons-nous parler, maintenant? demanda-t-il.

Elle fixa quelques instants le plafond, comme si elle espérait y trouver une suggestion.

— Mais de Bonnie, bien sûr! dit-elle en claquant des doigts. T'ai-je dit qu'elle était en train d'apprendre à lire ? Pas plus tard qu'hier...

Graham regarda Madelyne. Il voyait ses lèvres remuer, mais n'entendait pas un mot de ce qu'elle lui disait. Il prit une nouvelle gorgée de bourbon sans la quitter des yeux. La jeune femme parlait toujours, ponctuant son discours de nombreux gestes, comme si elle était en train de lui décrire quelque chose. Elle souriait fréquemment, et paraissait s'être un peu détendue. Graham la détaillait, fasciné par sa peau blanche et satinée, attiré vers elle comme un insecte par la lumière. Il ne pouvait s'empêcher de s'imaginer en train de l'embrasser et de la caresser. Comme il serait bon de l'aimer en oubliant le monde autour d'eux, en oubliant les raisons qui l'avaient amenée ici !

Madelyne finit par remarquer son regard insistant, et son attitude se modifia imperceptiblement. Au bout d'un moment, Graham se rendit compte qu'elle s'était tue et paraissait attendre une réponse.

— Tu ne m'écoutes pas, répéta-t-elle.

— Excuse-moi. Qu'est-ce que tu disais, déjà ?

— Ça n'a pas d'importance. Y a-t-il du nouveau, à propos du meurtre de Laurie Smith ?

— Non. Toujours rien. Personne ne m'a fourni la moindre indication sur ce crime, et je n'ai rien trouvé non plus au sujet de l'assassinat de l'autre fille dont tu m'avais parlé. En fait, j'ai l'intention d'étendre mon investigation aux villes voisines. Peut-être y a-t-il eu des meurtres identiques dans la région.

— Tu le crois vraiment ?

— Je n'en sais rien, reconnut-il. Mais si c'était le cas, nous pourrions peut-être établir un lien entre les différents crimes.

Madelyne frissonna.

— Quelle idée terrifiante ! Pourquoi commet-on des horreurs pareilles ?

— Les gens sont capables de tout.

— Cette enquête te tient vraiment très à cœur, n'est-ce pas ?

Il acquiesça.

— Oui. Je me dois de retrouver l'assassin. Je veux que justice soit rendue à Laurie Smith. Et c'est aussi une manière de m'acquitter de ma dette envers le shérif Williams.

— Mais ça te concerne également toi, non ? Tu as quelque chose à prouver dans cette affaire.

— C'est bien possible, dit-il en reposant son verre. Quand je suis revenu à Landing, je ne m'attendais pas que la ville ait beaucoup changé. Pourtant, même si certaines choses n'ont pas évolué, d'autres sont très différentes.

— Peut-être est-ce toi qui es différent.

— Oui, peut-être. Je suis moins révolté qu'autrefois sans doute. A présent, je sais que de toute façon, je ne ferai jamais l'unanimité, et j'en ai pris mon parti. Ce qui compte, c'est que mes actions soient appréciées par ceux que j'estime.

— C'est le début de la sagesse, dit doucement Madelyne. J'aimerais te ressembler.

Elle baissa les yeux, et parut soudain s'absorber dans la contemplation de ses mains.

— Tu as toujours l'intention de partir à la fin de ton contrat ?

— Oui. Enfin, si on ne me demande pas de partir avant. Comme tu le sais, certaines personnes n'ont pas envie que je reste aussi longtemps.

— Beaucoup sont en train de changer d'avis. L'attitude agressive de ma sœur l'a desservie. D'autres invitées sont parties après moi, cet après-midi. Elles estiment que tu es un bon shérif, et ne comprennent pas l'acharnement de Colleen à ton égard.

— Ce n'est pas suffisant pour m'inciter à rester.

— Oh.

Le ton sur lequel elle avait prononcé cette simple syllabe attira son attention. Il la regarda. Elle avait relevé la tête, et le fixait intensément. Il faillit lui demander à quoi elle était en train de penser, mais il y renonça. Il ne voulait pas le savoir.

Depuis son retour à Landing, il avait fui la vérité. En réalité, cela faisait plus de sept ans qu'il tentait vainement de s'aveugler. Il s'était répété comme un refrain qu'il n'aimait plus Madelyne, allant jusqu'à remettre en cause le fait qu'il l'ait aimée un jour. En la retrouvant, et malgré toutes ses dénégations farouches, il était forcé d'admettre la vérité, cette vérité qui le frappait comme une gifle cinglante. Il l'aimait ; il n'avait jamais cessé de l'aimer. En même temps, il tentait désespérément de la haïr pour les blessures qu'elle lui avait infligées.

— Pourquoi me regardes-tu ainsi ? demanda-t-elle.

— Que veux-tu dire ?

— J'ai l'impression que tu hésites entre m'embrasser et m'étrangler de tes propres mains.

Il se redressa et avala d'un trait ce qui lui restait de bourbon.

— Ce n'est pas faux.

Elle écarquilla les yeux.

— Je suis d'accord pour que tu m'embrasses, mais je préférerais que tu oublies le reste.

Il déglutit avec difficulté.

— J'ai répondu sans réfléchir. Dois-je te rappeler mon avertissement à propos de notre prochain baiser ? Tu as la mémoire bien courte, apparemment.

Madelyne devint de la couleur des roses qui ornaient son décolleté, et se leva lentement.

— N... non, je n'ai pas oublié. Mais j'ai quand même envie que tu m'embrasses.

— J'aurais moins de mal à te croire si tu cessais de trembler, nota-t-il d'une voix rauque.

Il tenta de se convaincre que Madelyne n'avait pas la moindre idée de ce qui l'attendait s'il cédait à ses provocations. Elle était innocente, et c'était à lui d'être raisonnable pour deux. Mais décidément, elle ne lui facilitait pas la tâche en persistant à le dévorer des yeux comme si elle le désirait autant que lui.

— Je suis un peu nerveuse, c'est vrai, reconnut-elle. Ça ne m'empêche pas de penser ce que j'ai dit.

— Ecoute, Madelyne. L'heure est écoulée. Il est temps que tu partes. Tu as montré à toute la ville que tu te moquais des rumeurs et de ta réputation. Tu n'arriveras pas à me faire changer d'avis. Je suis décidé à te renvoyer chez toi aussi chaste que tu es venue.

— Est-ce un défi ? Je ne te comprends pas. Il y a

sept ans, tu ne m'aurais pas repoussée si je m'étais donnée à toi. Et maintenant, quoi ? Tu as des scrupules ? Tu n'as plus de désir pour moi ?

Il refusa de répondre à cette dernière question.

— Je ne suis plus aussi fou qu'avant, et tu devrais me remercier d'avoir acquis un peu de bon sens.

— Vraiment ? dit-elle en franchissant les derniers mètres qui les séparaient. Pour ma part, je ne connais pas de meilleur sens que le toucher.

Elle se pencha vers lui et posa une main sur son bras. Graham ferma les yeux en poussant un gémissement. Madelyne était soit diabolique, soit totalement inconsciente. Avec un naturel déconcertant, elle lui mettait sous les yeux sa poitrine parfaite, qui n'était que très partiellement dissimulée par les petites roses de tissu. Il suffirait à Graham d'avancer les lèvres pour embrasser sa peau délicate et suivre les courbes harmonieuses de ses seins.

— Embrasse-moi, Graham, murmura-t-elle. Il faut que je sache. Je n'aurai pas d'autre chance après aujourd'hui.

Sa bouche était tout près de la sienne. Un signe, un geste, et il aurait ce qu'il avait attendu pendant toutes ces années. Il se leva brusquement, l'obligeant à faire un pas en arrière.

Dans le regard de Madelyne, il lut du désir, et aussi de la confiance. Cette confiance s'abattit sur lui comme une chape de plomb. Il savait que s'ils allaient jusqu'au bout, il y aurait des remords et des regrets. Lui savait qu'il ne regretterait rien, mais elle ? Elle lui en voudrait d'avoir cédé, et finirait par le haïr.

— A jouer ainsi avec le feu, Madelyne, tu risques de te brûler. Tu ne te le pardonneras jamais.

« Et tu ne me le pardonneras jamais non plus », ajouta-t-il silencieusement.

— Tu te trompes. C'est ce que je veux.

— Si tu ne pars pas immédiatement, tu vas te retrouver dans mon lit. Va-t'en.

— Je n'irai nulle part.

Son regard passa de ses yeux à sa bouche frémissante. Il savait qu'il aurait dû se montrer fort, mais elle avait toujours été sa plus grande faiblesse. Il était incapable de lui résister.

Madelyne ouvrit la bouche pour parler, mais il l'en empêcha, scellant ses lèvres d'un baiser.

# 13.

Madelyne, au contact des lèvres de Graham, suspendit son souffle. Ce baiser tant attendu, qu'elle n'imaginait cependant pas différent de ceux qu'ils avaient déjà échangés, la plongea dans un univers de sensations pures et de plaisirs secrets dont elle n'avait jamais soupçonné l'existence. C'était comme si Graham déversait en elle, autour d'elle, un flux d'énergie qui l'enveloppait pour l'emporter, comblée, vers des sommets de bonheur. Un voyage parmi les étoiles, au cœur d'une nuit qu'elle découvrait pleine de mystères et de promesses. Un voyage dont il était tout à la fois le guide et la destination...

Graham, d'une bouche avide, exigeante, l'assaillait de toutes parts, l'emportant dans un tourbillon où il lui était impossible de reprendre son souffle, et encore moins ses esprits. Dans un manège incessant, il prenait et reprenait la bouche de la jeune femme, en traçant la forme du bout des doigts ou de la langue, avant de la glisser entre ses lèvres entrouvertes. Il explorait alors sa bouche avec ardeur, suivant un instant le contour régulier de ses petites dents blanches, et l'instant d'après mêlant sa langue à la sienne dans un voluptueux duel.

Madelyne oublia qui elle était, où elle se trouvait, et dut s'accrocher à Graham pour ne pas tomber; au milieu de cette tempête qui faisait rage en elle, il était devenu le seul élément stable de son monde.

Les mains de Graham descendirent le long de son dos, l'attirant davantage à lui. Il était pressé contre elle et, malgré l'épaisseur de ses jupons, elle perçut la puissance de son désir. Profondément troublée de faire naître un tel émoi en lui, elle rougit, sans cesser de se demander ce qui se passerait si elle posait la main sur cette preuve manifeste de l'attirance qu'il éprouvait pour elle.

— Madelyne.

Il avait murmuré son nom comme une prière, comme une incantation.

Tous les sens en alerte, frémissant d'impatience, la jeune femme attendit l'assaut suivant. Un long gémissement de plaisir lui échappa, lorsque Graham glissa une main fébrile sur la chair soyeuse de son cou. Elle le sentit quitter sa bouche, suivre de ses lèvres fermes et tendres la ligne de son menton, descendre le long de sa nuque, puis revenir vers le creux de sa gorge. Madelyne renversa la tête en arrière, offerte sans réserve aux baisers impérieux et doux à la fois qu'il semait sur sa peau, emportée par l'orage de sensations qu'il déchaînait au plus profond de son corps. Il y avait quelque chose de si profondément sensuel dans la façon dont il posait les mains sur sa peau et dans la caresse de ses lèvres qu'elle en était bouleversée.

Lorsqu'il s'écarta légèrement d'elle pour la contempler, elle poussa un cri de protestation et posa une main pressante sur sa nuque, l'obligeant à reprendre sa bouche.

Madelyne s'abandonnait aveuglément à la passion. Chaque contact propageait en elle des ondes de désir et de plaisir d'une force inouïe. Elle s'agrippait à Graham tandis qu'il descendait le long de son cou jusqu'à ses épaules, puis jusqu'à la naissance de ses seins. Là, il s'arrêta plus longuement, l'embrassant avec ferveur, aspirant, léchant la peau sensible, donnant des petits coups de langue en se rapprochant dangereusement de ses pointes durcies par le désir.

La jeune femme crut qu'elle allait mourir de plaisir au moment où, alors qu'elle était au bord de l'évanouissement, Graham se mit à remonter lentement le long de la vallée creusée entre ses seins, et de nouveau le long de son cou, pour enfin lui mordiller le lobe de l'oreille.

L'espace d'un instant, elle se demanda s'ils n'étaient pas déjà allés trop loin et si elle devait continuer à se laisser faire ainsi, puis faillit éclater de rire. C'était elle, et elle seule, qui avait voulu cela. C'était elle qui était venue le trouver dans sa chambre, parfaitement consciente de ce qui arriverait. Qui espérait-elle duper, en se disant qu'elle se contenterait de rester une petite heure avant de repartir ? Lorsqu'elle avait vu la passion embraser les yeux de Graham, elle avait su qu'elle irait jusqu'au bout.

Ses derniers scrupules furent balayés par Graham : il prit ses lèvres en un baiser fougueux et elle s'abandonna, vaincue, à son impérieuse caresse. Puis, ses baisers se firent plus lents, plus profonds, mais tout aussi brûlants, la laissant pantelante, prête à le supplier de ne jamais cesser et de s'emparer de tout ce que sa bouche pouvait prendre.

Sa poitrine douloureuse était tendue vers lui, tout son corps lui lançait un appel dont elle-même ne comprenait ni la portée ni la force. C'était comme si, du fond des âges, les hommes et les femmes qui l'avaient précédée s'associaient à son appel silencieux pour former une chaîne de désir ininterrompue. Madelyne se serra plus étroitement contre Graham, plaquant ses hanches contre les siennes, maudissant les jupons qui l'empêchaient de mouler plus parfaitement son corps au sien. Elle voulait se fondre en lui, ne faire qu'un avec lui. Tout en frottant sa poitrine contre la sienne, elle glissa les doigts dans ses cheveux de jais, en savourant l'étonnante douceur.

La jeune femme sursauta lorsqu'elle sentit que Graham était en train de déboutonner sa robe. Un à un, il défaisait les petits boutons recouverts de soie d'une main experte. Quand il arriva à ceux qui étaient situés au bas de son dos, il s'écarta légèrement pour la regarder.

— Est-ce que tu as déjà fait cela avec quelqu'un ? demanda-t-il d'une voix rauque.

— Non, jamais.

— Même pas avec ton autre fiancé ?

— Non. Nous avons tout juste échangé quelques baisers. Et ce n'était même pas agréable, ajouta-t-elle avec une grimace.

— Alors, il n'a jamais déboutonné ta robe ?

— Non, chuchota-t-elle.

— Il n'a donc jamais fait cela non plus...

Il fit glisser ses manches étroites de ses épaules et la dénuda jusqu'à la taille. En réalité, elle portait encore son corset et sa chemise de soie mais, sous le regard de Graham, elle se sentait totalement exposée. Madelyne eut un geste pour se couvrir la poitrine, mais il l'en empêcha. Le feu de ses yeux la dévorait, embrasant tout son corps, courant le long de ses bras, de ses seins, de ses reins et de son ventre.

Graham se plaça derrière elle et dénoua les minces rubans qui retenaient ses jupons. Il les repoussa alors, ainsi que sa robe, jusqu'à ce qu'ils soient à la hauteur de ses genoux. Puis, se penchant en avant, il passa un bras derrière ses jambes et un autre dans son dos, la soulevant comme si elle était aussi légère qu'une plume avant de l'entraîner vers le lit. Une fois devant, il parut hésiter.

— Jure-moi que c'est vraiment ce que tu veux, lui ordonna-t-il.

— Oui, je le veux, murmura-t-elle dans un souffle, avant de chercher sa bouche.

Instantanément, l'étreinte de Graham se resserra. Tandis qu'elle nouait les bras autour de son cou, explorant d'une langue audacieuse la bouche de celui-ci, il encercla sa taille de ses mains et la maintint ainsi, à quelques centimètres du sol, sans cesser de l'embrasser. Lorsqu'il se cambra contre elle, Madelyne sentit distinctement son membre dur contre ses cuisses, et de nouvelles sensations très particulières l'envahirent.

Graham poussa une plainte sourde et, sans libérer ses lèvres, allongea la jeune femme sur le lit. Lorsqu'il la souleva légèrement pour délacer son corset, elle ouvrit les yeux, et lui sourit timidement.

— N'aie pas peur, dit-il d'une voix douce. Laisse-moi faire.

Elle acquiesça et ferma de nouveau les yeux. Soudain, il fut sur elle, parcourant sa peau satinée de baisers, révélant en elle, de ses mains expertes, de nouvelles sources de plaisir. Madelyne découvrait son propre corps dans la plénitude de sa sensualité par le toucher magique de Graham. Transportée dans un monde mystérieux, merveilleux, elle ne fit pas un geste pour se soustraire à son étreinte. Bien au contraire, elle s'offrit à lui tandis qu'il faisait glisser ses lèvres sur son cou, sa poitrine, son ventre, éveillant dans son corps une tempête de sensations inconnues d'elle jusqu'alors. Chacun de ses baisers, chacune de ses caresses attisait le feu qui couvait en elle.

Graham fit bientôt glisser les fines bretelles de sa chemise de soie, dénudant entièrement sa poitrine. Ses mains se posèrent alors sur ses seins gonflés par le désir, et en épousèrent la forme. Puis, de ses paumes, il commença à les caresser très lentement, prenant bien soin d'agacer les mamelons dressés, arrachant des gémissements à sa compagne. Quand il prit dans sa bouche la pointe durcie d'un de ses seins, elle faillit crier de bonheur. Il le prenait, le relâchait, passant d'un sein à l'autre, tandis qu'une de ses mains glissait le long de son ventre et de ses cuisses.

Madelyne sursauta lorsqu'il effleura son jardin secret. Elle s'apprêtait à protester, mais il reprit ses seins dans ses mains et se mit à en explorer les courbes et les creux d'une langue terriblement lente, la soumettant à une douce torture, faisant ainsi voler en éclats toutes ses — petites — velléités de résistance.

Au bout d'un moment, il releva la tête et lui demanda, avec un regard à la fois malicieux et obscurci par le désir :

— Veux-tu que je continue ?

— Oui, oh, oui, ne t'arrête surtout pas, dit Madelyne d'une voix étranglée.

— J'ai bien envie de poursuivre mon exploration un peu plus bas, lui chuchota-t-il à l'oreille.

— Tout ce que tu veux, pourvu que tu me touches et que tu m'embrasses.

— Mais tu portes encore beaucoup trop de vêtements, nota-t-il en désignant ses pantalons et ses bas.

— Mais, je...

— Tu veux tout arrêter ?

— Oh, non, bien sûr que non ! C'est juste que... je vais être presque nue, murmura-t-elle en rougissant jusqu'à la racine des cheveux.

— Je veux pouvoir te contempler, t'admirer, te toucher. Tu es belle, Madelyne, tellement belle, même, que je me demande si je n'avais pas raison de te prendre pour un ange.

— Oh, Graham ! Tu exagères peut-être un petit p...

D'un baiser, il la réduisit au silence. Puis il s'attaqua au ruban de ses pantalons, dont il eut vite fait de la débarrasser. Il passa plus de temps à lui ôter ses bas, semblant prendre plaisir à défaire les jarretelles tout en lui effleurant l'intérieur des cuisses. La jeune femme, subjuguée par ses caresses, n'y trouva rien à redire.

Il se mit alors à genoux devant elle et, d'un geste rapide, lui enleva ses escarpins; ceux-ci tombèrent sur le sol avec un bruit mat. Puis, il saisit un de ses pieds menus et posa ses lèvres sur la cambrure. Il en suivit la ligne médiane jusqu'à ses orteils, qu'il prit dans sa bouche les uns après les autres, les mordillant et les léchant avec ferveur. Après avoir fait de même avec l'autre pied, il laissa ses lèvres remonter vers la cheville, en caressant l'intérieur avec le pouce, avant de poursuivre son exploration le long du mollet, et à l'intérieur des cuisses. Madelyne poussa un long gémissement de volupté tandis que la bouche de Graham se faisant caressante dans le creux de ses jambes, contre la soie de ses sous-vêtements. Ses mains relayant sa bouche, sa bouche relayant ses mains, il conduisit la jeune femme au bord de l'extase. Enfin, il balaya les derniers obstacles qui le séparaient encore de son intimité, et elle fut livrée tout entière à la soif de découverte de ses lèvres et de sa langue.

Lorsqu'une vague de plaisir l'emporta, irrésistible, elle agrippa ses cheveux et cria son nom. Elle venait de découvrir l'extase.

Madelyne attendit que sa respiration se fût calmée, et que les vagues de plaisir soient devenues vaguelettes, avant d'ouvrir timidement les yeux. Graham lui sourit et lui caressa tendrement le front et les cheveux.

— Oh, Graham, tu es un véritable magicien. Quel est ton secret?

— Mon secret, c'est le désir que j'ai de toi, Madelyne, répondit-il. Mets tes mains sur moi, je t'en prie.

Lui souriant à son tour, elle s'assit en face de lui sur le lit. Elle se mit à caresser du bout des doigts ce visage qui la captivait, effleurant l'arête de son nez droit, la courbe sensuelle de ses lèvres pleines d'où s'échappait un souffle brûlant, remontant le long de sa mâchoire jusqu'à son front. Puis elle atteignit sa nuque et, enfouissant ses doigts dans la douceur de ses cheveux de jais pour attirer Graham à elle, lui donna un baiser ardent, explorant sa bouche avec passion, exaltant la douce violence de leur désir. D'une main fébrile, elle défit les boutons de sa chemise pour parcourir peau contre peau ce torse hâlé, magnifique de puissance et de douceur, qu'elle avait tant rêvé de toucher.

Une plainte sourde s'échappa de la gorge de Graham. Consciente de son pouvoir et de l'effet qu'elle produisait sur lui, Madelyne eut envie de le faire languir un peu. Elle s'écarta donc légèrement afin de l'admirer. Comme il était beau, songea-t-elle, et comme elle aimait laisser son regard et ses mains errer sur les courbes de son torse bien dessiné, dont les muscles puissants se soulevaient au rythme de son souffle rapide.

Incapable d'attendre plus longtemps, elle reprit sa bouche avec ferveur. Devant lui, devant cette peau hâlée où glissaient ses paumes et maintenant ses lèvres, elle sentait désir et passion se fondre en une seule et même flamme, une flamme qui la dévorait de l'intérieur et la poussait vers lui, irrésistiblement. Alors, enivrée par son parfum, sans détacher ses lèvres de son corps, elle remonta jusqu'à son cou et plaqua son corps contre le sien, épousant ses formes, pressant ses seins contre lui, ses cuisses contre les siennes, son ventre contre la puissance de son désir.

Comme elle cherchait à reprendre son souffle, Graham ouvrit les yeux. Ceux-ci étaient comme deux charbons ardents, et Madelyne en ressentit la délicieuse brûlure sur sa peau.

— Je te veux, Madelyne. Je veux être en toi. Laisse-moi te faire l'amour.

— D'accord. Mais tu es encore bien trop habillé, remarqua-t-elle d'un air mutin.

— S'il ne s'agit que de ça...

Il ôta tous ses vêtements en un éclair et se tourna en souriant vers la jeune femme. Celle-ci, bouche bée, le contempla dans toute sa glorieuse nudité, la gorge sèche. Son regard descendit le long de ses jambes puissantes, avant de remonter lentement pour s'arrêter sur la manifestation la plus évidente de son désir. Timidement, elle avança la main, et commença à le caresser, tentant d'imiter ce qu'il lui avait fait.

Graham gémit de nouveau et ferma les yeux. Après l'avoir laissée faire pendant quelques instants, il lui prit les poignets, la fit basculer en arrière et s'allongea sur elle.

— Tu me rends fou, Madelyne. Sens-tu ce que tu me fais ? demanda-t-il en serrant contre elle son corps ferme.

— Oui, chuchota-t-elle. Moi aussi, je te veux en moi.

Graham captura sa bouche d'un baiser fougueux et glissa les mains sous le galbe harmonieux de ses fesses. La jeune femme se mit spontanément à onduler des hanches, avivant de ses mouvements la flamme qu'elle sentait brûler contre elle.

— Viens, supplia-t-elle en l'attirant vers elle. Viens, maintenant.

Doucement, très doucement, il entra en elle. Lorsqu'il rencontra la mince barrière de sa virginité, il s'arrêta.

— Je te promets que tu n'auras pas mal, murmura-t-il, la bouche dans ses cheveux.

— J'ai confiance en toi, Graham.

D'un rapide coup de reins, il franchit définitivement l'enceinte de son intimité, emplissant son corps et son âme d'un sentiment de plénitude qu'elle éprouvait pour la première fois.

Une découverte. Oui, c'était bien cette sensation qu'elle éprouvait. La découverte d'un corps qu'elle aimait déjà passionnément, explorant de ses mains tremblantes de désir les à-plats et les pentes de son dos musclé, respirant le parfum boisé de son cou... Et la découverte d'un océan de plaisir entre les mains de cet homme doux et fougueux qui révélait en elle des trésors de jouissance, de plus en plus éblouissants, de plus en plus forts, de plus en plus inaccessibles. Il était comme un navire fendant les eaux de son corps pour aborder des terres inconnues d'elle, déchaînant sur son passage les tempêtes d'un Neptune.

Une vague de plaisir plus forte que les autres la submergea, lui arrachant un cri de jouissance auquel son amant répondit aussitôt, comme en écho.

Graham roula sur le côté, gardant une des mains de Madelyne dans les siennes.

Lorsque leurs deux souffles se firent plus réguliers et que leurs battements de cœur se furent apaisés, la jeune femme se tourna vers son amant et lui sourit.

— C'était merveilleux, Graham. Jamais je n'aurais pensé connaître quelque chose d'aussi intense, d'aussi magique. Si j'avais su cela avant, je me serais jetée sur toi il y a sept ans !

— Peut-être vaut-il mieux que tu n'aies rien su alors, répliqua Graham, les yeux dans le vague.

— Peut-être, en effet, reconnut-elle. Mais maintenant que je le sais, je crois bien que j'ai envie de recommencer.

Graham se souleva, s'appuya sur un coude et lui sourit.

— Vraiment ?

— Vraiment.

— Tu causeras ma perte, Madelyne, dit-il avant de l'embrasser passionnément.

# 14.

Graham se réveilla avec la certitude que Madelyne n'était plus à son côté. Les yeux toujours fermés, il tâta la place qu'elle avait occupée. Elle était vide. Ainsi, ce qu'il avait appelé de tous ses vœux n'était pas arrivé : le temps n'avait pas suspendu son vol, et à cette nuit unique avait succédé un nouveau jour.

Il resta étendu, immobile, le souffle profond et régulier comme si, en faisant semblant de dormir, il pouvait encore retenir les moments extraordinaires que Madelyne et lui avaient passés ensemble. Ces quelques heures avaient tout changé. La jeune femme, dans son innocence et son inexpérience, ne s'en doutait sûrement pas. Elle s'imaginait, lui avait-elle confié, que tous les couples qui faisaient l'amour partageait la même passion que celle qui les unissait. Mais Graham savait que ce n'était pas le cas. Il était déjà allé avec d'autres femmes, et ce qu'il avait fait avec elles n'avait été que l'assouvissement d'un besoin primaire. Jamais il n'avait éprouvé le plaisir et le sentiment de plénitude qu'il avait connus avec Madelyne.

Avec une pointe d'amertume, il songea que le destin lui avait joué un bien mauvais tour en le liant à la seule femme qu'il ne pourrait jamais avoir.

Un léger soupir attira son attention. Malgré lui, il

ouvrit les yeux, et constata que les lueurs rosées de l'aurore avaient commencé à colorer le ciel. Il s'adossa alors aux oreillers et contempla Madelyne : drapée dans le couvre-lit, elle se tenait devant la fenêtre et regardait au-dehors. Ses longs cheveux blonds tombaient en cascade sur ses épaules et dans son dos. Apercevant les vêtements éparpillés autour du lit, Graham comprit qu'elle ne s'était pas encore habillée. Il repoussa les idées lascives qui menaçaient de s'emparer de son esprit. L'heure n'était malheureusement plus aux étreintes. Aujourd'hui, il n'y aurait plus de scène d'amour, seulement des remords et des regrets.

Il se leva et se dirigea vers Madelyne. Afin de sentir une dernière fois son corps contre le sien, il l'entoura de ses bras et respira son parfum désormais familier. Elle se blottit contre lui sans se retourner.

— Le soleil vient à peine de se lever, dit-elle d'une voix faussement détachée, et pourtant certains commencent déjà leur journée.

Il suivit son regard et se rendit compte qu'elle avait raison : M. Greeley avait déjà pris le chemin de sa boucherie, et saluait celles de ses connaissances qu'il croisait à cette heure matinale.

— Toute la ville sera bientôt au courant, nota-t-elle d'un ton nettement moins assuré.

Ainsi, elle regrettait déjà la nuit qu'ils venaient de passer ensemble, et le plaisir qu'ils avaient partagé. C'était ce qu'il avait le plus redouté. Il tenta de se raisonner, se répétant que cela n'avait pas d'importance, et qu'il n'allait pas en souffrir puisqu'il s'y était attendu. Attendu, mais pas préparé, songea-t-il tristement.

Il s'éloigna du corps tiède de cette femme qui ne voulait plus de lui.

— Si tu te dépêches, tu peux encore rentrer chez toi

discrètement et prétendre que rien ne s'est passé entre nous.

— Non, il est trop tard, répondit-elle en secouant la tête.

Comme il se tenait derrière elle, il sentit la colère l'envahir. Il ne voulait pas qu'elle le tienne responsable de ce qui était arrivé.

— Tu aurais dû y penser avant de venir, dit-il. Pourtant, ce n'est pas faute de t'avoir prévenue. Tu voulais faire scandale, n'est-ce pas ? Eh bien, tu as réussi, et sans doute au-delà de tes espérances, mais il y a un prix à payer. C'est toujours comme ça, vois-tu.

— Au moins, nous sommes à égalité, maintenant.

Il posa les mains sur ses épaules et l'obligea à se tourner vers lui. Il s'attendait à voir briller des larmes dans ses yeux bleus, mais ce n'était pas le cas. Elle soutint son regard sans ciller.

— Que veux-tu dire ?

— Je ne vais pas tarder à être châtiée pour ce que j'ai fait. Tu devrais être content. Je vais enfin payer pour ce que je t'ai dit, il y a sept ans.

Il la dévisagea avec stupéfaction.

— Alors, c'est ce que tu crois ? Que j'ai couché avec toi pour te punir ?

— Non, bien sûr que non. Un châtiment ne peut pas être aussi agréable...

Elle s'interrompit et rougit légèrement.

— Mais peux-tu me jurer que ça ne t'a jamais traversé l'esprit ?

— Je te le jure.

La jeune femme déglutit avec difficulté.

— Si seulement je pouvais te croire, murmura-t-elle avant de plonger ses yeux dans les siens. M'as-tu enfin pardonnée, Graham Kincaid ? M'as-tu pardonnée pour de bon ? Peux-tu oublier le passé ?

Sans mot dire, il l'étudia longuement. Elle était encore plus belle que la veille, avec ses cheveux dénoués et son visage de madone. Et elle était la seule femme qu'il ait jamais aimée et qu'il aimerait jamais. Mais était-il capable de lui pardonner les souffrances qu'il avait endurées à cause d'elle ?

Madelyne eut un petit signe de tête.

— Je m'en doutais. Tu m'en veux encore. Tant pis. Moi non plus, je ne suis pas arrivée à oublier.

Serrant plus étroitement le couvre-lit contre elle, elle alla s'asseoir dans le fauteuil près de la fenêtre.

— Je t'aimais, dit-elle. Je sais que tu ne me crois pas, mais je jure que je t'aimais plus que tout au monde. Jamais je n'oublierai cette horrible journée. J'avais entendu parler de l'agression de Laurie, mais je ne savais pas exactement ce qui s'était passé. Et puis, Gene est passé à la maison, et il s'est mis à raconter ce qu'il savait de l'histoire, en donnant des détails sordides. C'est lui qui m'a appris que tu avais été accusé. J'ai dû feindre l'indifférence. C'était affreux.

Graham frissonna.

— J'étais certaine de ton innocence, poursuivit-elle. C'est alors que Gene a pris mon père à part. Je les ai épiés, et j'ai entendu ce qu'il lui disait. D'après lui, tu faisais partie des clients de Laurie. J'ai été anéantie ; je ne voulais pas le croire, mais je ne cessais d'y penser et de m'interroger. Ma confiance en toi était ébranlée. Et après ton départ, j'ai eu la confirmation que c'était la vérité, et tu ne peux pas savoir à quel point...

Sa voix se brisa.

— A quel point ça m'a fait mal. Nous étions fiancés, Graham.

— Je t'ai déjà expliqué ce qu'il en était.

— Je sais. Mais à l'époque, tu n'as rien dit. Cette explication, tu aurais dû me la donner sept ans plus tôt.

— Tu m'aurais rejeté de toute façon.

— Peut-être. Mais l'idée que tu étais allé avec une autre femme me tourmentait. Je ne comprenais pas pourquoi, si tu m'aimais, tu bafouais cet amour dans les bras d'une prostituée. Evidemment, si j'avais su que ce que tu faisais avec elle était aussi magique, peut-être que...

— C'était toi que je désirais, Madelyne, toi que j'aimais. Toi seule.

Il aurait souhaité la prendre dans ses bras, mais c'était impossible. Il sentait qu'elle n'en avait pas terminé, et que ce qu'elle avait encore à dire allait rouvrir définitivement ses anciennes blessures.

— Je voulais te croire, reprit-elle. Quand nous nous sommes retrouvés au bord de la rivière et que tu m'as demandé de m'enfuir avec toi, j'ai attendu tes explications. Il fallait que tu sois innocent, il le fallait. Mais tu n'as pas dit un mot au sujet de Laurie.

— Je n'étais pas particulièrement fier d'être allé avec elle.

— Oui, mais j'ai pensé que si tu me mentais à ce sujet, tu me mentais peut-être pour tout le reste.

Il voulut l'interrompre, mais elle leva la main pour l'en empêcher.

— A présent, je sais que j'avais peur de te croire. Oui, j'avais peur, parce que te croire signifiait prendre ouvertement ton parti et te défendre. Tout le monde aurait su, pour nous deux, et je craignais plus que tout la réaction de mon père. Je ne me sentais pas assez forte, pas assez courageuse pour lui tenir tête. Et puis, j'avais peur de ne pas pouvoir te donner ce que Laurie t'avait donné. J'avais peur de tout, en fait.

— Pourquoi ne pas m'avoir dit tout cela ?

— Parce que j'avais décidé de rester à Landing. Si je t'avais fait part de mes doutes, tu aurais réussi à me convaincre de partir avec toi. Tu as toujours su me convaincre.

— Non, pas toujours, la preuve.

— Les choses méchantes que je t'ai dites, je ne les pensais pas. Elles sont sorties malgré moi.

Graham se retrouva transporté sept ans en arrière. Madelyne et lui étaient au bord de la rivière, par un matin d'été. En fermant les yeux, il était capable de se rappeler la scène dans ses moindres détails. Une brise légère agitait les feuilles des arbres, les oiseaux chantaient. Rien ne semblait devoir troubler la sérénité de cette belle journée. Madelyne se tenait devant lui, très pâle, les yeux remplis d'appréhension.

— Je ne viens pas avec toi, avait-elle déclaré, raide comme la justice. Si tu veux partir, tu partiras seul. Tout est fini entre nous.

Anéanti, Graham s'était forcé à parler.

— Mais nous sommes fiancés, Madelyne ! Et tu m'aimes, n'est-ce pas ?

— Je te répète que tout est fini entre nous !

Elle avait porté les mains à son cou et détaché la chaîne qu'il lui avait offerte lorsqu'ils s'étaient promis l'un à l'autre. Cette chaîne était le seul souvenir de sa mère. Madelyne la lui avait lancée. Il n'avait pas tendu la main pour la rattraper, et elle était tombée à terre.

— Mais je... C'est impossible, ça ne peut pas finir comme ça ! Je t'aime.

— Et moi, je ne t'aime pas, avait-elle dit avec mépris. Tu es vraiment fou de l'avoir cru. Pour qui me prends-tu ? Je suis Madelyne Bancroft. Je sais qui est mon père, moi, au moins. Et toi, tu n'es que ce bâtard de Graham Kincaid. Tu ne seras jamais rien d'autre qu'un bâtard. Va-t'en !

Son cri avait résonné longtemps à ses oreilles.

Le lendemain, Graham avait quitté la ville, déterminé à donner raison à ceux qui le prenaient pour un criminel, déterminé à oublier Madelyne Bancroft. Aucune de ses deux résolutions n'avait abouti. Et maintenant, il se retrouvait à Landing, face à celle qui l'avait chassé sept ans plus tôt, et elle lui expliquait qu'elle avait eu tort.

Mais c'était trop tard.

— Je te demande pardon, murmura-t-elle.

Il ouvrit les yeux et la fixa durement.

— Pourquoi te soucies-tu des autres ? Pourquoi ont-ils toujours eu cette influence sur toi ? Dis-le-moi.

Elle ouvrit la bouche, mais aucun son n'en sortit.

— Est-ce la faute de Colleen, de Gene ?

Madelyne secoua la tête en signe de dénégation et se mit à fixer obstinément le sol. Graham comprit qu'elle pleurait.

— Madelyne, je...

— Non !

Elle releva la tête et le regarda ; les larmes brillaient dans ses yeux, tremblant au bord de ses cils sans tomber.

— Tu veux vraiment savoir pourquoi ?

Elle attendit sa réponse, mais il ne dit rien.

— Si tu ne veux pas l'entendre, Graham, dis-le maintenant.

Comme il gardait le silence, Madelyne prit une profonde inspiration.

— Un jour, peu avant mes neuf ans, je suis rentrée de l'école plus tôt parce que je ne me sentais pas bien. Je me suis rendue directement dans la cuisine pour boire un verre de lait, et j'ai entendu des éclats de voix qui venaient du salon. Je suis allée dans le couloir sur la pointe des pieds, et par la porte entrouverte, j'ai vu mon père et un autre homme en train de se disputer violemment. Ma mère était là aussi. Elle pleurait. Au début, je n'ai pas bien compris ce qu'ils disaient, tellement ils criaient fort. Et puis, tout s'est éclairé. Ma mère avait décidé de partir avec l'homme. Elle voulait nous emmener avec elle, Colleen et moi, mais mon père était déterminé à l'en empêcher. Il l'a insultée. C'était affreux.

La jeune femme frissonna et se recroquevilla dans le fauteuil, passant les mains autour de ses genoux.

Graham aurait souhaité la réconforter, mais il avait l'impression qu'elle était loin, très loin, et qu'il ne pourrait pas l'atteindre.

— Je n'ai pas pu le supporter, continua Madelyne, alors je suis sortie de la maison et je me suis cachée dans les bois jusqu'à ce que Colleen rentre de l'école. Je lui ai fait promettre de ne pas dire que j'étais rentrée plus tôt.

Une larme roula le long de sa joue.

— Quand nous sommes arrivées, ma mère et l'homme avaient disparu, et mon père nous a annoncé que ma mère était morte.

Stupéfait, Graham répéta :

— Il vous a dit que ta mère était morte ?

Elle acquiesça.

— Il a prétendu qu'elle avait fait une chute mortelle dans l'escalier. Au début, j'ai cru qu'il l'avait tuée. Lorsque j'ai vu le cercueil, j'en étais convaincue. Mais la nuit qui a précédé l'enterrement, je me suis glissée dans la chambre où le cercueil était exposé, et j'ai regardé à l'intérieur. Il était vide. Elle était partie avec son amant. Après cela, mon père n'a presque plus jamais parlé d'elle, et quand il le faisait, c'était toujours au passé.

— Tu ne l'as jamais revue ?

— Non. Je n'ai jamais su où elle était allée, et elle n'a jamais cherché à nous donner de ses nouvelles. J'imagine qu'elle a fait une croix sur cette partie de sa vie. Peut-être nous a-t-elle oubliées. J'ai essayé d'expliquer à Colleen ce qui s'était vraiment passé, mais elle a toujours refusé de m'écouter. Pourtant, au fond d'elle-même, elle sait que je dis la vérité. D'ailleurs, c'est à partir de ce moment-là qu'elle a commencé à changer. Elle est devenue très sage et a oublié ses manières de garçon manqué pour devenir une petite fille modèle. Confusément, nous sentions toutes deux qui si nous faisions quelque chose qui déplaisait à notre père, il nous considérerait comme mortes. Nous étions si jeunes, et nous l'aimions malgré tout. Que pouvions-nous faire d'autre que de nous plier à sa volonté ?

Lorsqu'elle se mit à sangloter, Graham ne put le supporter. D'un bond, il fut près d'elle. S'agenouillant, il l'entoura de ses bras et la berça doucement.

— Ne pleure pas, Madelyne. C'est fini. Personne ne te fera plus jamais de mal, chuchota-t-il doucement.

— Tu ne comprends donc pas ? demanda-t-elle en le regardant. Ma mère a pris un amant, et j'ai fait comme elle ! Père était parfois difficile à vivre, c'est vrai. Mais il nous aimait quand même, je le sais. Il était obsédé par notre réputation, mais tous ses efforts n'ont servi à rien au bout du compte. J'ai sali son nom. Et comme je ne peux pas faire semblant d'être morte, je devrai les entendre me condamner. Mme Dobson m'avait prévenue : elle m'a dit que je ne pourrais plus revenir en arrière, que certaines taches étaient indélébiles. Elle avait raison. Je suis perdue.

La bouche de Madelyne tremblait, et elle se tordait les mains de désespoir. Sa douleur transperçait le cœur de Graham : il ne supportait pas de la voir souffrir ainsi. Il maudit intérieurement son père, la ville entière, et se maudit lui-même.

— Calme-toi, Madelyne, calme-toi, murmura-t-il en la serrant contre lui. Tu te trompes, tout n'est pas perdu.

Graham songea qu'à la minute où elle avait posé le pied dans le hall de l'hôtel, il avait su que cela finirait ainsi. Si, au lieu de monter avec elle dans sa chambre, il l'avait plantée là pour passer quelques heures dans son bureau, rien de tout cela ne serait arrivé. Madelyne serait revenue à la raison et repartie chez elle. Mais il ne lui avait pas laissé le temps de réfléchir aux conséquences de ses actes. Il n'avait pas pu résister à l'envie de la tenir une fois encore dans ses bras, de l'embrasser et de la caresser. Tout était sa faute ; il devait réparer ce qui pouvait encore l'être. Ce n'était pas seulement à cause de sa réputation perdue qu'il voulait arranger les choses, mais par amour pour elle. Mille ans de séparation n'y changeraient rien : jamais il ne cesserait de l'aimer.

Il prit son visage en coupe dans ses mains. Après avoir essuyé ses larmes du bout des doigts, il lui sourit.

— Rien n'est perdu, reprit-il. Je peux tout arranger, si tu le veux.

La jeune femme écarquilla les yeux.

— Comment ?

— Habille-toi d'abord.

Cette réflexion rappela sa nudité à Madelyne, et elle rougit.

— Que vas-tu faire, Graham ?

— Il ne s'agit pas de moi, mais de nous, rectifia-t-il.

— Cesse de parler par énigme.

— Nous allons nous marier.

Ni l'église ni le pasteur ne lui étaient familiers, songea Madelyne. Très droite, elle se tenait devant l'autel, essayant tant bien que mal d'empêcher ses jambes de se dérober. Elle allait se marier. Tandis que le pasteur prononçait les formules rituelles, elle n'arrivait pas à se convaincre de la réalité de l'événement. Ce ne pouvait être qu'un rêve, et elle ne tarderait pas à se réveiller dans son lit.

Pourtant, la main de Graham, qui tenait la sienne, était bien réelle. Derrière eux, assises sur un banc, se tenaient Mme Dobson et Bonnie. Elle entendait les questions excitées que la petite fille posait à la veuve, et les tentatives inutiles de cette dernière pour la faire taire.

Tout était arrivé si vite. Madelyne avait été abasourdie lorsque Graham lui avait proposé de l'épouser. Elle ne se rappelait plus quelle avait été sa réponse, mais puisqu'elle se trouvait dans cette église, elle supposait qu'elle avait donné son accord. Une fois habillés, ils étaient allés à l'écurie de louage. Là, Graham, malgré ses protestations, avait dépensé cinq dollars afin de louer un boghei pour la journée. Ils s'étaient rendus chez Mme Dobson pour emmener Bonnie et la veuve avec eux. D'un commun accord, ils avaient quitté Landing. Aucun des deux ne souhaitait être marié par Gene.

Madelyne sursauta en sentant une légère pression sur son bras. Graham et le pasteur la regardaient fixement. Ce dernier répéta sa question :

— Mademoiselle Madelyne Elena Bancroft, voulez-vous prendre pour époux M. Graham Alan Kincaid ?

Madelyne croisa le regard de Graham. Il portait un costume sombre par-dessus une chemise blanche, et avait pris la peine de mettre une cravate pour l'occasion.

— Seulement si tu le veux, dit-il d'une voix posée, ignorant l'air interloqué du pasteur.

La jeune femme observa la succession des émotions sur son visage. Avec un pincement au cœur, elle se rendit compte qu'il doutait encore de son estime pour lui. Elle eut envie de lui crier que non seulement elle avait de l'estime pour lui, mais qu'elle éprouvait également de... Mais, qu'éprouvait-elle, au juste ? De l'affection, de l'amour, de la reconnaissance, de l'admiration ? Elle ne le savait plus elle-même. Tout ce qu'elle savait, c'est que cet homme lui avait proposé le mariage pour la protéger de son inconséquence. Il lui avait offert son nom. Qui était-elle pour le refuser ?

— Je suis fière de t'épouser, dit-elle avant de se tourner vers le pasteur. Oui, je le veux.

A son tour, Graham prononça les mêmes paroles d'une voix forte et claire.

Le pasteur se racla la gorge avant de reprendre :

— Je vous déclare à présent mari et femme. Vous pouvez embrasser la mariée, monsieur.

Graham effleura brièvement les lèvres de Madelyne avant de s'écarter. Il lui lança un regard étrange.

— C'est fait, nous sommes mariés, dit-il.

— Oui.

Elle lui sourit timidement. Lorsqu'il lui présenta son bras, elle le prit et se laissa guider jusqu'au premier banc. Mme Dobson était en train de s'essuyer les yeux avec un mouchoir.

— C'était très émouvant, dit-elle avec chaleur. J'ai toujours adoré les mariages. Madelyne, votre robe est ravissante. Je doute qu'on ait jamais vu plus jolie mariée.

La jeune femme haussa les épaules.

— Ce n'est pas une robe très conventionnelle, je le sais, mais elle est originale.

Bonnie la tira par la main.

— Qu'est-ce que « se marier » veut dire ?

— Le mariage est l'union d'un homme et d'une femme sanctifiée par Dieu, expliqua Mme Dobson. C'est une institution sacrée.

— Vous allez vivre chez Dieu, alors ? demanda naïvement la petite fille.

Madelyne sourit.

— Non, ma chérie, nous allons rester à Landing.

— Tant mieux, se réjouit l'enfant. Je m'y plais bien, moi, à Landing.

— Je suis contente de te l'entendre dire, dit Mme Dobson. Maintenant, tu vas être bien sage, et tu vas aller nous attendre près du boghei. Fais attention en traversant, et ne t'approche pas trop des chevaux, surtout.

— Oui, madame, répondit Bonnie, avant de partir en courant.

Quand elle fut sortie de l'église, Mme Dobson s'éclaircit la gorge.

— Ecoutez-moi, j'ai une proposition à vous faire. Vous n'êtes pas obligés de l'accepter, mais je tiens néanmoins à vous la soumettre.

Elle se tut un instant. Intriguée, Madelyne jeta un coup d'œil à Graham, mais ce dernier lui fit signe qu'il n'était pas au courant.

— Je pense qu'il ne serait pas bien difficile d'expliquer aux gens que vous avez quitté Landing hier soir, plutôt que ce matin. Vous me suivez ?

Madelyne, un peu déconcertée, ne comprit pas immédiatement sa suggestion. Mais la réponse ne tarda pas à se faire jour dans son esprit. La veuve était prête à raconter à tout le monde que Madelyne et Graham s'étaient mariés avant de passer la nuit ensemble. Ce mensonge la mettrait à l'abri de tout reproche. Elle se tourna vers Graham.

— Qu'en dis-tu ?

— C'est à toi de décider.

Elle le dévisagea attentivement, tentant, en vain, de déchiffrer ses pensées.

Il était son époux, à présent, mais il lui demeurait étranger. Ce mariage venait sept ans trop tard. Un doute s'immisça dans l'esprit de la jeune femme : s'il ne lui avait jamais pardonné ses paroles cruelles, cette union n'était-elle pas une forme de vengeance particulièrement raffinée ? Avait-il décidé de lui faire payer ses injures et sa rupture pendant le reste de son existence, ou ce mariage était-il une seconde chance ? Les questions se pressaient, mais toutes demeuraient sans réponse.

Madelyne attendit un peu, espérant que Graham l'aiderait à prendre sa décision, mais il n'en fit rien. C'était donc à elle de choisir : soit se blanchir entièrement par un mensonge, soit accepter humblement la vérité et ses conséquences. Elle avait l'impression que ce choix aurait une influence déterminante sur l'avenir de sa relation avec Graham.

Elle se tourna vers Mme Dobson.

— Pas de mensonge, dit-elle. Peu m'importe ce qu'ils penseront. Je n'ai pas peur.

« Je n'ai pas peur. » Graham songea que ces mots avaient été faciles à prononcer tandis qu'ils se trouvaient à deux heures de Landing. Ils étaient plus difficiles à croire, maintenant qu'ils arrivaient en ville.

Il sentait l'appréhension de Madelyne ; celle-ci s'était blottie contre lui et tremblait légèrement. Derrière eux, Bonnie et Mme Dobson s'étaient progressivement tues.

La journée était déjà bien avancée : ils avaient déjeuné sur place avant d'entreprendre le voyage de retour.

Graham se demanda si Madelyne regrettait déjà d'avoir accepté de l'épouser. Après tout, rien n'avait vraiment changé entre eux : il avait gardé ses rancœurs, et elle sa crainte des autres. Mais peut-être le temps finirait-il par guérir leurs blessures, pensa-t-il. Les chances que les choses s'arrangent étaient bien minces, mais elles existaient. Il devait garder espoir malgré tout.

Le cheval trotta avec entrain le long de la rue principale. Graham dut raccourcir les rênes pour l'empêcher d'accélérer le pas, car l'animal sentait l'écurie proche. Mais ils n'étaient pas encore rendus : ils devaient d'abord reconduire Mme Dobson chez elle. Il entendit Madelyne pousser un profond soupir. Il lui jeta un rapide coup d'œil. Elle avait ouvert une ombrelle pour protéger sa peau du soleil. Des gants dissimulaient ses mains blanches, et un châle couvrait ses épaules nues et sa poitrine. Elle ressemblait en tout point à une femme respectable.

Cependant, elle portait toujours sa robe Worth, et elle avait bel et bien passé la nuit avec lui avant de disparaître au petit matin. Les gens les regardaient passer avec curiosité, les montrant parfois du doigt. Graham, habitué à attirer l'attention, n'y prenait pas vraiment garde, mais il devinait que Madelyne était très mal à l'aise.

— Conduisez-moi au magasin, ordonna soudain Mme Dobson. J'y resterai jusqu'à la fermeture, aujourd'hui.

— Vous ne voulez pas rentrer chez vous ?

— Non. Si je suis à mon bureau, en train de m'occuper du courrier, il sera plus facile aux gens de venir me poser des questions. Plus vite ils sauront que vous êtes mariés, mieux cela vaudra pour vous. D'ici quelques jours, tout le monde aura oublié l'incident, vous pouvez me croire.

Ainsi, elle avait également remarqué l'attitude des passants.

— Comment te sens-tu ? demanda-t-il à Madelyne.

— Très bien.

Ce n'était pas vrai, il le savait, mais il n'insista pas. Elle essayait de faire bonne figure malgré tout et de se montrer courageuse ; ses efforts étaient louables.

Graham arrêta le cheval devant l'épicerie générale. Aussitôt, Andrew se précipita et aida Mme Dobson à descendre. Puis il s'adressa à sa patronne :

— J'ai ouvert le magasin comme vous me l'aviez demandé, mademoiselle Bancroft. Il y a eu beaucoup de monde, aujourd'hui. Allez-vous faire la fermeture ?

— Non, je ne crois pas Andrew. Ça ne vous ennuie pas de vous en charger ?

— Pas du tout, mademoiselle Bancroft.

Madelyne fixa son employé pendant quelques instants avant d'éclater de rire.

— Ce n'est plus Mlle Bancroft, Andrew, c'est Mme Kincaid à présent.

Le regard stupéfait du jeune homme passa rapidement d'elle à Graham.

— Vous avez épousé le shérif ?

Elle acquiesça.

— Eh bien, pour une nouvelle... ! s'exclama-t-il avec un large sourire. Félicitations à tous les deux.

— Merci, répondit Madelyne.

Il fit le tour de l'attelage et tendit sa main à Graham.

— Shérif, vous avez fait le bon choix, déclara-t-il avec emphase. Mlle Bancroft, enfin, je veux dire Mme Kincaid, est une femme charmante. Vous avez bien de la chance.

Après avoir répété à plusieurs reprises qu'il se réjouissait pour eux, il escorta Mme Dobson à l'intérieur du magasin.

Graham reprit les rênes, mais ne donna pas le signal du départ au cheval.

— Où allons-nous ? demanda-t-il.

— Eh bien, je... Je pensais que nous allions rentrer à la maison.

— C'était justement ça, ma question. Quelle maison ? Bonnie et moi avons nos chambres à l'hôtel.

— Tu veux que je vienne vivre avec vous à l'hôtel ? demanda Madelyne d'un air dubitatif.

— En fait, je n'étais même pas sûr que nous allions vivre ensemble.

— Mais, nous sommes mariés !

Graham fut soulagé que la jeune femme considère comme naturel qu'ils vivent sous le même toit. Il s'était presque attendu qu'elle lui demande que tout reste comme avant.

— Alors, que choisis-tu ? Chez toi, ou l'hôtel ?

Madelyne se mordit la lèvre inférieure et se frotta nerveusement les mains l'une contre l'autre.

— Est-ce que ça t'ennuierait vraiment beaucoup que nous vivions chez moi ?

— Non, pas du tout. Je vais vous ramener à la maison, Bonnie et toi, et puis je retournerai à l'hôtel pour récupérer nos affaires. D'accord ?

Elle posa une main sur son bras.

— Ne pourrions-nous pas aller à l'hôtel tous ensemble ? Nous gagnerions du temps, ainsi : je pourrais emballer les affaires de Bonnie pendant que tu t'occupes des tiennes.

Graham sentit qu'elle tremblait. Des cernes étaient apparus sous ses grands yeux bleus. Elle semblait à bout de fatigue, et à bout de nerfs. Il jeta un œil par-dessus son épaule pour voir comment Bonnie réagissait à la conversation. La petite fille s'était réfugiée dans un coin et somnolait, sa poupée serrée contre elle. Il songea qu'avoir une vraie maison ne pourrait lui être que bénéfique. Madelyne s'en occupait très bien et prenait plaisir à lui apprendre à lire.

Il fit faire demi-tour au cheval et le fit trotter jusqu'à l'hôtel. Une fois arrivé, il sauta à terre et aida Madelyne à descendre. Plusieurs personnes s'arrêtèrent pour les regarder. La jeune femme avait à peine mis un pied sur le sol que quelqu'un sortit de l'hôtel en courant et se précipita vers eux.

— Shérif Kincaid, il faut que je vous parle.

— Pas maintenant, Newt. Nous nous verrons tout à l'heure.

Le jeune homme fit un pas dans leur direction.

— Je crains de devoir insister. J'ai parlé avec le directeur, au sujet de ce qui s'est passé hier, et il a été extrêmement contrarié, ce qui est parfaitement compréhensible. J'ai bien peur de devoir interdire à Mlle de vous accompagner dans votre...

Graham l'interrompit.

— Oh, Newt, dit-il, j'allais oublier. Vous ai-je présenté ma femme ?

Certains passants, qui avaient assisté à la scène, poussèrent des exclamations distinctes.

— Eh bien, non, mais, je, je...

— Nous allons libérer les deux chambres, Newt. Préparez ma note, et envoyez quelqu'un pour surveiller le boghei. Nous montons récupérer mes affaires et celles de Bonnie. A tout de suite.

Et, sans écouter les excuses embrouillées de Newt, il prit la main glacée de Madelyne et l'entraîna à l'intérieur.

La nuit tombait lorsqu'ils arrivèrent chez Madelyne. Graham contempla longuement la vieille bâtisse ; il avait du mal à croire qu'il était sur le point de vivre dans la maison qui avait appartenu au vieux Bancroft. Instinctivement, il savait qu'il ne se sentirait jamais chez lui dans cet endroit. Il se demanda comment allait s'organiser leur vie commune. Feraient-ils chambre à part, ou dormiraient-ils ensemble ?

— On est arrivé, Graham ? Est-ce qu'on va vivre ici pour toujours ? demanda Bonnie d'une voix ensommeillée.

Elle était toujours à l'arrière du boghei et venait de se réveiller.

Graham ne sut que lui répondre. Jusqu'à ce matin, il avait pensé que, dans un an, il serait loin. Mais à présent qu'il était marié, devait-il revoir ses plans ?

— Je pourrai avoir une chambre rien que pour moi ? interrogea de nouveau la petite fille.

— Bien sûr. Tu pourras même la choisir, dit Madelyne en lui souriant.

Graham attendit, mais la jeune femme ne répondit pas à la première question de Bonnie.

— Est-ce que nous sommes une vraie famille, maintenant ? Ma maman m'a toujours promis qu'un jour, j'aurais une vraie famille.

— Nous ferons de notre mieux, Bonnie, déclara Madelyne.

Au fond de lui, Graham espéra que ce « mieux » serait suffisant. Il descendit du boghei et tendit les bras à Madelyne pour l'aider. Tandis qu'il la tenait par la taille, leurs yeux se rencontrèrent. Dans ceux de la jeune femme, il lut de l'appréhension. Lorsqu'il l'eut doucement posée à terre, il se détourna, incapable de supporter davantage ce regard craintif.

Bonnie sauta de l'attelage et gravit au pas de course les marches du perron. Madelyne la suivit et ouvrit la porte d'entrée. Quant à Graham, il leur emboîta le pas après avoir récupéré les bagages. En franchissant le seuil, il constata qu'il faisait relativement froid à l'intérieur.

Tandis que Madelyne se débarrassait de son châle, Bonnie dansait d'un pied sur l'autre, trépignant d'impatience.

— Monte, Bonnie, dit la jeune femme en riant. Va choisir ta chambre.

— Je sais déjà celle que je veux ! répondit l'enfant en se précipitant dans l'escalier.

Ses pas résonnèrent fortement sur les marches, puis sur le parquet du premier étage.

Graham posa les deux valises.

— Sais-tu laquelle elle va choisir ? demanda-t-il.

— Oui, je crois. Au bout du couloir, il y a la chambre que j'occupais avant. C'est une vraie chambre de petite fille, avec une jolie vue sur les bois. Il me semble que c'est celle-là qu'elle préfère.

— Est-elle proche de ta chambre actuelle ?

— Non, elle est à l'opposé, répondit-elle avec un peu d'embarras.

Elle se tut quelques instants, paraissant réfléchir à quelque chose. Puis, hésitante, les joues très roses, elle reprit :

— Il y a un petit lit, dans ma chambre, mais nous pouvons nous installer dans une des grandes chambres d'amis du second. Nous aurons toute la place que nous voulons..., acheva-t-elle dans un murmure.

Il la regarda. Elle avait baissé la tête et fixait ses mains comme si elle les trouvait absolument fascinantes.

Graham songea que, s'il acceptait de partager cette grande chambre, ce grand lit avec elle, il ne pourrait s'empêcher de lui faire l'amour toutes les nuits ; jamais il ne se lasserait de cette femme si belle, de son corps si harmonieux. Avant la fin de l'année, il verrait son ventre s'arrondir doucement, et un enfant naîtrait de leur union.

Etait-ce vraiment ce qu'il souhaitait ? S'il avait été certain que Madelyne l'aimait, peut-être se serait-il laissé tenter par cette perspective. Hélas, le fait qu'elle ait accepté de l'épouser était loin d'être une preuve d'amour.

Il y avait de fortes probabilités qu'elle ne lui ait dit oui que pour échapper au scandale. Graham savait qu'il ne pourrait pas supporter longtemps de partager sa vie sans être aimé d'elle. Il lui faudrait alors partir. « Autant ne pas accumuler trop de souvenirs avec elle, songea-t-il. Moins je respirerai son parfum, moins je frotterai ma peau contre la sienne, et plus il me sera facile de la quitter. »

Il souleva les deux valises.

— Je prendrai la chambre qui jouxte celle de Bonnie, dit-il, ignorant la mine effarée de Madelyne. Il vaut mieux que je sois près d'elle. Elle a souvent des cauchemars, la nuit.

# 15.

Madelyne décida qu'elle ne pleurerait pas devant lui. Elle cligna plusieurs fois des yeux pour retenir ses larmes, et attendit qu'il se soit éloigné pour y donner libre cours. Elle alla se réfugier dans sa chambre, et quand ses sanglots cessèrent, elle se lava le visage à l'eau froide. Puis, recroquevillée sur son lit, elle réfléchit à la situation.

Qu'avait-elle donc fait pour que Graham refuse de dormir dans la même chambre qu'elle ? L'avait-elle contrarié ou mis en colère sans s'en rendre compte ? Elle réexamina tous ses faits et gestes de la journée, mais ne trouva rien qui mérite de reproche, et a fortiori une punition aussi sévère.

Pourtant, il y avait forcément une raison, mais laquelle ? Jamais elle n'oserait le lui demander en face. Si jamais il lui apprenait que son inexpérience en amour y était pour quelque chose, elle ne le supporterait pas.

Elle sursauta en entendant qu'on frappait à la porte d'entrée et qu'on l'appelait. Ouvrant la fenêtre, elle vit un jeune garçon avec dans les bras un grand panier apparemment plein de victuailles, orné d'un large nœud rose.

— Madame Kincaid, madame Kincaid ! Je vous apporte un cadeau de la part de Mme Dobson.

— Je descends ! répondit la jeune femme.

Quelques instants plus tard, elle était dans la cuisine, lisant le petit mot qui accompagnait l'envoi de la veuve. Elle leur souhaitait beaucoup de bonheur, à Graham et elle, et espérait que son modeste présent trouverait un accueil favorable. Malgré son chagrin, Madelyne esquissa un sourire navré. « Modeste » était un mot un peu faible, pour qualifier le souper froid, les produits frais, et les quelques bonnes bouteilles que Mme Dobson leur avait envoyés. En revanche, la jeune femme craignait que le bonheur évoqué par la veuve ne soit pas au rendez-vous.

Elle soupira et, malgré elle, se remémora la nuit merveilleuse qu'elle avait passée entre les bras de Graham. N'y avait-il vraiment aucun espoir qu'il revienne vers elle ?

Tandis qu'elle réfléchissait, assise, le menton entre les mains, quelqu'un frappa à la porte extérieure qui donnait dans la cuisine. Brutalement tirée de sa rêverie, elle releva la tête. Qui pouvait bien venir lui rendre visite à cette heure-ci ? Avant qu'elle n'ait atteint la poignée, la porte s'ouvrit brusquement, et Gene entra.

Bien qu'il portât un costume convenable, sa tenue était désordonnée : sa chemise était entrouverte, sa veste froissée, et son visage très rouge. Ses yeux étaient particulièrement effrayants : injectés de sang, ils brûlaient de haine.

Malgré son désarroi, Madelyne décida de se comporter comme s'il n'y avait rien d'anormal dans cette visite tardive de son beau-frère.

— Bonsoir, Gene. Je ne m'attendais pas à ta venue. Peut-on savoir ce qui t'amène ?

— Ne fais pas l'innocente, Madelyne, tu sais parfaitement pourquoi je suis là ce soir. Je suis venu me rendre compte de ta déchéance par moi-même.

Lorsque son regard pervers la parcourut de la tête aux pieds, Madelyne se rappela qu'elle portait encore sa robe Worth. Devant ces yeux qui la déshabillaient, elle regretta de ne plus avoir son châle pour se couvrir et fit un pas en arrière.

— Tu ressembles à une catin, dit-il avec mépris.

— Comment oses-tu venir m'insulter chez moi ?

— C'est toi qui me demandes ça ? Espèce de traînée, tu es la honte de cette famille ! Tu as souillé le nom honorable de ton père, et ta boue nous éclabousse, Colleen et moi. J'ai toujours pensé que ton existence était une épreuve envoyée par Dieu, et j'ai supporté cette épreuve avec dignité. Mais là, tu es allée trop loin !

Madelyne ouvrit la bouche pour lui rappeler l'attitude inqualifiable qu'il avait eue la veille à son égard, mais elle eut peur de sa réaction.

— Je n'ai rien fait de mal, se contenta-t-elle de répondre.

— Attention, Madelyne, n'ajoute pas le mensonge à la longue liste de tes péchés. Nies-tu avoir passé la nuit avec cet homme dans sa chambre d'hôtel ?

La jeune femme rougit sous le regard impitoyable de son beau-frère.

— Je suis une femme mariée, à présent.

— Comment ? Tu as épousé ce bâtard de Kincaid ?

— Je t'interdis d'injurier mon mari. Que cela te plaise ou non, il est devenu ton beau-frère. Tu ferais bien de t'habituer à cette idée.

— Jamais ! s'écria Gene en s'approchant.

Avant qu'elle n'ait eu le temps de reculer, il lui saisit le bras.

— Tu es une source de souffrance et de honte constante pour nous, Madelyne. Ton attitude a rendu ta sœur tellement malade qu'elle n'a pas pu se lever ce matin.

Elle tenta de se dégager, mais il resserra son étreinte. Elle le foudroya du regard.

— Je me moque de Colleen et de sa honte. Ses menaces d'hier étaient les dernières. Je ne me laisserai plus intimider, Gene. Ni par elle ni par toi. Je mènerai ma vie comme je l'entends, avec mon mari et mon enfant.

— Ton enfant ? J'imagine que tu parles de la bâtarde de cette putain. Tu abrites donc cette créature de Satan sous ton toit ? Je ne le permettrai pas.

D'une secousse plus forte que les autres, Madelyne réussit à se libérer. Elle s'écarta, se massant le bras là où il avait marqué sa chair. Demain, elle aurait un bleu à cet endroit.

— Puis-je te rappeler que tu n'es pas chez toi, mais dans ma maison ?

Gene se redressa et la toisa de toute sa hauteur.

— Puis-je te rappeler que je suis un homme de Dieu ? Le Seigneur est à mes côtés.

La colère s'empara de Madelyne.

— Non, Gene, pas cette fois. Graham est mon mari, et j'aime Bonnie comme ma propre fille. J'attends de vous que vous les traitiez avec respect. Si tu n'es pas prêt à l'accepter, je considérerai que tu n'es plus mon beau-frère.

Lorsque la jeune femme le vit lever la main, elle ne bougea pas, certaine qu'il n'oserait pas lui faire de mal. Il posa la main sur son cou sans serrer. Madelyne frissonna de dégoût, mais ne recula pas. Elle ne voulait pas lui laisser croire qu'elle avait peur de lui. Pourtant, elle fut frappée par la lueur sauvage, l'expression de bête féroce, qui brillait dans ses yeux.

— Cesse de me défier ainsi, Madelyne, ou tu le payeras cher.

— Tiens, tu parles comme Colleen à présent, ironisa-t-elle.

L'étreinte de ses doigts commença à se resserrer. La peur qu'elle avait réussi à tenir en respect se réveilla. Alors, sans réfléchir, Madelyne lui saisit le poignet à deux mains et tira de toutes ses forces, l'obligeant à lâcher prise.

— Ne fais plus jamais ça ! cria-t-elle, la rage prenant le pas sur la peur.

— Je ferai ce que je veux, Madelyne, répondit Gene.

Son regard s'attarda longuement sur son décolleté, et il continua en souriant :

— Je donnerai l'ordre aux membres de la congrégation de ne plus fréquenter ton magasin. Je te dénoncerai comme catin, et comme maîtresse d'un bâtard de catin.

Il avait parlé d'une voix égale et parfaitement calme, comme s'il était en train d'évoquer des choses banales. La jeune femme le fixa droit dans les yeux.

— Fais ce que tu veux. Je n'ai pas peur. Je suis la seule à posséder une épicerie générale à Landing. Certains t'obéiront peut-être, mais ce ne sera qu'une petite minorité. Tous les citoyens de cette ville savent que je suis parfaitement honnête, et que je leur vends les marchandises au juste prix. Tu auras beau vitupérer, tu ne changeras rien à cette vérité.

— La vérité, répliqua Gene, c'est que tu as couché avec ce bâtard.

— Je te rappelle que c'est toi qui m'as fait des avances, hier, espèce de sale hypocrite ! Tu n'es pas très bien placé pour me parler de mes péchés.

— Tu mens, catin ! Tu dois être châtiée pour ce que tu viens de dire.

Madelyne ne put s'empêcher de penser que Gene était devenu fou. Elle fit un pas, puis deux, en arrière. D'un bond, il fut sur elle. D'une main, il lui emprisonna les poignets, et leva l'autre pour la frapper.

— C'est la volonté de Dieu, tu dois être châtiée ! s'exclama-t-il.

Affolée, la jeune femme tenta de se dégager, mais en vain. Fermant les yeux, elle se prépara à recevoir le coup. Mais rien ne se produisit. Lorsqu'elle rouvrit les yeux, elle vit que Graham avait arrêté le bras vengeur de Gene. Saisissant ce dernier par le col, il l'envoya valser contre la porte du fond. Le pasteur s'écrasa contre le bois avec un bruit mat avant de glisser à terre.

— Si tu touches encore à un seul cheveu de ma femme, je te tue, menaça Graham.

Il s'avança vers l'homme à terre.

— Allez, relève-toi, espèce de lâche !

— Graham ?

Il se tourna vers elle. Ses yeux étincelaient de rage.

Elle accourut à son côté.

— Ne t'inquiète pas, Madelyne. Tout ira bien, maintenant.

Gene se releva lentement.

— Je n'en ai pas fini avec vous, dit-il.

Graham se raidit, mais ne fit pas un geste.

— Je vous préviens, Estes. Pasteur ou non, ce n'est pas ça qui m'arrêtera si vous vous en prenez à ma femme.

Gene lui lança un regard haineux avant de sortir. Après son départ, Madelyne se mit à trembler comme une feuille et se réfugia dans les bras de Graham. Il la serra étroitement contre lui.

— Oh, Graham, j'ai eu si peur !

— Mais enfin, pourquoi ne m'as-tu pas appelé ?

— Je... je n'ai pas pensé à crier.

— Mais pourquoi, bon sang ?

— Je n'en sais rien. Je n'y ai pas pensé, c'est tout. Calme-toi, je t'en prie, j'ai eu assez d'émotions fortes pour ce soir.

— T'a-t-il blessée ?

Elle fit un signe de dénégation.

— En es-tu bien sûre ?

Il l'obligea à se tourner vers la lumière et examina son cou. Il était un peu rouge là où Gene avait commencé à serrer, mais il n'avait pas eu le temps de lui faire réellement mal. Mais quand il lui saisit le bras, elle laissa échapper un cri de douleur. Fronçant les sourcils, il étudia les empreintes de doigts de Gene qui, du rouge, étaient en train de virer au mauve violacé.

Graham poussa quelques jurons bien sentis.

— J'aurais dû le tuer, murmura-t-il.

— Ce n'est rien. De toute façon, en tant que shérif, tu ne peux pas t'amuser à tuer tout le monde simplement parce que tu en as envie.

— A quoi me sert-il d'être shérif si je ne suis même pas capable de protéger ma femme ?

Madelyne, malgré la peur qu'elle venait d'éprouver, sentit la joie l'envahir. Graham était là, près d'elle, et son corps vibrait de toute la colère accumulée contre son agresseur. Elle lui adressa un sourire radieux.

— Pourquoi me regardes-tu comme ça ? demanda-t-il.

— Comment ?

— Comme si j'étais un héros.

— Tu m'as défendue, expliqua-t-elle.

— Tu es ma femme, Madelyne. Tu n'imaginais tout

de même pas que j'allais le laisser faire en croisant les bras !

— Personne n'avait jamais pris ma défense, avant.

Ils demeurèrent silencieux pendant quelques minutes, les yeux dans les yeux. Madelyne entendait le tic-tac de la pendule, qui faisait comme un écho aux battements de son propre cœur. Elle aurait voulu que Graham la reprenne dans ses bras, qu'ils retrouvent l'intimité qu'ils avaient eue la veille, qu'il l'entraîne vers le grand lit, et...

Elle attendit, priant pour qu'il fasse un pas vers elle, ou lui fasse signe d'approcher. Mais il resta parfaitement immobile, les bras de chaque côté du corps. Enfin, il avisa le grand panier, et demanda :

— Qu'est-ce que c'est ?

— Mme Dobson nous a envoyé un souper froid.

Il jeta un coup d'œil à l'intérieur pour avoir un aperçu du contenu.

— Ça a l'air bon. Je vais chercher Bonnie.

Elle le regarda quitter la pièce et écouta le bruit de ses pas tandis qu'il montait à l'étage. Ce soir, elle dormirait sans lui, avec ses souvenirs pour seuls compagnons. Une larme glissa le long de sa joue. Ce mariage n'était qu'un simulacre, qu'une pauvre façade de respectabilité qui ne conduirait nulle part. Pour le moment, ils vivaient sous le même toit, mais que se passerait-il lorsque son contrat arriverait à son terme ? Insisterait-il pour partir ? Et si oui, lui demanderait-il de l'accompagner ? Toutes ces questions restaient sans réponse.

Madelyne se pencha au-dessus du panier et sortit les victuailles une par une.

Si Graham la quittait, ce n'était pas tant le scandale qu'elle redoutait, mais le fait qu'elle n'était pas certaine de pouvoir continuer à vivre après l'avoir perdu une seconde fois.

— Si ça vous intéresse, je vous donnerai ma recette spéciale, proposa Mme Brown avec un large sourire. Avec ça, les hommes reviennent toujours. Enfin, jolie comme vous êtes, je suis sûre que vous n'aurez pas de mal à le garder, votre mari.

Madelyne se força à lui rendre son sourire. « Si elle savait... », songea-t-elle. Cela faisait trois semaines qu'elle était mariée avec Graham, et ils continuaient de faire chambre à part.

— Merci, vous êtes trop aimable.

— Mais je vous en prie. A bientôt, et bonne journée.

— Merci, bonne journée à vous aussi, madame Brown.

La cliente saisit son panier de commissions et coinça un paquet sous son bras avant de quitter le magasin.

Madelyne ramassa un rouleau de tissu pour le ranger. Elle en avait présenté une bonne dizaine à Mme Brown, qui avait finalement arrêté son choix sur un joli coton bleu semé de petites fleurs. Elle désirait coudre une nouvelle robe pour sa fille aînée. Comme tous les fermiers des environs en ce moment, elle n'avait pas regardé à la dépense. En effet, le temps avait été idéal pour les cultures cette année et, sauf catastrophe exceptionnelle, on prévoyait la meilleure récolte depuis dix ans. Pour la plupart, les habitants de Landing et des environs paraissaient optimistes, et se montraient assez amicaux.

Gene l'avait menacée du pire, et rien ne s'était produit. Au contraire, les affaires n'avaient jamais aussi bien marché.

Madelyne grimpa sur un petit escabeau et remit le rouleau de tissu à sa place dans le rayon. Depuis qu'elle avait repris le travail au magasin, les gens étaient spontanément venus la féliciter. Elle craignait les réactions des amies de Colleen, mais hormis Mme Greeley, seules deux autres femmes avaient cessé de fréquenter l'épicerie.

— Madelyne, Madelyne !

Bonnie entra en courant dans le magasin et se précipita vers elle.

— Viens vite ! Elle est là ! Elle est là !

La jeune femme descendit de l'escabeau et se pencha vers l'enfant. Les grands yeux de Bonnie brillaient d'excitation. Madelyne, pour la taquiner, fit semblant de ne pas avoir compris.

— Qui est là, Bonnie ?

— La diligence, bien sûr ! Tu crois que mes livres sont arrivés ?

Au bas de sa commande habituelle, Madelyne avait ajouté une demande de livres de lecture pour débutants. Depuis, la petite fille les attendait avec impatience : elle maîtrisait à présent l'alphabet et, sachant lire les mots simples, elle avait terriblement hâte de pouvoir « lire une histoire, toute seule comme une grande », disait-elle.

La jeune femme prit Bonnie par la main.

— Je suis sûre que tes livres sont là. Viens, allons assister au déchargement.

Dehors, un petit attroupement se pressait autour de la diligence. Un seul passager en descendit. Il brossa frénétiquement ses vêtements, comme s'il avait ramassé en route toute la poussière du chemin. Puis il saisit ses bagages et s'éloigna en direction de l'hôtel, non sans avoir lancé un dernier regard de reproche à l'intérieur de la diligence.

Madelyne sourit en s'approchant. L'étranger avait dû trouver son voyage pour le moins inconfortable, car le véhicule était rempli à craquer : sacs postaux, caisses... Les marchandises prenaient toute la place.

— Où sont-ils ? demanda Bonnie en se haussant sur la pointe des pieds. Je ne les vois pas.

— Ne t'inquiète pas, dit Madelyne d'une voix apaisante. Ils font partie de la livraison destinée au magasin. Ils doivent être dans une caisse à mon nom.

A ce moment-là, Mme Dobson sortit à son tour de l'épicerie générale et fonça droit sur le conducteur.

— N'oubliez pas de me confier le courrier, jeune homme.

Le cocher, qui semblait plus proche de la cinquantaine que de la vingtaine d'années, regarda la petite femme vêtue de noir et lui adressa un large sourire.

— Voyons, madame Dobson, est-ce que j'ai déjà oublié votre courrier ?

— Non, mais personne n'est à l'abri d'un oubli ou d'une négligence.

— Madame, dit-il solennellement, je vous promets que si ça m'arrivait un jour, je ferais demi-tour pour vous le porter, même si je devais pour cela chevaucher nuit et jour.

— Bien, bien, je vous crois, je vous crois, répondit la veuve.

C'est alors que le conducteur se pencha vers elle du haut de son siège, et cligna lentement de l'œil.

— Dites donc, vous ne m'inviteriez pas à boire un café, pendant qu'ils finissent de décharger ?

Madelyne, qui assistait à la scène, attendit l'explosion de colère de Mme Dobson. Elle avait déjà remis à leur place des hommes pour beaucoup moins que ça. C'était dommage, songea la jeune femme, car le conducteur était fort sympathique, et plutôt bel homme.

La veuve se redressa de toute sa petite taille et détailla le cocher de la tête aux pieds.

— Permettez-moi de vous rappeler, jeune homme, que je suis une femme comme il faut, et que vous avez des délais à respecter.

— Je ne suis plus si jeune, madame Dobson, et vous n'êtes pas si âgée que vous voulez me le faire croire. Par ailleurs, je ne vois pas le lien entre mes délais et le fait que vous soyez une femme comme il faut. Ecoutez, la prochaine fois que je passerai à Landing, je m'arrangerai pour y faire une halte de nuit. Comme ça, nous aurons tout le temps de prendre un café ensemble.

Madelyne jeta un coup d'œil circulaire autour d'elle. Hormis elle, personne n'avait entendu cet échange. Retenant son souffle, elle guetta la réaction de la veuve.

A sa grande surprise, Mme Dobson ne se mit pas en colère, mais leva la main pour toucher ses cheveux, comme pour vérifier qu'elle était correctement coiffée.

— Pourquoi pas ? répondit-elle avant de s'éloigner en direction du magasin. Nous verrons bien.

— Tu as l'air fasciné. Qu'y a-t-il donc de si intéressant, ici ?

— Pardon ?

Madelyne se retourna et découvrit que Graham se tenait derrière elle.

— Que regardais-tu donc de si passionnant ?

— Oh, j'observais la foule, c'est tout, répondit-elle en admirant une fois de plus celui qui était devenu son mari.

Comme la journée était déjà chaude, il ne portait qu'un gilet sombre par-dessus sa chemise. Il avait remonté ses manches, découvrant la peau hâlée de ses avant-bras. L'étoile de shérif brillait sur sa poitrine. Madelyne se sentit fière de l'avoir épousé.

Lorsqu'elle aperçut Graham à son tour, Bonnie se précipita vers lui.

— Graham, Graham, je vais avoir des livres, rien que pour moi !

Il lui caressa affectueusement la tête et lui chatouilla le visage avec sa tresse.

— Tu en as de la chance.

A ce moment-là, un des hommes qui étaient en train de décharger l'appela.

— M. Kincaid, je crois que ces trois plantes sont pour vous.

Stupéfaite, Madelyne vit l'homme déballer de magnifiques rosiers grimpants. Ils étaient plantés dans de larges pots en métal et avaient été entourés de toile humide pour qu'ils puissent supporter le voyage.

— Comme ils sont beaux ! s'exclama une femme à côté d'eux. Mes parents avaient les mêmes quand j'étais petite. Ma mère y tenait comme à la prunelle de ses yeux.

Madelyne s'approcha et caressa pensivement une petite rose d'un rouge incarnat.

— Elles sont vraiment magnifiques.

Graham la regarda.

— Je les ai achetées pour la maison. Une fois, tu as dit qu'il manquait des fleurs près de l'entrée. Il est presque un peu tard pour les planter, mais je me suis renseigné : c'est une variété résistante. Je sais que j'aurais dû t'en parler avant, mais je voulais te faire la surprise. C'est un cadeau de mariage.

Le regard de la jeune femme passa des roses à Graham.

— Merci, murmura-t-elle. C'est un merveilleux cadeau.

Elle aurait aimé passer les bras autour de son cou et

l'embrasser, mais ils n'étaient pas seuls. Et elle songea tristement que même s'ils étaient seuls, elle ne pourrait se permettre cette manifestation de tendresse. Graham se montrait gentil avec elle, mais il évitait soigneusement tout contact physique.

— Et mes livres ? demanda soudain Bonnie.

Graham, qui était en train de charger les plantes à l'arrière d'un chariot, se retourna vers elle.

— Tu les auras plus tard.

— Je les veux tout de suite.

Il abandonna sa tâche et se pencha vers elle pour la prendre dans ses bras. La petite fille poussa des cris perçants lorsqu'il la chatouilla.

— Qu'est-ce que c'est que cette petite fille qui donne des ordres ? plaisanta-t-il en frottant sa joue contre la sienne.

Bonnie se mit à rire et à protester.

— Arrête, Graham, tu piques !

— Je pique ? Vraiment ? Attends un peu que je te pose sur une fourmilière et tu verras ce que piquer veut dire.

Bonnie fronça le nez.

— Si tu fais ça, je mettrai des fourmis dans ton lit.

— Essaye un peu pour voir ! s'écria Graham en la soulevant à bout de bras avant de la faire sauter en l'air.

Ravie, la petite fille se mit à rire joyeusement.

— Encore ! ordonna-t-elle.

Graham s'exécuta.

Madelyne sourit. Elle enviait leur complicité de tous les instants. Ils semblaient se comprendre parfaitement. Heureusement, même si elle n'était pas aussi proche de Bonnie que Graham, elle ne se sentait pas exclue pour autant de leur relation.

Les laissant à leur jeu, elle rentra dans le magasin et

trouva Andrew en train de déballer les marchandises. Bon de livraison en main, il pointait le contenu de chaque caisse, cochant la ligne correspondante d'un trait de crayon. Madelyne était très satisfaite de son employé : il était efficace, et les clients l'appréciaient beaucoup. Elle l'avait embauché à la mort de son père, et il s'était révélé rapidement compétent et consciencieux. Par Mme Dobson, elle savait qu'il courtisait la fille d'un fermier des environs. Bientôt, il se marierait et fonderait une famille. Madelyne songeait sérieusement à lui donner plus de responsabilités : son travail au magasin lui prenait beaucoup trop de temps, et elle souhaitait se consacrer davantage à l'éducation de Bonnie.

La jeune femme tenta de se concentrer sur son inventaire, mais son regard était irrésistiblement attiré vers le couple formé par l'homme et l'enfant qui, dehors, s'amusaient toujours. Comme les choses avaient changé depuis le retour de Graham, pensa-t-elle avec étonnement. A présent, il était parfaitement intégré à la ville. Dans la rue, les passants lui souriaient et le saluaient, et tout le monde s'accordait à dire que c'était un excellent shérif.

— Voici les livres de Bonnie, dit Andrew en lui tendant plusieurs volumes assez minces.

— Merci. Elle les attendait avec impatience.

Le jeune homme acquiesça avant de poursuivre sa tâche.

Les yeux de Madelyne se posèrent de nouveau sur Graham. Chaque fois, elle était frappée par sa beauté ; chaque fois, elle ressentait physiquement la frustration de ne pouvoir le toucher. Elle était heureuse que Bonnie et lui vivent avec elle dans sa grande maison. Au moins, elle n'éprouvait plus ce sentiment de vide et de solitude lorsqu'elle rentrait chez elle le soir. Mais ce n'était pas suffisant. Comme la petite fille, elle aurait souhaité qu'ils forment tous trois une « vraie famille ». Ce n'était hélas pas le cas.

La voix de Mme Dobson la tira de ses réflexions.

— Vous savez, Madelyne, je serais ravie de garder Bonnie ce soir. Elle peut même dormir chez moi, ça ne me dérange pas du tout, bien au contraire.

Interloquée, la jeune femme regarda la veuve.

— C'est très aimable à vous, mais ce ne sera pas nécess...

— Ne me dites pas que vous avez oublié la réunion ! C'est ce soir, voyons.

— Quelle réunion ?

Mme Dobson leva les yeux au ciel et soupira profondément.

— Je vous trouve bien distraite en ce moment, Madelyne. Ah, l'amour ! Enfin, je vous rappelle que c'est ce soir qu'a lieu la réunion où l'on doit de nouveau discuter de l'embauche par la ville d'une maîtresse d'école. Il faut que tous les parents y assistent, c'est très important. Voilà maintenant plus de cinq ans que l'école est fermée, et il serait grand temps de faire quelque chose, vous ne trouvez pas ? Vous êtes directement concernée : Bonnie est en âge d'apprendre, et vous n'avez pas le temps de vous en occuper. Alors, c'est d'accord ?

— Eh bien, je...

Elle hésita. Elle n'était pas la vraie mère de Bonnie. D'un autre côté, Graham et elle avaient la responsabilité de l'enfant. De fait, ils étaient bien ses parents.

— D'accord. J'accepte votre proposition, et je vous en remercie. Nous passerons la prendre à notre retour.

— Prenez votre temps, surtout. J'aime avoir Bonnie à la maison. On s'amuse bien, toutes les deux.

— Je sais.

Madelyne songea que la présence de la petite fille et de Graham sous son toit avait réveillé des désirs longtemps enfouis. Elle se demanda ce qu'on éprouvait, quand on tenait un bébé dans ses bras ; son bébé. Posant une main sur son ventre plat, elle soupira. Aucun enfant n'avait été conçu lors de leur unique nuit d'amour. Mais si Graham revenait vers elle, peut-être qu'un enfant finirait par naître de leur union.

Etait-ce pour cela qu'il l'évitait ? Craignait-il d'avoir un enfant avec elle ?

Madelyne ferma les yeux et tenta de repousser les questions qui l'obsédaient. De toutes ses forces, elle désirait fonder une famille avec un mari qui cesserait de se comporter en étranger. Il fallait qu'elle trouve un moyen de réaliser ses vœux.

# 16.

Graham donna un coup de pied dans un petit caillou et courut après pour recommencer.

Madelyne se mit à rire.

— Ne fais pas cette tête, Graham ! On dirait un petit garçon capricieux qui refuse d'aller à l'école.

— Je n'ai pas la moindre envie d'assister à cette réunion, reconnut-il avec un sourire. Et toi ?

— Je ne dirai pas que ça m'enchante, mais j'estime qu'il est de notre devoir de nous y rendre. Nous devons penser à Bonnie. Il est important que Landing ait une école. Il y en avait une quand nous étions plus jeunes, rappelle-toi.

— Oh ! ça, je ne risque pas de l'oublier. J'étais plus souvent au coin qu'à ma table ! De toute façon, Bonnie n'en a pas besoin : la veuve Dobson et toi, vous êtes parfaitement capables de lui apprendre tout ce qu'il est important de savoir.

— Oui, mais pense à tous les enfants qui n'ont pas cette possibilité.

Graham fit la grimace. Madelyne avait raison. Lui-même, sans l'école, n'aurait jamais appris à lire et à écrire.

— Quelque chose me dit que tout le monde ne va pas apprécier notre présence à cette réunion, grommela-t-il.

— Je sais.

La réunion avait lieu à l'église, et Madelyne redoutait de se retrouver face à Gene. Elle ne l'avait pas revu depuis qu'il l'avait agressée, cessant d'assister à l'office du dimanche pour l'éviter. Elle n'avait pas davantage revu sa sœur, et ne se réjouissait guère à l'idée de se retrouver face à face avec elle. Graham sentit qu'elle s'était raidie.

— Tu n'es pas obligée de venir, Madelyne.

Elle prit une profonde inspiration.

— Si, j'y tiens. Il faut que nous soyons là, ce soir.

Il n'insista pas, et ils continuèrent à cheminer en silence. Sans savoir pourquoi, Graham était heureux de marcher avec Madelyne à son côté. Elle portait une simple robe de coton bleue, et à chacun de ses pas, le tissu venait effleurer ses jambes dans une caresse légère. Au fur et à mesure qu'ils approchaient de l'église, ils rencontrèrent d'autres couples qui comme eux, allaient assister à la réunion.

La nuit était tombée, et les étoiles s'allumaient une à une dans le ciel de printemps.

Madelyne se tourna soudain vers lui.

— Les roses m'ont fait très plaisir, tu sais. C'était une attention délicate qui m'a beaucoup touchée. Comment t'est venue l'idée des rosiers grimpants ?

— Tu ne vas pas le croire ! En fait, c'est en discutant avec Wyatt. Il me parlait de sa femme, qui aime beaucoup les fleurs, et je lui ai demandé lesquelles elle préférait. Voilà toute l'histoire. Mais ce n'est pas grand-chose, vraiment. Ce ne sont que des fleurs.

— Quelle belle nuit, murmura la jeune femme en contemplant le ciel. Comme il n'y a pas de nuages, ce soir, on peut voir toutes les constellations.

— Oui, c'est une belle nuit, répéta Graham en écho.

Il serait volontiers resté dehors avec Madelyne à rêver sous les étoiles. Et il aurait d'autant plus souhaité profiter de l'instant qu'il allait devoir s'absenter quelques jours. Malgré toutes les barrières qu'il avait érigées pour se protéger de la jeune femme, il ne pouvait s'empêcher d'aimer vivre à ses côtés. Et même si son voyage allait être de courte durée, il savait qu'elle lui manquerait.

— Puisque le temps est clément en ce moment, j'envisage de me rendre dans quelques villes voisines, annonça-t-il brusquement.

Madelyne croisa son regard.

— Tu enquêtes toujours sur la mort de Laurie, n'est-ce pas ?

C'était une affirmation, pas une question.

— Oui. Je t'avais parlé de mon projet, il y a quelques semaines, tu te souviens ? Je veux voir s'il y a eu d'autres meurtres de prostituées dans les villes de la région, pour tenter d'effectuer un rapprochement entre eux. Si les circonstances des crimes se recoupent, il est possible que nous ayons affaire à un seul et même assassin.

— Tu restes persuadé qu'il ne s'agissait pas d'un étranger de passage ?

— Oui. J'ai constaté que dans la plupart des affaires de meurtres, le meurtrier connaissait presque toujours sa victime. Ça n'a pas de sens, d'arriver comme cela dans une ville, de choisir quelqu'un au hasard, et de le tuer. Les crimes sans mobile sont très rares.

— Je suis contente que tu n'aies pas laissé tomber cette affaire.

Surpris, il la regarda.

— Pourquoi ?

— Parce que cela prouve que tu es un homme juste et droit. Je suis fière de toi, tu sais, dit-elle en lui prenant la main.

Graham, pris au dépourvu, garda le silence. Lorsqu'ils ne furent plus qu'à quelques mètres de l'église, Madelyne s'arrêta net.

— Tu t'inquiètes à propos de Gene et de Colleen? demanda-t-il.

Elle acquiesça.

— Ils seront forcément là ce soir. Non seulement ils ont deux enfants, mais Gene est le pasteur de cette église. Notre rencontre est inévitable.

— Il est encore temps de rebrousser chemin, dit doucement Graham.

— Non, nous devons y aller. Il faut bien que je les affronte un jour ou l'autre, de toute façon. Ils ne me font pas peur.

Spontanément, Graham lui caressa la joue. Il savait qu'il n'aurait pas dû la toucher, car toute caresse en appelait une autre et qu'il s'était interdit, pour ne pas souffrir, tout contact avec Madelyne. Mais la jeune femme avait besoin de réconfort, ce soir, et il aurait été cruel de l'en priver.

— Si tu me le demandais, j'irais flanquer une bonne correction à Gene.

Sa proposition fut récompensée par un faible sourire.

— Il me semble que tu y prendrais un petit peu trop de plaisir.

— Tu as raison. Je me ferais une joie de lui montrer ce qu'il en coûte, de menacer physiquement une femme.

Madelyne fixa longuement la bâtisse, puis redressa les épaules.

— Je serai courageuse. Et s'ils sont trop épouvantables avec moi, je reprendrai l'orgue que je leur ai donné.

Il sourit.

— Je serais ravi de t'aider à l'enlever.

Lorsqu'ils entrèrent enfin, l'assemblée était déjà fort nombreuse : une bonne partie de la ville s'était déplacée pour prendre part à la discussion. Graham fut soulagé que les seules places encore libres se trouvent au fond de l'église. Gene étant le pasteur de la congrégation, il allait certainement animer le débat. Graham, qui craignait de perdre son sang-froid, préférait donc mettre le plus d'espace possible entre son beau-frère et lui. Il se doutait bien que les citoyens de Landing n'apprécieraient guère de voir leur pasteur et leur shérif en venir aux mains.

Madelyne et lui prirent place sur un banc, et Graham se prépara à une soirée interminable.

Gene fit alors son entrée et s'éclaircit la gorge avant de prendre la parole.

— Chers amis, je suis heureux de voir que vous êtes venus nombreux. Ce soir, nous devons débattre d'une question essentielle, celle de l'éducation de nos enfants.

Sans cesser de parler, il parcourut l'assemblée du regard. Quand il croisa celui de Graham, son assurance vacilla un instant, et il s'empressa de détourner les yeux.

Graham sourit. C'était une victoire facile sur un lâche tel que Gene, mais cela lui faisait néanmoins plaisir de constater que l'homme avait pris ses menaces au sérieux.

Le pasteur exposa sa façon de voir les choses, proposant notamment que chaque famille désireuse de scolariser des enfants contribue à la rémunération d'une maîtresse d'école, ainsi qu'à son hébergement. Une fois qu'il eut fini de dérouler son argumentation, un des fermiers se leva. L'homme était assez pauvrement habillé : il portait des vêtements qui avaient visiblement été reprisés de nombreuses fois. Avant de parler, il ôta son chapeau.

— Ecoutez, comme vous tous, j'aimerais bien que mes enfants puissent aller à l'école. Mais je n'ai pas beaucoup d'argent, et je ne suis pas certain de pouvoir payer. Quant à accueillir pendant un mois la maîtresse d'école, je ne suis pas contre, mais nous n'avons pas de chambre à lui offrir. Et je doute qu'elle ait envie de partager l'étable avec notre vache.

Gene remercia l'homme pour son intervention.

— Je comprends vos préoccupations, mais vous ne devez pas oublier que la récolte de cette année sera bonne pour tout le monde.

— Peut-être, mais nous ne savons pas ce qui se passera l'année prochaine, pas vrai ? A moins, sauf votre respect, que notre Seigneur ne vous ait fait ses confidences.

Madelyne se mordit la lèvre inférieure et pouffa silencieusement. Graham, qui s'en était aperçu, se pencha vers elle.

— Chut, il n'y a rien de drôle. Ce fermier s'est contenté d'exprimer son opinion, il n'a pas cherché à provoquer Gene.

— Je sais, mais je ne crois pas que Gene et Colleen aient suffisamment d'humour pour ne pas se vexer, lui chuchota-t-elle à l'oreille.

Graham jeta un coup d'œil en direction de Colleen : celle-ci s'était raidie sur son banc.

Le fermier tordit nerveusement son chapeau.

— Je souhaite payer ma part, pour que mes enfants apprennent à lire, écrire et compter. Mais je tenais simplement à dire que nous ne savons pas ce qui se passera l'année prochaine. Je ne peux pas m'engager d'avance à payer pour la deuxième rentrée scolaire.

— Il a raison ! s'écria un autre fermier. Nous ne sommes pas tous aussi riches que vous, révérend.

Gene eut l'air embarrassé.

— Ma femme a un petit héritage, mais ça ne fait pas de nous des nantis pour autant.

— En attendant, vous avez sûrement plus d'argent que nous, remarqua quelqu'un d'autre dans l'assistance.

Graham fut surpris de voir Madelyne se lever. Elle était la première femme à prendre la parole. Lorsqu'elle l'aperçut, Colleen pâlit et serra les lèvres. Quant à Gene, il se mit à tripoter nerveusement son faux col.

— J'ai une proposition à vous faire, déclara-t-elle. Pourquoi ne pas envisager que chacun contribue à la rémunération en fonction de ses moyens ? De la sorte, si les récoltes sont mauvaises une année, ceux dont le revenu n'est pas directement lié au temps pourront prendre en charge le surplus. A l'inverse, l'année où les récoltes auront été excellentes, les fermiers payeront davantage, et ainsi de suite.

Un murmure d'approbation s'éleva dans l'assistance.

— Je n'ai jamais rien entendu d'aussi stupide, affirma Mme Greeley en se levant à son tour. Asseyez-vous et taisez-vous, Madelyne Bancroft. De quel droit donnez-vous votre avis ? Vous n'avez même pas d'enfant.

Graham s'apprêtait à riposter, mais Madelyne posa une main sur son épaule. Le silence se fit.

— Je vous rappelle que mon nom est Madelyne Kincaid, madame, et que je m'occupe d'une enfant. Je suis donc aussi concernée que vous par cette discussion.

— Assieds-toi ! ordonna M. Greeley à sa femme.

Madelyne resta debout pendant quelques instants, comme pour montrer à tout le monde qu'elle était demeurée parfaitement calme, puis elle reprit sa place.

Gene se racla la gorge.

— Il me semble préférable que ces dames laissent leurs époux prendre les décisions.

Un concert de protestations s'éleva aussitôt : les femmes présentes manifestaient bruyamment leur désapprobation.

Graham sourit : Gene donnait des bâtons pour se faire battre.

— Mesdames, je vous en prie, mesdames, voyons, un peu de calme, enfin !

Graham se pencha vers Madelyne.

— Ton idée est excellente, murmura-t-il. Elle m'a beaucoup plu.

— Merci. Si elle est mise au vote, elle ne sera pas adoptée, mais au moins, j'aurai essayé. Je suppose que j'ai dû contrarier ma sœur.

Colleen s'éventait en effet vigoureusement, et elle semblait ulcérée.

— Je ne vois pas pourquoi tu t'en inquiètes, rétorqua Graham. Moi, je m'en moque complètement.

— Tu devrais t'en soucier davantage, pourtant, le taquina Madelyne. Après tout, Colleen est ta belle-sœur, maintenant.

— C'est très vicieux de ta part, de me rappeler ça, grommela-t-il.

Il la regarda ; elle avait un sourire espiègle. Aussitôt, l'envie de l'embrasser s'empara de lui, et il cessa de prêter attention à la discussion qui se poursuivait autour d'eux.

— Je te promets que nous passerons le moins de temps possible avec eux. Seulement les fêtes, reprit Madelyne.

— Quelle consolation !

— Tu auras peut-être de la chance : il est fort possible que nous n'arrivions pas à nous réconcilier, Colleen et moi.

— Si seulement, dit-il avant de songer qu'il ne voulait pas peiner Madelyne.

Il savait qu'en dépit de tous leurs désaccords, elle avait encore de l'affection pour sa sœur. Si la fréquenter était important pour elle, il ferait un effort pour supporter Colleen.

« Je te promets que nous passerons le moins de temps possible avec eux. Seulement les fêtes. » Se répétant de nouveau cette phrase, il songea à ses implications. Madelyne se projetait dans l'avenir, paraissant considérer qu'ils allaient passer leur vie ensemble. Mais Graham savait que c'était impossible. Il ne pourrait pas longtemps continuer à vivre sous le même toit, à feindre d'être marié à une femme dont il ne partageait pas le lit. Il aurait souhaité que cette union soit une réalité, mais elle n'en prenait pas le chemin. Madelyne avait eu raison quand elle l'avait accusé de ne pas lui avoir pardonné. Et lui-même la croyait incapable de l'aimer pour ce qu'il était.

Il s'agita sur le banc, tentant en vain de trouver une position confortable. Il avait hâte que cette réunion se termine. Le débat était fort animé, mais il ne parvenait pas à s'y intéresser. Il remua de nouveau.

— Cesse de t'agiter, chuchota Madelyne. C'est important.

Il croisa les bras sur sa poitrine et soupira.

— Moi, je trouve ça terriblement ennuyeux. Je me demande si, pour mettre un terme à tous ces bavardages, je ne ferais pas mieux de me lever et de leur donner l'argent dont ils ont besoin pour la construction d'une nouvelle école et l'embauche d'une maîtresse.

— Mais où trouverais-tu l'argent ? Je doute que ton salaire de shérif te permette d'être si généreux.

Graham sourit. Madelyne n'était pas au courant. En fait, personne n'était au courant. Il avait fait en sorte de se mettre à l'abri du besoin. Pour Madelyne, qui avait grandi dans un milieu aisé, l'argent n'avait jamais été un problème ; elle n'avait jamais connu la pauvreté ni la faim. Mais lui s'était toujours promis qu'il ferait tout pour ne jamais connaître de nouveau la peur de manquer.

— Je suis riche, lui glissa-t-il à l'oreille.

— Comment ? demanda la jeune femme d'un air surpris.

— Au fil du temps, j'ai investi mes économies dans les chemins de fer. L'an dernier, j'ai revendu toutes mes actions en faisant un énorme profit. J'ai plus d'argent que n'importe qui dans cette ville, dit-il avec fierté.

— Alors pourquoi es-tu revenu, si tu n'as plus besoin de travailler ?

« Parce qu'il fallait que je te revoie », fut la réponse qui lui vint instantanément à l'esprit. Il était bien obligé de reconnaître que c'était la vérité. Avant de prendre la décision de revenir à Landing, il avait cherché à se convaincre que Madelyne était mariée, partie au loin, mais au fond de lui, il avait toujours eu le secret espoir de la revoir.

— Parce que prendre un poste de shérif m'intéressait. Et comme je te l'ai dit, je voulais faire la paix avec la ville.

Au moment où elle allait lui poser une autre question, quelqu'un se leva, quitta son banc et s'avança vers Gene. Graham reconnut Cameron Forbes.

Tandis que Cameron remontait l'allée centrale, toutes les conversations cessèrent. Madelyne se redressa pour mieux voir.

Une fois devant le pasteur, le jeune veuf sortit un petit sac de toile de sa poche et le lui tendit.

Puis, il annonça d'une voix forte et claire :

— Il y a dans ce sac assez d'argent pour assurer la construction de l'école et payer quelqu'un pendant la première année. Cela vous laisse du temps pour réfléchir à la façon dont vous vous organiserez ensuite. Par ailleurs, je construirai une maison sur mon terrain, près de la route principale. Je pourrai y loger gratuitement la maîtresse d'école. Ce sera plus simple que si elle doit changer de toit tous les mois. Voilà ce que j'avais à dire.

Il toucha son chapeau.

— Mesdames, messieurs, je vous souhaite le bonsoir.

Et il quitta l'église dans un silence absolu. Après son départ en revanche, les conversations reprirent de plus belle.

— Pourquoi a-t-il fait cela ? demanda Graham.

Madelyne se tourna vers lui.

— Je crois que je peux avancer une explication. Il a perdu sa fille et sa femme il y a quelques années, et il ne s'en est jamais remis. Peut-être a-t-il fait ce geste pour honorer leur mémoire.

— Peut-être.

Graham vit que Gene tentait de ramener le calme, mais les gens, très excités par ce qui venait de se produire, ne l'écoutaient plus. Considérant que leur problème immédiat avait trouvé une solution, la plupart d'entre eux commencèrent à gagner la sortie.

Madelyne se leva et se massa le bas du dos avec une grimace : elle aussi semblait avoir souffert de l'inconfort du banc. Graham l'imita et, tournant la tête, aperçut Colleen qui venait dans leur direction. Il prit Madelyne par le bras et lui désigna Colleen d'un mouvement du menton.

— Nous pouvons encore l'éviter si nous nous dépêchons.

Madelyne hésita, avant de secouer la tête.

— Non. Il faut bien que cette confrontation ait lieu un jour ou l'autre. Le plus tôt sera le mieux.

Elle attendit que sa sœur arrive à sa hauteur avant de s'adresser à elle.

— Bonsoir, Colleen. Tu as bonne mine.

— Bonsoir, Madelyne, répondit-elle en grimaçant un sourire qui ne paraissait guère sincère.

Elle jeta un coup d'œil peu amène à Graham. Ce dernier se contenta de la fixer froidement, sans la saluer.

— Je vois que le mariage n'a pas amélioré vos manières, Graham.

Ce dernier eut un petit rire.

— Je dois être un cas désespéré, rétorqua-t-il sans se démonter. En tout cas, ça ne m'a pas empêché d'être admis au sein de votre charmante famille. Je sais que vous en êtes ravie, d'ailleurs.

L'expression de Colleen lui fit penser à quelqu'un qui aurait avalé une potion amère.

Elle poussa un soupir dédaigneux et lui tourna ostensiblement le dos.

— Je ne sais vraiment pas comment tu fais pour le supporter, Madelyne. Enfin, je ne suis pas venue pour me disputer avec toi.

— Vraiment ? dit Madelyne en soutenant le regard de sa sœur sans ciller. Alors pourquoi es-tu venue ?

— Nous sommes sœurs. Je sais que ce que tu as fait est très grave. Aux yeux de Dieu et des habitants de cette ville, tes péchés sont impardonnables.

— Et c'est ce que vous appelez « ne pas se disputer » ? tonna Graham. Qu'est-ce que vous croyez ? Que Madelyne va vous remercier pour vos critiques et vos jugements sans appel ? Vous feriez mieux de parler à ma femme sur un autre ton, Colleen, car je ne tolérerai pas longtemps votre attitude odieuse. Tenez-vous-le pour dit.

Madelyne lui lança un regard reconnaissant tout en posant une main apaisante sur son bras. Il comprit le message : elle était heureuse qu'il soit intervenu, mais elle désirait prendre le relais.

Colleen l'ignora ostensiblement.

— Quoi qu'il en soit, donc, tu es ma sœur, et je dois surmonter mon dégoût pour ce que tu as fait. Mon sens du devoir et du sacrifice me le commande. Il ne serait pas correct que je te tourne le dos.

— Oh, mais ça ne me gênerait pas le moins du monde, rétorqua Madelyne d'une voix posée. Vas-y, fais-le.

Interloqué, Graham la regarda. Il avait sans doute mal entendu ce qu'elle venait de dire. Colleen partageait visiblement son incrédulité, car elle fixait sa sœur d'un air abasourdi.

— Je te demande pardon ?

— Vas-y, répéta calmement Madelyne. Tourne-moi le dos si c'est ce que tu souhaites. Je m'en moque complètement. J'ai épousé Graham Kincaid et nous avons pris Bonnie avec nous. Nous l'aimons et la traitons comme notre propre fille. Tu auras beau dire et beau faire, tu ne pourras rien changer à cela. Tes menaces ne me font plus peur. Pour autant, je n'ai pas envie de me fâcher définitivement avec toi. Je n'ai qu'une sœur, après tout. Mais si tu n'es pas prête à accepter mon mari et mon enfant, je n'ai plus rien à faire avec toi. Et quand je dis accepter, c'est dans tous les sens du terme. Pas de remarques sournoises, ni d'allusions subtiles au manque d'éducation, ou de quoi que ce soit d'autre qui te déplaît et que tu considères comme une faute. Soit tu les acceptes, soit tu me perds.

Le visage de Colleen se crispa, et elle ferma les poings.

— Comment oses-tu me donner des ordres ? demanda-t-elle d'une voix blanche.

— J'ose, tout simplement, et je n'ai pas fini de t'étonner, répliqua Madelyne.

Elle se tourna vers Graham.

— Viens, rentrons à la maison.

Ils étaient presque à la porte de l'église lorsque Colleen recouvra la voix.

— C'est à cause de lui, n'est-ce pas ?

Graham voulut poursuivre sa route, mais la jeune femme s'arrêta et jeta un coup d'œil par-dessus son épaule.

— Tout ça, c'est à cause de ce bâtard, n'est-ce pas ?

Colleen pointait sur lui un doigt accusateur. Il ne restait plus grand monde dans l'église. Ses mots résonnèrent dans la bâtisse et les rares personnes encore présentes se retournèrent pour la regarder.

— Je suis sûre que c'est à cause de lui que tu ne t'es jamais mariée. Tu attendais son retour, et tu l'as épousé. Tu es une sotte, Madelyne. Il ne s'est jamais soucié de toi, et ce n'est pas demain la veille qu'il commencera. Quand il t'aura fait des tas de petits descendants de bâtard, il t'abandonnera et tu devras te débrouiller seule.

Graham faillit faire demi-tour pour aller gifler Colleen. Mais lorsqu'il la vit, le visage rouge et déformé par la méchanceté, il se dit qu'elle ne méritait que son mépris, et qu'elle ne valait même pas la peine qu'on s'occupe d'elle.

Madelyne lui prit le bras.

— Rentrons, dit-elle.

Ils venaient de prendre le chemin qui conduisait chez Mme Dobson lorsqu'un homme sortit de l'ombre et s'avança vers eux ; c'était M. Greeley.

Apparemment mal à l'aise, le boucher leur sourit d'un air embarrassé.

— Je vous demande de bien vouloir excuser ma femme, madame, dit-il avec nervosité. Elle n'est pas toujours facile à vivre. Je vais avoir une discussion avec elle, ce soir. Je tenais également à vous dire que vous faites du très bon travail, shérif, ajouta-t-il en s'adressant à Graham. Et nous vous apprécions beaucoup aussi, Mme Kincaid. Vous êtes une femme juste et honnête. Votre sœur et son mari essayent de monter la ville contre vous, mais je veux que vous sachiez que nous sommes nombreux à vous soutenir.

Graham considéra un instant le petit homme, et eut pitié de lui en songeant à son dragon d'épouse. Il lui tendit la main.

— Merci.

M. Greeley sourit tandis qu'ils se serraient la main.

— Vous serez toujours les bienvenus chez moi. Et si vous avez une commande spéciale à passer, n'hésitez pas à faire appel à moi. Je serais heureux de vous obliger.

— C'est fort aimable à vous, dit Graham. Bonne soirée.

Quand il se fut éloigné, Madelyne lui prit le bras.

— Tu dois être content, lui dit-elle gaiement. Tu leur as prouvé qu'ils t'avaient mal jugé et qu'ils avaient eu tort de te condamner sans preuve.

— J'imagine.

Il avait attendu cette reconnaissance pendant sept ans, mais sa petite victoire n'avait pas un goût aussi agréable qu'il l'aurait cru.

— J'ai remarqué que la plupart des gens t'avaient salué, ce soir, reprit Madelyne. Quelle différence avec ton premier jour à Landing.

Une sensation étrange s'empara de Graham. Il avait l'impression qu'une force surhumaine était en train de lui comprimer la poitrine, et que deux mains glacées lui enserraient le cou. Comme Madelyne continuait de parler, cette sensation s'accentua.

— Je ne sais pas si nous reverrons Colleen un jour, mais je dois dire que ça m'est complètement égal, à présent. Elle croit qu'elle peut influencer les citoyens de cette ville, mais elle se trompe. Si jamais elle va trop loin, c'est elle qui se retrouvera mise à l'écart.

Madelyne se serra contre lui.

— Tout le monde te respecte, Graham. Je suis tellement fière de toi.

Il s'était aveuglé pendant des jours, se dissimulant la cruelle vérité, mais il ne pouvait pas l'ignorer plus longtemps. Si Madelyne se montrait chaleureuse et amicale à son égard, ce n'était pas parce qu'elle commençait à éprouver une certaine affection pour lui. Non, contrairement à ce qu'il avait espéré, à ce qu'il avait commencé à croire, elle n'avait pas changé. L'opinion des autres lui importait toujours autant. Si elle l'avait accepté, c'était d'abord parce que la ville l'avait accepté. Il était devenu respectable, et à ses yeux, c'était le plus important. Graham savait qu'il n'aurait pas dû s'en étonner, pourtant, la douleur était bien là. Jamais Madelyne ne l'aimerait pour lui-même. Pour elle, le paraître comptait plus que l'être.

— Qu'y a-t-il ? demanda-t-elle soudain, inquiète de l'avoir senti se raidir.

Il ne répondit pas. Madelyne insista, le tirant par la manche.

— Graham ?

— Je viens de comprendre à quel point j'étais stupide, dit-il enfin. Tant pis pour moi.

— Mais de quoi parles-tu ? Pourquoi es-tu en colère ?

Il s'arrêta et se tourna vers elle. La lune éclairait sa silhouette gracieuse, soulignant les lignes délicates de son visage ainsi que les courbes féminines de son corps admirable. Si seulement il parvenait à la détester, songea-t-il, il parviendrait peut-être à la quitter. Mais il semblait que son amour était inébranlable.

— Tu dois te réjouir, dit-il amèrement. Comme cela doit être plaisant d'avoir enfin un mari respectable. Ton mariage est finalement devenu une réussite sociale.

— Je ne comprends pas. Pourquoi dis-tu cela ?

— Parce que c'est la vérité, Madelyne. Inutile de le

nier. Nous nous connaissons depuis longtemps, et je sais mieux que personne que ta réputation a toujours plus compté que tout le reste.

— C'est donc ce que tu penses de moi? demanda-t-elle d'une voix tremblante. Tu crois que j'attendais l'approbation de la ville pour considérer ce mariage comme valable?

— Ne t'inquiète pas, je ne te quitterai pas pour autant.

— Oh, Graham. Je sais pourquoi tu t'es mis cela dans la tête, mais tu te trompes. J'ai beaucoup d'affection pour toi.

Ces derniers mots furent pour lui comme un coup de grâce. Il s'écarta de Madelyne.

— Ce n'est pas suffisant, dit-il. Bon sang, comment oses-tu me dire cela? Je ne suis pas une vieille tante qu'on prend chez soi parce qu'on a « de l'affection » pour elle. Je n'ai pas besoin de ton affection, Madelyne, mais de ton amour. Parce que moi, je t'aime, vois-tu, je t'aime depuis toujours.

Le souffle coupé, abasourdie par cette révélation, Madelyne fit un pas vers lui.

— Graham, je...

— Non! Je ne veux plus de tes mensonges et de tes faux-semblants. Je ne peux plus les supporter.

— Graham, reste!

Mais il ne l'écoutait plus. Il fit demi-tour et disparut dans la nuit.

— Où est Graham? demanda Bonnie d'une voix plaintive. Pourquoi n'est-il pas rentré avec nous?

— Je te l'ai déjà dit, ma chérie, il a dû retourner à son bureau. Demain matin, à ton réveil, il sera là, répondit Madelyne en priant pour que ce soit vrai.

— C'est promis ?

— Promis, affirma la jeune femme en se penchant pour déposer un baiser sur sa joue. Et maintenant, il faut dormir. Il est très tard.

Bonnie ferma les yeux, rassurée. Une promesse avait suffi à la réconforter. Cette confiance aveugle transperça le cœur de Madelyne. En refermant la porte de la chambre de Bonnie, elle espéra qu'elle ne la décevrait pas. Il fallait que Graham revienne. Il en allait de leur bonheur à tous les trois.

Une fois dans sa chambre, au lieu de se déshabiller, la jeune femme s'assit au bord de son lit et regarda par la fenêtre ouverte. Respirant l'air frais de la nuit à pleins poumons, elle guetta les différents bruits du dehors avant de baisser progressivement la flamme de sa lampe jusqu'à ce qu'elle s'éteigne, plongeant la pièce dans l'obscurité.

Graham l'aimait. La joie la plus pure envahit Madelyne. Il l'aimait, il le lui avait dit, il l'aimait depuis toujours.

Lorsque la jeune femme sentit les larmes couler librement le long de ses joues, elle ne fit rien pour les arrêter, car c'étaient des larmes d'allégresse. Jusqu'à ce qu'il prononce ces mots magiques, elle ne s'était pas rendu compte à quel point elle les avait attendus, à quel point elle avait besoin de les entendre. Jusqu'à ce qu'il prononce ces mots, elle ne s'était jamais rendu compte à quel point elle l'aimait.

Elle se mit à rire et se laissa tomber en arrière sur son lit.

— Il m'aime, murmura-t-elle, il m'aime. Graham Kincaid m'aime.

La tête lui tournait : cette pensée lui donnait le vertige. Rien n'était donc perdu. Leur mariage n'était plus une mascarade. A présent, elle savait que tout était encore possible.

Soudain, elle se redressa, frappée par une idée. Si Graham avait refusé de partager son lit, était-ce parce qu'il l'aimait et qu'il ne se croyait point aimé en retour ? Cela expliquait bien des choses. Craquant une allumette, elle ralluma sa lampe. Il fallait qu'il sache la vérité. Dès son retour, elle irait le trouver. Et ils pourraient enfin vivre heureux ensemble.

# 17.

Graham ne prit pas la peine d'allumer sa lampe quand il entra dans son bureau. La lune éclairait suffisamment la pièce, et l'obscurité était plus en accord avec son humeur que la lumière.

Il alla s'asseoir à son bureau, et ouvrit le tiroir du bas pour s'emparer d'une bouteille de whisky encore intacte. Après s'être confortablement installé, les pieds sur le bureau, il s'étira.

Tout était calme, ce soir. Il n'y avait personne dans l'unique cellule. Depuis qu'il était shérif de Landing, il n'avait pas procédé à plus d'une demi-douzaine d'arrestations. La ville était plutôt tranquille et, sans le temps passé à enquêter sur le meurtre de Laurie, il aurait pu avoir une activité parallèle. Il songea que si par hasard il restait, il monterait peut-être l'élevage de chevaux dont il avait toujours rêvé.

Il examina la bouteille de whisky sans l'entamer. Il y avait longtemps qu'il n'avait pas bu d'alcool. Il songea que la dernière fois remontait à son unique nuit d'amour avec Madelyne. Ironie du sort, cette nuit de plaisir avait précédé leur mariage ; mais aucune autre n'avait suivi.

Ecartant ces pensées d'un geste rageur, il se replongea dans ses souvenirs.

Il se remémora le jour où il avait quitté l'école pour commencer à travailler. Cela faisait des années, et pourtant il avait l'impression que c'était hier. Il était heureux de rapporter le peu d'argent qu'il gagnait à sa mère, croyant que ça faisait de lui un adulte. Pourtant, il était encore si jeune, alors. A l'écurie de louage où il avait trouvé à s'employer, il travaillait avec des garçons plus âgés et plus forts que lui. Au début, ils se moquaient de lui, le traitant de bâtard tout comme l'avaient fait les enfants à l'école. Graham revenait chez lui couvert d'ecchymoses et de blessures. Sa mère soignait ses plaies sans mot dire. Jamais elle ne lui avait posé de questions.

A partir du moment où il avait été suffisamment fort pour rendre coup pour coup, on avait cessé de l'insulter et de l'importuner.

Et puis, sa mère était tombée malade, et bien qu'il se soit mis à travailler de plus en plus pour payer le médecin et quelques médicaments, cela n'avait pas suffi à la sauver.

Avec tendresse, il se rappela que malgré la dureté et la tristesse de sa vie, sa mère avait toujours fait son possible pour qu'il soit heureux malgré tout. Elle l'avait aimé, et cet amour l'avait aidé à supporter les difficultés de l'existence.

Malgré lui, cette réflexion le renvoya au présent et à Madelyne. Il savait qu'il ne pouvait attendre d'elle cet amour dont il avait tant besoin. Le choix qui s'offrait à lui revenait à choisir entre la peste et le choléra : quitter Madelyne et souffrir, ou rester avec elle et souffrir.

Se penchant, il ouvrit le second tiroir à sa gauche. Au fond, enfouie sous une pile d'avis de recherche, se trouvait une petite bourse de satin bleu marine. Il la saisit, fit coulisser la cordelette qui la fermait, et vida le contenu dans sa main. Sept ans plus tôt, il avait passé une nuit entière à chercher le bijou qu'il contemplait à présent. Cette chaîne en or avait appartenu à sa mère, et il l'avait donnée à Madelyne le jour où il lui avait demandé sa main. Et lorsqu'elle avait rompu, elle la lui avait lancée au visage.

« Je ne t'aime pas. Tu es vraiment fou de l'avoir cru. »

Les mots trouèrent le silence. Sept ans plus tard, il les entendait encore avec la même netteté, et ils lui faisaient toujours aussi mal.

« Pour qui me prends-tu ? Je suis Madelyne Bancroft. Je sais qui est mon père, moi, au moins. Et toi, tu n'es que ce bâtard de Graham Kincaid. Tu ne seras jamais rien d'autre qu'un bâtard. Va-t'en ! »

Graham referma le poing sur la chaîne, serrant de toutes ses forces, espérant que la douleur physique atténuerait sa douleur morale. Mais la chaîne, trop fine, ne lui mordit pas la chair.

Maintenant, Madelyne prétendait avoir « de l'affection » pour lui. Mais ce n'était pas sa propre valeur qui lui avait gagné les faveurs de sa jeune épouse. Ce n'était que parce qu'il avait enfin obtenu la reconnaissance qui lui avait toujours fait défaut.

Il savait maintenant pourquoi l'opinion des autres comptait à ce point pour Madelyne. Même si ce qu'avait fait le vieux Bancroft était impardonnable, cela n'excusait pas entièrement l'attitude de sa fille. Graham voulait être aimé pour lui-même, et non pas pour des raisons de convenances ou de respectabilité. Si seulement Madelyne avait accepté de l'accompagner dans sa fuite, sept ans plus tôt, songea-t-il, ils auraient des enfants, et l'aîné aurait sans doute l'âge de Bonnie.

Graham se rendit brusquement compte qu'il avait mis le doigt sur quelque chose de crucial. Il se leva et se mit à arpenter son bureau de long en large. Une idée était en train de germer dans son esprit, et cette idée avait à voir avec l'âge de Bonnie. Celle-ci avait plus de six ans. Sept ans plus tôt, sa mère avait été battue et laissée pour morte. Quelqu'un avait-il essayé de tuer Laurie parce qu'elle était enceinte ? Mais Laurie n'était pas morte. Alors pourquoi, si l'assassin était le même que celui qui l'avait battue des années plus tôt, avait-il attendu si longtemps avant de réitérer — et cette fois, de réussir — sa tentative de meurtre ? La solution à cette énigme résidait peut-être dans le fait que Laurie Smith connaissait son agresseur. Elle l'avait sans doute menacé de le dénoncer. Mais, connaissant le caractère de Laurie, Graham savait que si elle tenait à l'homme en question, elle était capable de lui avoir laissé une seconde chance. L'homme avait très bien pu attribuer son acte de violence à un simple coup de sang et parvenir à la fléchir.

Il poursuivit ses va-et-vient dans la pièce.

Qu'avait dit Bonnie, déjà ?

« Est-ce que nous sommes une vraie famille, maintenant ? Ma maman m'a toujours promis qu'un jour, j'aurais une vraie famille. »

Laurie avait-elle voulu obliger son amant, très probablement un homme marié, à refaire sa vie avec elle ? Graham fronça les sourcils. A Landing, la plupart des hommes étaient mariés, et ceux qui fréquentaient le saloon étaient relativement nombreux. N'importe qui pouvait avoir commis le crime. Pour autant, il refusa de se laisser gagner par le découragement. En effet, pour la première fois, il sentait qu'il tenait un début de piste. Et, sans bien savoir pourquoi, il était convaincu qu'il n'allait pas tarder à découvrir d'autres éléments confirmant son hypothèse. Il décida qu'il partirait dès le lendemain matin pour les villes voisines, afin de mettre son projet à exécution. Si d'autres meurtres avaient été commis et qu'il parvenait à les recouper, il serait à même de retrouver l'assassin.

⁂

Quelques instants plus tard, Graham quittait son bureau. Il avait renoncé à passer la nuit à boire, décidant qu'une telle manifestation de faiblesse ne le mènerait nulle part. Il devait affronter la réalité, même si celle-ci n'était pas conforme à ses vœux.

Il s'était à peine éloigné qu'il s'aperçut qu'il avait oublié de remettre la chaîne à sa place : elle était toujours au creux de sa main. Renonçant à faire demi-tour, il la glissa dans la poche de sa veste et prit la direction de la maison des Bancroft.

Lorsqu'il entra, tout était silencieux, mais l'entrée n'était pas entièrement plongée dans l'obscurité : une lanterne projetait une lueur vacillante au pied des marches de l'escalier.

Il s'en empara et monta au premier étage. Une fois dans le couloir, il se dirigea spontanément vers la chambre de Madelyne. Combien de fois était-il resté ainsi devant sa porte, à lutter contre l'envie d'entrer pour la regarder dormir ? Combien de fois s'était-il imaginé poussant la porte, et découvrant Madelyne en train de l'attendre, le corps simplement vêtu de lingerie délicate ? Il appuya son front contre le panneau de bois, comme s'il avait pu, par ce biais, établir un contact avec la jeune femme.

Au bout de quelques minutes, il se força à se détourner et à s'éloigner.

Après avoir vérifié que le sommeil de Bonnie était paisible et qu'elle était suffisamment couverte, il s'arrêta devant la porte de sa chambre. A son grand étonnement, elle était entrebâillée. Pourtant, il se rappelait nettement l'avoir fermée le matin même. Peut-être la femme de ménage avait-elle tout simplement négligé d'en faire autant.

A peine était-il entré qu'il s'immobilisa, manquant lâcher la lanterne. Madelyne était allongée sur son lit, seulement vêtue d'un déshabillé de soie couleur crème et d'une nuisette assortie. Elle dormait sur le côté, les mains sous la joue, les genoux légèrement repliés; ses longs cheveux blonds étaient répandus sur l'oreiller, et un de ses petits pieds nus dépassait du déshabillé.

Instantanément, le désir envahit Graham. Il tenta de résister à sa première impulsion, qui était de se ruer vers le lit pour aimer Madelyne tout au long de cette nuit. Il savait que faire l'amour avec elle n'aboutirait ensuite qu'à augmenter sa frustration de ne pouvoir posséder d'elle que son corps, son cœur lui demeurant à jamais inaccessible.

C'est alors que la jeune femme s'étira, et il sentit qu'il n'aurait pas la volonté de partir.

Il posa doucement la lanterne sur le sol et l'appela :

— Madelyne ?

Elle ouvrit les yeux et se redressa, appuyée sur un coude. Il se demanda si elle se rappelait où elle se trouvait; elle ne semblait ni surprise ni embarrassée, mais heureuse de le voir.

— Je suis désolée de m'être endormie. J'étais venue pour t'attendre.

— Pourquoi ? Que veux-tu de moi ?

Elle s'assit et écarta les cheveux qui lui cachaient une partie du visage.

— Je suis ta femme, Graham, et je veux...

Une légère rougeur lui colora les joues, et elle n'acheva pas sa phrase.

Graham dut faire un effort surhumain pour conserver son sang-froid. Il n'avait qu'une envie : aller vers elle, l'enlacer, et prendre ce qu'elle lui offrait.

Lentement, la jeune femme se leva. Le tissu qui la couvrait ne dissimulait strictement rien ; au contraire, sa transparence révélait tout de ses formes féminines, la faisait paraître encore plus exposée que si elle avait été réellement nue. Ses yeux rencontrèrent ceux de Graham, et elle soutint son regard. Il vit que le désir la consumait autant que lui. Elle ouvrit son déshabillé et le fit glisser le long de ses épaules ; il tomba à ses pieds dans un froufrou soyeux.

A présent, elle ne portait plus qu'une nuisette légère, ornée d'entrelacs de dentelle compliqués qui couvraient sans la masquer sa poitrine parfaite.

— Je suis ici parce que...

Cette fois-ci, ce fut Graham qui l'empêcha de poursuivre. En deux grandes enjambées, il fut près d'elle. Il n'avait plus qu'une idée en tête : presser contre lui le corps nu de Madelyne. D'un geste, il fit passer la nuisette par-dessus sa tête et la lança au pied du lit. Puis il la souleva, et elle mit les bras autour de son cou avant de poser la tête sur son épaule. Il l'allongea alors sur le lit et s'étendit à côté d'elle. Graham ne se lassait pas de la contempler, d'admirer ce corps sublime qui l'aimantait littéralement. Comme mues par une volonté propre, ses mains se mirent à parcourir sans relâche les formes harmonieuses de Madelyne : caressant ses épaules rondes, elles suivaient la ligne délicate de ses bras et de ses longs doigts minces ; effleurant ses seins lourds, elles épousaient sa taille et ses hanches, avant de dériver vers ses cuisses, puis plus bas jusqu'à ses chevilles, pour achever un instant leur course sous la cambrure du pied avant de remonter lentement. Partout, sa peau était douce, d'une douceur presque irréelle, et l'envie irrésistible de goûter cette chair était une tentation aussi forte que de mordre dans un fruit défendu.

Madelyne ondulait sous ses caresses, ses mouvements s'accordant aux siens, l'incitant à continuer.

Graham se releva et s'agenouilla devant elle, à ses pieds. Sa nudité le fascinait. Il aurait pu passer des heures, et même des jours entiers, à rendre hommage à ce véritable miracle de la création. Cette nuit, cette merveille lui appartiendrait. Il ferait sienne cette femme superbe, la rendrait esclave de son plaisir, se repaîtrait de sa jouissance, de la jouissance qu'il lui donnerait, lui, Graham.

Lorsqu'il voulut ôter sa veste, sa main frôla sa poche, et il sentit la petite bosse formée par la chaîne. Il hésita un peu avant de se résoudre à la sortir.

Madelyne releva la tête et poussa une exclamation de joie.

— Graham ! Tu me l'as rapportée !

Sans un mot, il lui prit les mains et aida la jeune femme à s'asseoir. Celle-ci se tourna à demi et souleva ses cheveux pour dégager sa nuque. Graham passa la chaîne autour de son cou ; le fermoir lui résista un peu, mais quelques instants plus tard, le bijou était en place.

Il s'écarta et admira le contraste entre la peau blanche de Madelyne et l'or de la chaîne. Elle reposait à quelques centimètres seulement des seins de la jeune femme. D'un doigt tremblant, elle suivit les reliefs du bijou.

— Merci, murmura-t-elle.

Graham ôta sa veste sans se soucier de l'endroit où elle tombait. Puis il déboutonna rapidement sa chemise, qui alla rejoindre la veste sur le sol.

Penchant son visage vers elle, il posa sa bouche sur la sienne, glissant une langue impatiente entre ses lèvres entrouvertes. Madelyne gémit sourdement, et répondit à son baiser avec passion.

Sans cesser de l'embrasser, Graham plongea les doigts dans sa chevelure luxuriante. Lorsqu'elle fut hors d'haleine, il abandonna sa bouche et laissa errer ses lèvres sur le délicat modelé de son visage, baisant tendrement ses paupières, ses joues, le bout de son nez, avant de lui mordiller le menton. Il alla ensuite goûter la chair tendre de son cou, tandis qu'elle renversait la tête en arrière pour mieux s'offrir.

Graham ne tarda pas à la faire basculer en arrière et s'allongea sur elle. Les jambes de la jeune femme s'écartèrent pour l'accueillir, et bientôt il pressait son membre érigé contre les boucles blondes de son mont de Vénus. Madelyne se cambra pour se serrer davantage contre lui, et il dut résister à l'envie de se débarrasser de son pantalon pour la posséder immédiatement.

Il descendit lentement entre ses jambes et prit un de ses mamelons durcis dans sa bouche, l'agaçant de la pointe de sa langue, l'abandonnant pour son jumeau, et le reprenant entre ses lèvres tandis que la jeune femme, haletante de plaisir, se soumettait sans résistance à ses assauts successifs.

Lorsqu'il s'agenouilla entre ses cuisses, elle se releva et le regarda : ses yeux brûlaient de passion et de désir. Elle posa les mains à plat sur son torse et les fit descendre jusqu'à ses reins, puis plus bas, avant de poser la bouche sur lui et de refaire le même trajet que ses mains. Mais il l'arrêta avant qu'elle ne parvienne à l'entrejambe : il voulait retarder le plus possible le moment de l'ultime possession. Il l'obligea à se recoucher sur le dos et déposa une série de baisers rapides sur son ventre, se réjouissant de la sentir frémir.

Lorsque ses lèvres se posèrent entre ses cuisses, sur le bouton de rose qu'il savait être son endroit le plus sensible, Madelyne cria son nom. Ne lui laissant aucun répit, il se mit à tracer des cercles concentriques du bout de sa langue, l'obligeant à s'ouvrir toujours plus à chaque nouvelle vague de plaisir. Lorsqu'une vague plus forte que les autres l'emporta, irrésistible, elle dut plaquer une main contre sa bouche pour ne pas hurler son bonheur.

— Viens, supplia-t-elle en l'attirant vers elle. Viens, maintenant.

Basculant sur elle, capturant sa bouche d'un baiser fougueux, il se débarrassa en un instant de ses derniers vêtements, sans jamais quitter ses lèvres. Puis, en un miraculeux moment de plaisir partagé, il fut en elle, à la fois maître de son corps et esclave de son désir, plongeant ses yeux dans les siens comme elle murmurait son nom.

Il ouvrit les yeux, lentement, découvrant deux brasiers ardents qui ne brûlaient que pour elle, et leurs regards restèrent ainsi fusionnés tandis que leurs reins, lentement d'abord, très lentement, se mettaient en mouvement, comme s'ils étaient animés d'une volonté propre, les laissant simples spectateurs de l'incendie qui les dévorait. Madelyne ne voyait plus rien d'autre que ce visage aimé, ne sentait plus que ce corps, qui tel un brandon enflammé la transperçait de plaisir. Et cette chaleur qui, de son ventre, se répandait dans tout son corps à mesure que leurs mouvements se faisaient plus rapides, envahissait ses membres tandis que des gémissements de plaisir s'échappaient de sa gorge. Fermant les yeux, elle crut voir un aveuglant soleil, qui la consumait pour mieux lui donner la vie. Lorsqu'elle se perdit dans sa lumière avec un cri d'extase et qu'il la rejoignit dans un ultime sursaut, le monde sembla s'évanouir autour d'eux. Plus rien n'avait de sens, plus rien n'existait d'autre que lui, et le bonheur qu'il venait de lui offrir.

Blottis l'un contre l'autre, les jambes emmêlées, ils attendirent que leurs battements de cœur s'apaisent. Quand leurs souffles furent devenus réguliers, Graham posa la question qui le taraudait :

— Pourquoi es-tu venue à moi ?

Madelyne s'étira contre lui ; elle avait la mine satisfaite d'un chat à qui l'on vient de donner de la crème.

— Nous sommes mariés, Graham. Il est normal que des époux partagent le même lit.

— Sans doute.

— Ça ne t'ennuie pas ?

— Non. Si c'est ce que tu veux...

— Je suis bien contente que tu sois d'accord. Tu sais, j'ai réfléchi à beaucoup de choses pendant ton absence.

— Ça ne m'étonne pas.

— Tu m'as dit que tu m'aimais, ce soir.

— Oui.

Il savait qu'il avait commis une erreur en le lui avouant, mais il était trop tard pour regretter les mots qu'il avait laissé échapper dans un moment de faiblesse.

— Tu m'aimes vraiment ?

Il ferma les yeux.

— Oui.

— Mais tu ne peux pas me pardonner ?

— Non.

— Je comprends.

Il en doutait fort, mais cela n'avait pas d'importance. Il voulait savourer en paix les derniers instants qu'il passait avec elle. Il ne savait pas s'ils partageraient encore une telle intimité après son retour.

— Graham, je...

Il devina ce qu'elle allait dire avant qu'elle n'achève sa phrase. Les mots qu'elle s'apprêtait à prononcer, il ne voulait pas les entendre, pas dans ces circonstances. Ils venaient trop tard.

— Moi aussi, je t'aime.

Il avait eu beau se préparer à la souffrance qu'il savait inévitable, le choc provoqué par cette déclaration n'en fut pas diminué pour autant. Il se raidit, et sa respiration s'accéléra.

— Graham, qu'y a-t-il ?

Il s'arracha à son étreinte et lui tourna le dos.

— Graham, dis-moi ce qui ne va pas, tu me fais peur.

— Ce n'est rien.

— Mais...

— N'insiste pas. Je te dis que ça n'a aucune importance.

— Bien sûr que si. Je viens de te dire que je t'aime, et tu réagis comme si je t'avais poignardé dans le dos. Je ne comprends pas. As-tu peur de mon amour ou quoi ? Je croyais que tu voulais être aimé en retour.

Il roula sur le dos pour lui faire face. Elle s'était assise, et ses longs cheveux dissimulaient en partie sa poitrine. Comment trouverait-il la force de la quitter ? C'était impossible.

— Ne parle plus jamais d'amour.

— Mais pourquoi ? Qu'y a-t-il de si terrible dans le fait que je t'aime ?

— Il y a que je ne te crois pas.

Madelyne le dévisagea comme si elle découvrait subitement qu'elle venait de se donner à un étranger.

— C'est impossible, murmura-t-elle.

— Bon sang, Madelyne, cesse de me prendre pour un imbécile. Je ne suis pas aveugle, tu sais.

— Mais, je...

— Quand je suis revenu à Landing, tu étais terrifiée à l'idée d'être vue en ma compagnie. C'était toujours : « Les autres, les autres, les autres, que vont penser les autres ? »

— Je t'ai déjà expliqué pourquoi. Mon père...

— Je sais, mais c'est une excuse bien commode, pas vrai ? Ecoute, je suis désolé pour ce qui s'est passé, et je comprends que tu aies été blessée et effrayée. Mais c'était il y a longtemps. Tu n'es plus une petite fille, à présent. Je pense que tu t'es servie de cette histoire comme prétexte. Tu ne voulais pas qu'on apprenne que nous avions été fiancés autrefois, parce que tu avais peur qu'on pense du mal de toi. Maintenant que j'ai acquis une certaine reconnaissance, c'est facile de m'aimer. Trop facile.

— Je suis venue te trouver dans ta chambre d'hôtel, Graham. J'ai volontairement sali ma réputation aux yeux de tous. Comment oses-tu me dire que ma conduite est encore influencée par l'opinion d'autrui ?

— Ton comportement était dicté par la colère et la frustration, répondit-il calmement. Cela n'avait rien à voir avec les sentiments que tu prétends avoir pour moi. Je n'étais que l'instrument du scandale que tu voulais faire éclater. Tu t'es servie de moi, parce que tu savais que je serais incapable de te résister.

Madelyne détourna le regard. Graham n'avait pas totalement tort sur ce dernier point. En allant le trouver, elle n'avait pas imaginé un seul instant qu'il la mettrait dehors. Même si elle n'avait pas supposé que les choses iraient si loin entre eux, elle était convaincue que Graham lui permettrait de mettre son plan à exécution. Et lorsqu'ils avaient passé la nuit ensemble et qu'elle avait pris conscience de la situation catastrophique dans laquelle elle s'était mise, elle avait toujours su qu'elle pourrait compter sur Graham, et qu'il la protégerait. Et c'était bel et bien ce qu'il avait fait, puisqu'il l'avait épousée.

— Tu dois me haïr, murmura-t-elle.

— Non, mais je te connais trop bien, hélas. Si jamais, pour une raison ou pour une autre, j'étais de nouveau mis à l'écart, tu me quitterais.

— C'est faux ! Je te jure que je ne t'abandonnerais

pas. J'ai changé, j'ai grandi. Je ne suis plus la jeune fille apeurée d'il y a sept ans.

— Je ne te crois pas. Tu m'as déjà trahi une fois, il n'y a pas de raison pour que tu ne recommences pas.

— Tu ne m'écoutes pas ! Je te dis que les choses sont différentes aujourd'hui.

— Non.

Il se leva, la dominant de sa haute stature.

— Je ne te crois pas. Pas plus tard que ce soir, tu m'as répété plusieurs fois à quel point tu étais heureuse et fière que tout le monde me respecte.

— Mais c'est pour toi que je me réjouissais, protesta-t-elle, pas pour moi. Tu déformes mes propos. Pourquoi mentirais-je à propos de mon amour pour toi ? C'est absurde. Pourquoi ferais-je semblant ?

— Parce que cela t'amuse de me dominer, de me contrôler. Ce que tu aimes depuis toujours, ce n'est pas moi, mais le fait d'avoir du pouvoir sur moi.

L'injustice de ses propos laissa Madelyne sans voix. Lorsqu'elle posa les yeux sur lui, elle comprit qu'il n'y avait aucun moyen de lui faire entendre raison pour le moment. Il était trop persuadé d'être dans le vrai pour accepter de reconnaître qu'il faisait erreur.

Elle le dévisagea longuement, se demandant pourquoi il lui avait fait l'amour avec une telle intensité s'il la considérait vraiment comme fourbe et cruelle. Entrevoyant la réponse, l'amertume la saisit.

— Tu t'es servi de moi, ce soir, dit-elle.

Soudain, elle se mit à trembler et prit douloureusement conscience de sa nudité. Elle se leva et remit à la hâte sa nuisette et son déshabillé.

— C'est bien ça, n'est-ce pas ? demanda-t-elle d'une voix blanche.

Elle ne le quittait pas des yeux, guettant sa réaction,

prête à encaisser le coup qui ne manquerait pas de venir. Un sourire cruel se dessina sur les lèvres de Graham.

— Maintenant, tu sais ce que j'ai enduré tout au long de ces années. Tu t'es servie de moi, Madelyne. Tu t'es servie de moi lorsque tu as accepté de m'épouser, il y a sept ans, et tu as recommencé quand tu es venue me trouver dans ma chambre d'hôtel. Et même ce soir, tu savais parfaitement que je ne te renverrais pas dans ta chambre. Alors, ne viens pas me reprocher d'avoir profité de toi.

« Si je suis venue ce soir, c'est parce que tu m'as dit que tu m'aimais », pensa-t-elle.

Elle faillit prononcer ces paroles à voix haute, mais y renonça aussitôt, sachant que c'était inutile. Comment en étaient-ils arrivés là ? Pourquoi Graham avait-il détruit la magie de cette nuit ?

Ravalant ses larmes, elle se dirigea lentement vers la porte et posa la main sur la poignée.

— Je partirai à l'aube, dit Graham.

Les larmes menacèrent de déborder, mais elle réussit à les retenir.

— Mais, et Bonnie ? parvint-elle à articuler.

— Ça ne t'ennuie pas de t'en occuper seule pendant quelque temps ? Je serai de retour dans moins d'une semaine. D'ici là, j'espère avoir trouvé le meurtrier.

Le soulagement de Madelyne fut tel, que ses genoux faillirent se dérober. Il n'avait pas l'intention de la quitter, il partait juste afin de poursuivre son enquête dans les villes voisines. Comment avait-elle pu l'oublier ?

— Tu vas beaucoup manquer à Bonnie, dit-elle tristement.

Elle aurait aimé ajouter qu'il allait lui manquer aussi, mais à quoi bon ?

— Bonne chance, Graham, ajouta-t-elle avant de quitter la pièce.

Le couloir était plongé dans l'obscurité, mais elle connaissait par cœur le chemin qui menait à sa chambre. Une fois dans ce lieu familier, elle se réfugia dans un fauteuil et son regard se perdit dans la nuit.

Des mots et des scènes de la soirée se succédaient dans son esprit, formant une ronde incessante. Madelyne ne pouvait s'empêcher de se demander ce qu'elle aurait dû dire ou faire pour arranger les choses entre eux. Les paroles cruelles de Graham la tourmentaient par-dessus tout. Y avait-il une parcelle de vérité dans tout cela? La connaissait-il mieux qu'elle ne se connaissait elle-même? Non, c'était impossible, se dit-elle fermement. Son amour pour Graham était bien réel, et n'avait rien à voir avec une quelconque envie de le dominer.

La jeune femme se remémora la première fois où Graham s'était intéressé à elle. Elle avait quinze ans alors, et oscillait encore entre le monde de l'enfance et celui de l'adolescence.

C'était au cours d'un bal, par une douce nuit d'été. Graham avait fait danser la plupart des jeunes filles, mais il ne l'avait pas invitée. Madelyne l'avait observé tandis qu'il évoluait sur la piste de danse, enviant celles qui se trouvaient dans ses bras. Et puis, elle s'était éloignée un peu de la fête. C'était là qu'il l'avait trouvée alors qu'elle se tenait, seule, à l'écart. Personne ne pouvait les voir. On entendait les accents langoureux du violon, et sans un mot, Graham l'avait prise dans ses bras et avait commencé à danser. Ils avaient dansé ainsi, les yeux dans les yeux, pendant ce qui avait semblé une éternité à Madelyne. Avant de la quitter, il lui avait donné rendez-vous près de la rivière. Et c'est là qu'ils s'étaient retrouvés, jour après jour, pendant près de deux ans. Elle ne pouvait pas toujours se libérer, et il arrivait à Graham de l'attendre pour rien, mais elle savait qu'il comprenait. Au bout d'un an, Graham l'avait demandée en mariage, et elle avait accepté. Ils n'avaient cependant jamais parlé d'officialiser leurs fiançailles. Graham savait que son père aurait interdit à Madelyne de le voir, et il s'était toujours montré d'une discrétion exemplaire. Personne n'avait jamais été au courant.

A l'époque, Madelyne lui avait été très reconnaissante pour son attitude pleine de tact. Elle n'avait pas le courage d'affronter son père, mais cela ne l'empêchait pas d'être sûre de son amour pour Graham. Pourtant, lorsqu'il lui avait demandé de s'enfuir avec elle, elle avait fait preuve de lâcheté, et la peur l'avait emporté sur l'amour.

Graham avait raison de parler de trahison pour le passé. Mais qu'en était-il pour le présent ?

Elle songea que lorsque son contrat serait terminé, il voudrait certainement partir. Que ferait-elle, alors ? Lui ferait-elle défaut une nouvelle fois ? Elle aimait sa ville, et son magasin était très important pour elle. Mais plus que tout, elle aimait Graham. S'il lui demandait de tout quitter, elle n'hésiterait pas à le suivre.

Néanmoins, après ce soir, elle commençait à douter qu'il lui donne une nouvelle chance. S'il partait, il risquait fort de partir sans elle.

Posant la main sur la chaîne en or suspendue à son cou, elle fit une promesse solennelle : quoi qu'il advienne, elle ferait tout ce qui était en son pouvoir pour ne plus jamais être séparée de Graham. Elle l'aimait, et elle trouverait un moyen de l'en convaincre.

# 18.

Le fracas fit se retourner tous les clients du magasin. Madelyne acheva calmement de recenser les coupons de tissu dont elle disposait avant de se retourner pour constater les dégâts.

Un énorme bocal de verre contenant plusieurs sortes de boutons avait été renversé sur le comptoir. Le bocal était intact, mais les boutons étaient éparpillés sur le comptoir et sur le sol. Bonnie se tenait au milieu de cette pagaille, l'air très contrarié. Cependant, la véritable coupable avait déjà pris la fuite, et s'était réfugiée sous un meuble.

— Alice a fait une bêtise, dit la fillette d'une petite voix.

— C'est ce que je vois, répondit Madelyne, songeant au nombre incalculable de dommages que pouvait causer un animal dans un magasin.

— Ce chat est un véritable fléau, déclara Mme Dobson en s'approchant pour évaluer l'ampleur du désastre.

Profitant de ce que Bonnie n'écoutait pas, Madelyne se confia à elle.

— Je sais bien qu'Alice n'a pas sa place à l'épicerie, mais elle réconforte Bonnie. La petite a beaucoup de mal à supporter l'absence de Graham. Je ne sais plus comment m'y prendre avec elle.

Mme Dobson soupira.

— Cette enfant est entichée de Graham à un point... Enfin, je suppose que nous pourrons faire avec ce monstre à fourrure jusqu'au retour de notre shérif bien-aimé. Essayez quand même de tenir cet animal à bonne distance de mes timbres. Vous l'imaginez, déguisé en lettre géante ?

Madelyne se mit à rire.

— Ce n'est pas drôle, voyons.

— Vous avez raison. Excusez-moi, madame Dobson.

La veuve s'éloigna, et Madelyne alla tirer Alice de sa cachette. Elle s'agenouilla et, se penchant, tendit la main et la saisit par la peau du cou. La chatte se laissa faire sans opposer de résistance. Quand la jeune femme la prit dans ses bras, Alice se blottit contre elle et se mit à ronronner.

— Sois sage, maintenant, lui ordonna Madelyne sans se faire d'illusions.

Elle devait reconnaître que Bonnie n'était pas la seule à être réconfortée par la présence de l'animal au magasin. Elle aussi aimait l'avoir dans les jambes. Cela faisait passer plus vite les heures interminables de chaque journée. Graham lui manquait terriblement. Il n'était parti que depuis quatre jours, mais ces quatre jours lui paraissaient une éternité.

— Je suis désolée, Madelyne, dit Bonnie en se mordant la lèvre inférieure. C'est un peu ma faute. Nous étions en train de jouer, et c'est arrivé. Mais je vais tout ramasser, je te le promets.

— C'est une tâche énorme. Tu risques d'en avoir pour tout l'après-midi.

Découragée, Bonnie acquiesça.

— Est-ce que je vais être fouettée ?

Le cœur de Madelyne se serra. Chaque fois qu'elle faisait une bêtise, même mineure, la petite fille posait la même question. Si jamais elle se retrouvait face à cette Mme Jarvis un jour, pensa la jeune femme, il lui serait difficile de résister à l'envie de lui flanquer une bonne correction, pour lui apprendre à ne plus frapper les enfants. Elle avait du mal à comprendre Laurie Smith. Comment, sachant que sa fille était battue, avait-elle pu la laisser à la fermière ?

Reposant la chatte sur le comptoir, Madelyne se reprit. Qui était-elle, pour juger cette femme qu'elle n'avait jamais connue ? D'après ce que Bonnie en disait, il était évident que Laurie avait beaucoup aimé sa fille.

— Non, Bonnie, tu ne seras pas fouettée, lui dit Madelyne. Souviens-toi : le premier jour où nous nous sommes rencontrées, je t'ai dit que je ne battais pas les enfants. Si jamais tu fais une très grosse bêtise, tu seras punie, mais tu ne recevras jamais un seul coup. Tu n'as donc pas à t'inquiéter.

Les yeux de Bonnie se remplirent de larmes qui se mirent à couler le long de ses joues. Elle se jeta contre les jambes de Madelyne et les entoura de ses bras.

— On est désolées, Alice et moi, on l'a pas fait exprès.

— Je sais, ma chérie. Ce n'est pas grave.

Madelyne s'agenouilla et prit la petite fille dans ses bras. Cette dernière se mit à sangloter de plus belle.

— Tu ne vas pas partir aussi, dis ? Si je jure de ne plus faire de bêtises, tu resteras avec moi ?

— Mais, pourquoi dis-tu cela, Bonnie ? Que se passe-t-il, enfin ?

Soudain, la lumière se fit dans son esprit.

— Tu crois que Graham t'a abandonnée, c'est ça ?

Bonnie fit oui de la tête. Ses yeux étaient très rouges.

— Tu avais promis qu'il reviendrait, et il n'est pas revenu.

— Oh, Bonnie, je te demande pardon. Graham est bien revenu ce soir-là, mais il était très tard, et quand il est reparti, tu n'étais pas encore levée. Il ne t'a pas quittée pour toujours. Il sera bientôt de retour. Promis juré.

L'enfant renifla. Madelyne vit qu'elle aurait aimé la croire, mais qu'elle craignait d'être encore déçue.

— Qu'est-ce que c'est que cette histoire de Graham qui t'aurait abandonnée, Bonnie ? demanda Mme Dobson en s'approchant. Tu ne vas pas croire des sottises pareilles, voyons. Pense à tout ce que Graham a fait pour toi, pense à quel point il tient à toi. Tu crois qu'il aurait fait tout ça pour t'abandonner ensuite ?

— N-non.

— Eh bien, alors ? Tu as de la chance d'avoir un père comme lui. Imagine comme il serait triste s'il savait que tu ne lui fais pas confiance.

Mme Dobson s'adressait à la petite fille, mais Madelyne eut l'impression que la veuve lui parlait à elle.

— Il va vraiment revenir ? demanda Bonnie.

Mme Dobson sourit.

— Jamais il ne te laissera, Bonnie. Il t'aime beaucoup trop pour ça.

Comme c'était simple, songea Madelyne. Si seulement cette logique pouvait s'appliquer à sa situation. Elle savait que Graham l'aimait, mais il n'avait pas confiance en elle. Pourtant, elle était décidée à lui prouver son amour. Elle n'avait pas encore la moindre idée de la façon dont elle allait s'y prendre, mais elle finirait bien par trouver un moyen.

— J'ai fait un gâteau, hier soir, et je l'ai apporté, annonça Mme Dobson en tendant la main à Bonnie. Que dirais-tu de venir en manger un morceau avec moi ? Après, nous ramasserons les boutons ensemble.

Elle jeta un regard interrogateur à Madelyne.

— Cela vous convient ?

— Parfait.

Madelyne se releva et brossa sa jupe.

— C'est fini, ce gros chagrin ? demanda-t-elle à Bonnie.

La petite fille acquiesça et sourit avant de prendre la main de la veuve et de se laisser guider vers son bureau, situé en devanture du magasin.

Madelyne partit dans la réserve et en revint avec une série de boîtes. L'accident n'était pas si grave, après tout, songea-t-elle en considérant les boutons qui jonchaient le sol. Il était grand temps de les trier sérieusement, et c'était l'occasion ou jamais de s'y mettre. Cela amuserait Bonnie et l'occuperait pour le reste de la journée.

Lorsqu'elle revint dans le magasin, la petite fille riait aux éclats en compagnie de Mme Dobson. Madelyne sourit. La veuve était très attachée à l'enfant, et elle s'en occupait avec beaucoup de dévouement et d'affection.

La porte d'entrée du magasin s'ouvrit et Colleen entra. Elle portait une magnifique robe de soie bleue ornée de dentelle au col et aux manches. Madelyne avait dû commander cette robe à New York, et elle avait coûté une petite fortune. Elle n'était pas franchement adaptée à Landing, mais Colleen semblait s'en moquer. Madelyne sourit : sa sœur avait un caractère difficile, mais elles avaient au moins un point commun : le goût pour les vêtements beaux et chers.

Lorsque Colleen l'aperçut, elle se dirigea droit vers elle. Dans le magasin, les conversations cessèrent peu à peu, et certains clients se tournèrent pour suivre Colleen des yeux. Madelyne fit la moue. Il était évident que tout le monde était au courant de la dispute qui avait eu lieu après la réunion.

Sa sœur s'arrêta à deux pas d'elle. Après avoir jeté un

coup d'œil surpris aux boutons répandus sur le sol, elle demanda :

— Il y a eu un accident ?

— Non, j'étais juste en train de faire l'inventaire.

Colleen haussa les sourcils, paraissant se demander si Madelyne était sérieuse ou non.

— Gene et moi avons longuement discuté à ton sujet, et nous en sommes arrivés à la conclusion que nous devions avoir foi en Notre Seigneur pour nous protéger du mal.

— J'en suis ravie pour toi, répondit ironiquement Madelyne.

— Oui, hum, c'est dans cet esprit que je suis venue te trouver. Nous aimerions vous inviter, toi et ta... euh, famille, à venir dîner à la maison.

— Je ne sais que répondre à une invitation aussi sincère et aussi spontanée, marmonna Madelyne.

— Tu m'as dit que je devais accepter ton mari et cette...

Elle marqua un temps d'arrêt.

— Enfin, que je devais accepter Graham et Bonnie si je voulais que nous restions sœurs. Malgré ce que tu penses de moi, je me préoccupe beaucoup de ton bien-être. Je n'approuve pas tes décisions, mais j'ai quand même souhaité faire le premier pas vers toi.

Madelyne songea que sa sœur avait dû beaucoup prendre sur elle pour faire un tel geste ; après tout, la générosité ne faisait pas partie de ses principales qualités. La jeune femme envisagea un instant de refuser l'invitation et de mettre un terme définitif à leurs relations, mais elle ne le désirait pas vraiment.

— Est-ce que demain soir, vers 18 h 30, te conviendrait ? proposa Colleen.

— C'est malheureusement impossible. Graham a dû

s'absenter pour quelques jours. Il est parti enquêter dans les villes de la région à propos du meurtre de Laurie Smith. Il pense que s'il peut établir un rapprochement avec d'autres crimes du même ordre, il sera à même de retrouver l'assassin.

— C'est une perte de temps, affirma Colleen avec mépris.

Madelyne prit une profonde inspiration et s'obligea à se rappeler que Colleen avait fait le premier pas pour leur réconciliation.

— Non, ce n'est pas une perte de temps. Tu devrais être contente qu'il prenne ses fonctions au sérieux.

— Je pense qu'il prend cette affaire au sérieux parce que sa mère était une prostituée, tout comme cette fille. Tu n'as pas songé à ce qu'impliquait une telle enquête ? Il va certainement devoir interroger ce genre de femme. N'oublie pas que Graham a admis avoir été intime avec cette catin. Je me ferais du souci, à ta place. Tu aurais dû m'écouter quand je te disais que...

— Arrête immédiatement, ordonna Madelyne à voix basse. J'aurais dû m'en douter. Je me suis encore fait piéger par tes soi-disant bonnes intentions. Pourquoi faut-il toujours que je te croie, quand tu me prouves sans cesse que j'ai tort de le faire ?

— Je ne vois pas de quoi tu parles. Je me contentais de mentionner une évidence. Ton mari...

— Ce que fait mon mari ne te regarde pas, Colleen, l'interrompit Madelyne, les poings sur les hanches. Je ne répéterai pas ce que je vais te dire, alors écoute-moi bien. Si je t'entends encore prononcer une seule réflexion malintentionnée à propos de Graham ou de Bonnie, y compris sur des choses anodines, je ne t'adresserai plus jamais la parole. Plus jamais, tu entends. J'en ai assez de tes tentatives d'intimidation, assez de ton attitude autoritaire.

Le visage de Colleen se crispa, mais elle n'eut pas le temps d'intervenir.

— Tu parles sans arrêt de ta piété, tu mets en avant ton pasteur de mari, mais par ton comportement, tu insultes la vraie foi chrétienne.

— Cesse de me parler sur ce ton !

Madelyne s'approcha de sa sœur jusqu'à ce que leurs visages ne soient plus qu'à quelques centimètres l'un de l'autre.

— Et toi, cesse de me menacer ! C'est fini, je ne t'écouterai plus, tu ne me fais plus peur. Je ne crains plus ton opinion, ni celle des autres. La seule opinion qui compte vraiment à mes yeux est celle de Graham.

— Au moins, tu es un cran au-dessus d'une catin, Madelyne. Je suis sûre qu'il doit te trouver parfaite.

— Cesse de me provoquer, Colleen. Tu n'es plus la bienvenue chez moi, ni dans mon magasin. De toute façon, Gene et toi, vous avez toujours profité de ma naïveté. Mais vous aurez tout le temps de réfléchir à cela lorsque vous serez obligés d'aller dans une autre ville pour faire vos achats. Quant à ma perfection...

La jeune femme prit une profonde inspiration et dit avec un petit rire :

— Tu as raison de penser que l'un de nous n'est pas digne de l'autre, mais c'est moi qui suis à blâmer. Je n'arrive pas à la cheville de Graham. Il mérite tellement mieux, pourtant il est obligé de se contenter de moi, parce que je l'aime et que je ne le laisserai pas partir.

Colleen devint de la couleur de sa dentelle. Madelyne crut qu'elle allait s'évanouir, mais elle se ressaisit à temps.

— Tais-toi. Il ne faut pas dire des choses pareilles.

— Pourquoi ? C'est la vérité. Je l'aime depuis plus de neuf ans. Mon seul regret est que nous ayons perdu toutes ces années avant de nous retrouver.

— Tu es folle !

— C'est possible, reconnut Madelyne en souriant. Tant pis pour moi !

Colleen se détourna et commença à s'éloigner. Sur le seuil, elle déclara :

— Nous prierons pour toi, Gene et moi.

— Faites donc, rétorqua Madelyne.

Lorsque la porte se referma, la jeune femme se rendit compte que tous les regards étaient fixés sur elle. Au lieu de baisser la tête, elle se redressa fièrement et soutint chaque regard. Elle n'avait aucune raison d'avoir honte.

Bonnie reposa sa part de gâteau et courut vers elle.

— Je suis contente que tu aimes Graham, dit-elle. Maintenant, on va pouvoir être une vraie famille.

Madelyne prit la petite fille dans ses bras et la serra contre elle.

— Je ferai de mon mieux pour réaliser ton vœu, ma chérie. Je te le promets.

Madelyne fut réveillée par un bruit qu'elle ne réussit pas à identifier. Le vent avait-il fait claquer un volet mal fermé ?

Elle s'assit dans son lit, le cœur empli d'un fol espoir : Graham était peut-être rentré plus tôt que prévu. Sans prendre la peine d'allumer sa lampe, elle chercha sa robe de chambre à tâtons. Après avoir noué le cordon autour de sa taille, elle traversa sa chambre et ouvrit la porte.

— Graham, est-ce toi ? appela-t-elle à voix basse.

Elle ne voulait pas réveiller Bonnie, craignant la déception de la petite fille si elle s'était trompée.

Seul le silence lui répondit. Elle attendit un peu avant d'appeler de nouveau.

— Graham ?

Toujours rien. Madelyne fit un pas en avant, puis s'arrêta pour écouter. Elle entendit un léger grattement. Tentant d'identifier l'origine de ce bruit, elle retint sa respiration. Le grattement s'amplifia. Il semblait provenir d'une des autres chambres. Un frisson lui parcourut l'échine. Quelqu'un s'était-il introduit dans la maison ?

Avant qu'elle ait pu faire le moindre geste, il y eut un bruit sourd, suivi d'un cri :

— Madelyne !

Elle se précipita vers la chambre de la petite fille et ouvrit la porte à toute volée. Constatant que le lit était vide, elle hurla :

— Bonnie !

L'enfant poussa une longue plainte. La jeune femme tourna la tête en direction du bruit et vit une grande silhouette qui retenait l'enfant prisonnière et s'apprêtait à escalader la fenêtre ouverte.

— Lâchez-la ! cria Madelyne.

Sans réfléchir, elle s'empara du tisonnier qui était posé à côté de la petite cheminée et se précipita vers l'inconnu. Il tenait Bonnie par la taille, et avait déjà passé une jambe par-dessus le rebord de la fenêtre.

Madelyne leva le tisonnier et l'abattit de toutes ses forces sur l'épaule de l'étranger. Celui-ci gémit de douleur. Tournant la tête vers la jeune femme, il posa sur elle des yeux brûlant de haine. Cette dernière ne put voir son visage — le bas en était dissimulé par un foulard, le haut par un chapeau profondément enfoncé sur le crâne — mais fut fascinée par son regard terrifiant : il y avait quelque chose d'étrangement familier dans ces yeux.

Madelyne leva de nouveau le tisonnier. L'homme relâcha l'enfant. L'attrapant par le bras, la jeune femme la fit passer derrière elle pour la protéger.

— Partez ! Partez ! hurla-t-elle sans cesser de frapper l'homme pour l'obliger à reculer.

Ce dernier réussit à s'enfuir par la fenêtre, et descendit à toute vitesse l'échelle dont il s'était servi pour grimper.

Madelyne le poursuivit de ses cris jusqu'à ce qu'il disparaisse dans les bois.

Ce n'est qu'à ce moment-là qu'elle comprit ce qui venait de se produire et que la terreur l'envahit. Elle se mit à trembler, à claquer des dents, et ses jambes refusèrent de la soutenir. Elle dut s'appuyer au rebord de la fenêtre pour ne pas tomber. Lorsqu'elle eut repris son souffle, elle repoussa l'échelle de toutes ses forces. Celle-ci tomba lourdement sur le sol. Madelyne referma la fenêtre et se tourna vers Bonnie.

— C'est fini, ma chérie, dit-elle en la serrant très fort contre elle. Il est parti, tu ne dois plus avoir peur.

— Il... Il a dit qu'il allait me faire très mal, sanglota la petite fille.

— Il ne reviendra plus. Il n'osera pas. Quoi qu'il arrive, je te protégerai, ma chérie. Viens, tu vas dormir avec moi, cette nuit. Comme ça, nous serons toutes les deux, et tu n'auras plus peur.

Madelyne dut porter l'enfant dans sa chambre, car la petite fille ne voulait plus la lâcher. Elle ferma la porte à clé avant de déposer son précieux fardeau sur le lit. S'asseyant à côté d'elle, elle ouvrit le tiroir de sa table de chevet. En saisissant le pistolet à canon court que son père lui avait donné, elle eut pour lui une pensée reconnaissante : il ne lui avait pas uniquement appris à diriger un commerce ; il lui avait également appris à se défendre.

Madelyne passa le bras autour de Bonnie et fixa longuement la porte. Elle ne laisserait personne faire de mal à la petite fille.

Les questions se bousculaient dans son esprit : qui avait pu essayer d'enlever Bonnie, et pourquoi ? C'était absurde. L'enfant n'avait aucune famille, et elle connaissait peu de monde. Une seule explication lui vint à l'esprit : l'homme ne pouvait avoir tenté de kidnapper Bonnie que pour demander une rançon. L'argent était le seul mobile plausible.

— Madelyne ?

— Qu'y a-t-il, ma chérie ?

— Est-ce que tu vas vraiment lui tirer dessus s'il revient ?

— Oui, Bonnie.

— Tant mieux, dit la petite fille en reniflant. C'est un méchant bonhomme. Il m'a vraiment fait très peur !

— Je sais, mais je t'ai promis de toujours te protéger, ma chérie. Tu n'as plus rien à craindre.

Bonnie se tut un instant, puis elle reprit.

— Est-ce que tu es ma maman, maintenant ?

— Oui, si tu le veux bien, évidemment.

— Oh, oui, je suis bien contente, murmura Bonnie en se blottissant contre elle.

— Moi aussi, répondit Madelyne. A présent, essaye de dormir. Je veillerai sur toi.

La petite fille se détendit, et posa la tête sur ses genoux. La jeune femme lui caressa pensivement les cheveux. Bonnie avait une confiance absolue en elle ; elle n'avait pas le droit de la décevoir. Elle devait se montrer courageuse pour deux. Pourtant, au fond d'elle-même, elle n'avait qu'une envie : prendre Bonnie et s'enfuir avec elle pour se réfugier chez Mme Dobson, ou une autre de leurs connaissances. Mais partir ainsi, en plein milieu de la nuit en étant obligée de prendre la même direction que l'agresseur de Bonnie, n'était pas non plus une solution. Il valait mieux rester où elles étaient jusqu'au lever du soleil. Ensuite, elles se rendraient à Landing pour alerter les autorités.

Une heure avant l'aube, Bonnie finit par s'endormir, mais Madelyne s'interdit de fermer les yeux. Elle fixait toujours la porte, priant pour que Graham soit bientôt de retour.

Graham arriva à Landing peu avant midi. Il regarda les bâtisses qui lui étaient si familières, répondit aux saluts joyeux des passants, et songea, à son grand étonnement, que cet endroit allait lui manquer quand on l'obligerait à quitter la ville.

Il savait qu'avant la tombée de la nuit, il serait sans doute parti. S'il échappait à la vindicte populaire, pensa-t-il aussitôt. Mais il n'avait rien à se reprocher, puisqu'il avait fait son devoir : il avait découvert l'identité du meurtrier.

Même maintenant que ses vagues soupçons s'étaient transformés en certitudes, il avait encore du mal à y croire. Pourtant, une fois qu'il avait eu la réponse, tout était devenu limpide. Il avait eu raison de supposer que Laurie connaissait son assassin. C'était le même homme que celui qui avait déjà tenté de la tuer lorsqu'elle lui avait annoncé qu'elle était enceinte.

Il descendit de cheval et noua les rênes autour d'un poteau. Quand il entra, Wyatt faisait les cent pas dans le bureau. Dès qu'il le vit, il se précipita vers lui.

— Ah, shérif, je suis bien content que tu sois de retour ! Il était temps !

Graham lutta contre le sentiment de malaise qui s'était emparé de lui.

— Pourquoi ? Que se passe-t-il ?

— Il est arrivé quelque chose chez toi cette nuit.

Le cœur de Graham s'emballa dans sa poitrine.

— Que s'est-il passé ? Est-ce que Madelyne et Bonnie sont blessées ?

— Non, elles sont saines et sauves, ne t'inquiète pas. Elles ont eu peur, mais elles vont bien. Madelyne est venue ici ce matin. Elle voulait que j'essaye de te contacter pour te demander de revenir au plus vite. Quelqu'un a tenté d'enlever Bonnie, cette nuit.

Graham eut l'impression qu'il était en train de vivre un cauchemar. Se forçant à rester calme, il demanda :

— Comment ?

— Apparemment, l'homme s'est servi d'une échelle pour atteindre le premier étage. Il est entré par la fenêtre dans la chambre de Bonnie, et a tenté de la kidnapper. Madelyne est intervenue, et a réussi à l'en empêcher. Il s'est alors enfui par là où il était entré. Daniel a commencé à mener l'enquête pour savoir si les gens avaient remarqué quelque chose d'inhabituel hier soir, mais votre maison étant très à l'écart, je crains que ça ne donne pas beaucoup de résultats.

— Je dois voir Madelyne immédiatement, où est-elle ?

— Elle a emmené Bonnie avec elle au magasin comme d'habitude. Elle a affirmé qu'elle se sentait en sécurité là-bas. Andrew et Mme Dobson sont présents.

— Allons-y ! ordonna Graham.

Wyatt sur ses talons, il courut plus qu'il ne marcha jusqu'à l'épicerie générale. Ouvrant la porte à toute volée, il appela :

— Madelyne !

Lorsqu'elle l'aperçut, Bonnie se mit à pousser des cris de joie.

— Graham ! Graham ! Tu es revenu !

Elle se précipita vers lui et se jeta dans ses bras. Il la serra tendrement et enfouit son visage dans son cou.

— Comment va ma petite Bonnie ?

— Tu m'as manqué.

— Tu m'as manqué aussi, Bonnie.

A ce moment-là, il entendit un bruit de pas familier, et il se retourna. Madelyne se dirigeait vers lui. Comme toujours, elle était tirée à quatre épingles, mais cette apparence de normalité ne trompa pas Graham. Il remarqua tout de suite les traits tirés, les cernes sous les yeux, et la façon dont ses mains ne cessaient de s'agiter. Lorsqu'ils s'étaient séparés, il s'était promis qu'il garderait ses distances, mais cela lui était impossible à présent ; pas après ce qui s'était passé.

Il installa Bonnie sur un bras et tendit l'autre vers la jeune femme. Celle-ci vint se réfugier contre lui.

— Je suis désolé, murmura-t-il. Je m'en veux de ne pas avoir été là.

Elle leva vers lui des yeux brillant de larmes, mais elle ne pleura pas.

— Ce n'est pas ta faute, Graham. Tu ne pouvais pas prévoir ce qui allait arriver. Nous allons très bien, Bonnie et moi, n'est-ce pas, ma chérie ?

L'enfant fit oui de la tête.

— Madelyne a un pistolet, annonça-t-elle.

Graham haussa les sourcils.

— Ce n'est qu'un petit pistolet à canon court, expliqua Madelyne. Mon père me l'a acheté et m'a appris à m'en servir, il y a des années. Il avait peur pour moi, quand je restais tard au magasin.

— Ton père avait plus de bon sens que moi, dit-il sombrement.

Puis il reposa doucement Bonnie.

— Ecoute, beauté, il faut que je parle avec Madelyne. Est-ce que tu peux aller voir Mme Dobson ?

— Oui. On est en train de lire. Je peux lire une histoire, toute seule comme une grande, maintenant, dit-elle fièrement.

— Bravo. Tu pourras peut-être me la lire ce soir.

S'il était encore là, songea-t-il aussitôt.

— Vraiment ? Toute l'histoire ? demanda Bonnie avec ravissement.

— Bien sûr.

Elle sourit.

— Bon, je vais aller m'entraîner, alors.

Et elle courut rejoindre Mme Dobson.

Graham jeta un coup d'œil circulaire autour de lui. Tous les clients écoutaient avec intérêt, avides d'en apprendre davantage sur ce qui s'était passé.

— Wyatt, attends-moi ici, je ne vais pas tarder à avoir besoin de toi. Viens, Madelyne, allons dans ton bureau, et tu me raconteras tout, dans les moindres détails.

Sans lui lâcher la main, comme si elle s'agrippait désespérément à une bouée de sauvetage, Madelyne le guida vers l'arrière du magasin.

Une fois dans le bureau, elle commença son récit :

— Il était à peu près minuit quand je me suis réveillée. Au début, j'ai pensé qu'une porte ou qu'un volet avait claqué, et je me suis dit que c'était le vent. Et puis, j'ai cru que peut-être, tu étais reven...

Il ne la laissa pas finir sa phrase. L'attirant à lui, il l'embrassa passionnément, éperdument, pensant à l'enfer que deviendrait sa vie s'il la perdait. Il aurait pu la perdre, songea-t-il soudain. D'après les dossiers qu'il avait consultés sur les autres meurtres de prostituées, l'assassin s'était toujours montré d'une violence inouïe, battant systématiquement ses victimes jusqu'à ce que mort s'ensuive. Si ses déductions étaient exactes, ce monstre serait bientôt sous les verrous, hors d'état de nuire. Mais il aurait pu tuer Madelyne et Bonnie.

Ils échangèrent des baisers à en perdre haleine, mêlant leur souffle et leur salive, se touchant, se frottant, se serrant l'un contre l'autre comme si leur vie en dépendait.

Puis Graham s'écarta légèrement et prit le visage de Madelyne dans ses mains.

— Je t'aime, murmura-t-il.

— Oh, Graham, si tu savais comme moi aussi, je t'aime, si seulement tu acceptais de me croire, ne serait-ce qu'une minute.

Il aurait tout donné pour la croire, mais il ne le pouvait toujours pas.

Il lui caressa les cheveux.

— Je suis heureux qu'il ne te soit rien arrivé.

— Graham Kincaid, tu es l'homme le plus têtu du monde.

— C'est probable, reconnut-il. Et maintenant, raconte-moi tout. Qu'as-tu fait après avoir entendu ce bruit ?

Elle reprit son récit et expliqua comment elle s'était rendue dans la chambre de Bonnie après avoir identifié l'origine du bruit, et comment elle y avait découvert un homme en train d'enlever la petite fille.

— As-tu vu son visage ?

— Non. Un foulard lui en dissimulait le bas. Et son chapeau était planté très bas sur son front. Je n'ai vu que ses yeux. C'était très étrange, ce regard m'était familier, mais ne me demande pas pourquoi. J'ai eu l'impression d'être en présence du mal.

Elle frissonna.

— Tu n'as plus rien à craindre, je suis là maintenant.

— Imagine qu'il ait fait du mal à Bonnie. Je ne me le serais jamais pardonné.

Graham songea qu'il aurait sans doute tué l'enfant, mais il était inutile que Madelyne le sache.

— Grâce à toi, il ne s'est rien passé. Tu as été vraiment très courageuse.

— Je ne sais pas si c'était du courage. J'étais à la fois terrifiée et folle de rage. Je ne voulais pas qu'il emmène

Bonnie, alors j'ai saisi le tisonnier et je l'ai frappé de toutes mes forces.

— L'as-tu frappé à plusieurs reprises ?

— Oui.

— Combien de fois ?

— Peut-être cinq ou six, je ne me rappelle plus trop. Mais en quoi est-ce important ?

— Est-ce que tu as frappé fort ?

— De toutes mes forces, sur l'épaule et sur le bras.

— Parfait. Il aura forcément des ecchymoses. Il nous sera donc facile de le confondre. Nous n'allons pas tarder à le savoir, d'ailleurs.

— Tu... tu veux dire que tu sais qui a fait ça ?

Graham acquiesça.

— Qui est-ce ?

— C'est la même personne qui a tué Laurie Smith. Je suis désolé, Madelyne, il va falloir que tu sois forte. Et je vais te demander de rester ici jusqu'à ce que toute cette affaire soit terminée.

— Donne-moi le nom de ce monstre, Graham.

— Il s'agit de ton beau-frère, Gene Estes.

# 19.

Madelyne le fixa d'un air incrédule. Gene ? Un assassin ? C'était impossible ! Son beau-frère avait beau être un homme déplaisant et prétentieux, dépourvu des qualités nécessaires à un bon pasteur, il n'avait rien d'un criminel pour autant.

— Je ne m'attendais pas que tu me croies, dit Graham. De toute façon, il vaut mieux que tu restes ici. Il risque d'y avoir pas mal de grabuge dans cette ville. Je crains que les citoyens de Landing n'apprécient guère de me voir arrêter leur pasteur. Si tu veux sauver le peu qu'il va rester de ta réputation, tu ferais bien de te tenir à l'écart de tout ça. Plus tard, tu pourras toujours demander le divorce. Je pense que les gens ne feront pas de difficulté pour te pardonner l'erreur que tu as commise en m'épousant.

Graham tourna les talons et quitta le bureau.

Madelyne demeura immobile quelques instants, désemparée, avant de se précipiter à sa suite.

Lorsqu'elle eut franchi le rideau qui la séparait du magasin, Madelyne le chercha des yeux. Elle le vit en train d'échanger quelques mots avec son adjoint, puis tous deux se dirigèrent vers la sortie. Elle l'appela :

— Graham, attends !

Il ne répondit pas. Wyatt et lui quittèrent l'épicerie en regardant droit devant eux.

Mme Dobson contourna son bureau et s'approcha de la jeune femme.

— Qu'y a-t-il, Madelyne ? Que se passe-t-il ?

— Graham va arrêter Gene, dit-elle d'une voix sourde.

— Il va arrêter le pasteur ? Mais pourquoi ?

— Pour le meurtre de Laurie Smith et...

Elle aperçut les grands yeux écarquillés de Bonnie posés sur elle.

— ... pour d'autres choses.

Elle marqua un temps d'arrêt.

— Bon, je suis désolée, mesdames et messieurs, mais je suis obligée de fermer temporairement le magasin, annonça-t-elle aux clients. Si vous le souhaitez, nous garderons vos achats ici en attendant. Vous pourrez passer les prendre dans l'après-midi.

Puis, elle se tourna vers son employé.

— Andrew, voulez-vous rester ici avec Bonnie jusqu'à mon retour ? Vous fermerez à clé derrière moi et vous n'ouvrirez qu'à Graham ou moi-même, et à personne d'autre, c'est bien compris ?

— Entendu, madame.

Elle s'agenouilla devant Bonnie et lui prit les mains.

— Il faut que je m'absente une heure ou deux, ma chérie. Je te confie à Andrew, il s'occupera de toi en attendant. Graham croit qu'il a trouvé le méchant homme qui a essayé de t'enlever, et je veux m'assurer qu'il ne fait pas erreur. Sois sage. Tout ira bien.

— Tu ne laisseras pas le méchant homme faire du mal à Graham, dis ?

— Bien sûr que non. Bon, il faut que j'y aille, maintenant.

Elle sortit en hâte du magasin. Dehors, les clients

s'étaient rassemblés en petits groupes et discutaient de l'événement. Ils tentèrent de l'aborder, mais elle poursuivit son chemin sans un mot. Mme Dobson réussit cependant à la rattraper et se maintint à sa hauteur.

— Vous êtes vraiment sûre qu'il va arrêter le révérend ? lui demanda-t-elle d'une voix essoufflée.

Madelyne acquiesça. Elle était certainement encore en train de rêver. Tout ce qui s'était passé depuis la veille ne pouvait être qu'un épouvantable cauchemar. Pourtant, elle savait que malheureusement, ce n'était pas vrai : elle était bien réveillée, et si elle voulait ne pas perdre définitivement Graham, elle devait être à ses côtés et le soutenir, quoi qu'il arrive.

— Mais quelles sont ses preuves ? insista la veuve.

— Je ne sais pas.

— Il doit se tromper. Pourquoi Gene Estes aurait-il tué une prostituée ?

— Je n'en sais rien, mais si Graham dit que c'est lui l'assassin, je le crois, affirma la jeune femme. Il n'accuserait personne à la légère.

Comme elles arrivaient en vue de l'église, Madelyne aperçut Graham et Wyatt. Ils étaient visiblement en train de se concerter. Lorsque son mari la vit, il fronça les sourcils.

— Ne reste pas ici, Madelyne. Retourne au magasin !

Elle secoua la tête en signe de dénégation et se dirigea vers lui. Graham se détourna et entra dans l'église. La jeune femme accéléra le pas, laissant Mme Dobson à plusieurs mètres derrière elle.

Par contraste avec cette belle journée chaude et ensoleillée, il faisait sombre et froid à l'intérieur. Madelyne s'arrêta sur le seuil. Graham et Wyatt se tenaient devant la chaire. Soudain, Gene sortit de l'ombre et s'approcha d'eux.

— Bonjour, shérif, que puis-je pour vous ?

Madelyne commença à s'approcher des trois hommes. Elle voulait assister à leur confrontation : il fallait qu'elle sache, qu'elle comprenne.

Mme Dobson, qui l'avait rejointe, ne la lâchait plus d'une semelle.

Graham fit un pas vers Gene. Les deux hommes étaient à peu près de la même taille, mais le pasteur était plus large d'épaules et plus corpulent. Madelyne tenta d'imaginer son beau-frère en train d'escalader l'échelle afin d'enlever Bonnie, mais elle en fut incapable.

Pourquoi Gene aurait-il fait une chose pareille ?

— Je vous arrête pour le meurtre de Laurie Smith, pour ceux d'Ellen Morgan et de Sharon Tyler, ainsi que pour la tentative d'enlèvement de Bonnie Smith.

Une clameur s'éleva derrière eux. Madelyne se retourna, et découvrit avec stupéfaction que l'église était presque pleine.

Gene défia Graham du regard avant de se mettre à rire.

— Vous m'accusez de meurtre ? Moi, un pasteur ? Allons, shérif, soyez raisonnable. Je sais que nous ne sommes pas les meilleurs amis du monde, mais vous allez trop loin, avec ces accusations ridicules.

Madelyne fut soudain bousculée par quelqu'un, et faillit perdre l'équilibre. Colleen se dirigea droit vers son mari. Elle tenta d'écarter Graham, mais sans succès.

— Comment osez-vous pénétrer dans une église pour arrêter un homme de Dieu ! glapit-elle.

— C'est peut-être un homme de Dieu, mais il a un goût un peu trop prononcé pour le péché, rétorqua Graham. Wyatt, donne-moi les menottes.

— Non !

Colleen se jeta sur Graham et commença à lui marteler la poitrine. Ce dernier lui emprisonna les poignets, et la repoussa.

Madelyne s'avança vers sa sœur.

— Colleen, arrête immédiatement. Tu es en train de te donner en spectacle.

— Reste en dehors de tout ça, Madelyne, ordonna Graham.

— Non.

Colleen la dévisagea d'un air exaspéré.

— Tu ne vois donc pas ce qu'il essaye de faire ? Il veut te séparer de ta famille ! Cet homme est l'incarnation du mal. Sauve-toi pendant qu'il est encore temps, Madelyne.

Wyatt posa une main sur son épaule.

— Calmez-vous, madame.

— Oh, vous, ne me touchez pas ! Shérif, vous allez regretter d'avoir remis les pieds à Landing. Vous finirez pendu !

— C'est possible, dit Graham. Mais avant cela, je vais procéder à l'arrestation de votre époux.

Il prit les menottes que lui tendait son adjoint et s'approcha de Gene. Ce dernier secoua la tête d'un air de commisération avant de présenter ses poignets.

— J'ai pitié de vous, Kincaid. Je prierai Dieu pour le salut de votre âme.

Graham ne répondit rien et passa les menottes au pasteur. Derrière Madelyne, les gens commencèrent à protester.

— Mais pourquoi fait-il cela ? Il n'a pas le droit.

— Pour qui se prend-il, ce Kincaid ?

— Vous auriez dû m'écouter : j'ai toujours dit que cet homme était une source de problèmes.

Graham ignora les commentaires.

— Gene Estes, vous êtes recherché pour deux meurtres dans des villes autres que Landing, et vous êtes le principal suspect dans deux autres affaires similaires.

Toutes les victimes, des prostituées, ont été tuées pendant que vous étiez dans ces villes pour prêcher.

Le pasteur répliqua ironiquement :

— Je vous trouve bien audacieux, de comparer prêcher et tuer.

— Il a raison, approuva Colleen. Vous allez payer votre erreur très cher.

— Tais-toi, dit Madelyne en avançant vers son mari.

Elle sentait que tous les regards étaient fixés sur elle, et qu'on était en train de la juger sévèrement. Elle ignora la peur qui lui nouait la gorge. Sa confiance en Graham était plus forte que tout.

— Graham sait ce qu'il fait. Je le connais mieux que vous tous, et je le crois. C'est un homme honnête et bon. Il se soucie de la sécurité de cette ville plus que quiconque.

Graham la dévisagea d'un air surpris. Avant qu'elle ait pu continuer, sa sœur s'interposa entre eux.

— Il t'a jeté un sort, Madelyne. Ne l'écoute pas. Si tu crains la damnation éternelle, tu dois le quitter.

— Non, je l'aime et j'ai confiance en lui. Ecarte-toi de mon chemin, Colleen.

Elle attendit, mais sa sœur ne fit pas un geste pour la laisser passer. Alors, lentement, elle la contourna pour aller se placer au côté de son mari.

— Si je me suis trompé, lui dit ce dernier, tu vas audevant de graves problèmes.

Elle lui sourit.

— Peu importe. Ce qui compte, c'est que nous soyons ensemble.

— Cette scène est très touchante, ricana Gene, mais elle ne légitime pas mon arrestation pour autant. Je vous préviens, mes fidèles vont vous rendre la tâche difficile.

Graham fit mine de ne pas l'avoir entendu.

— Tu es bien consciente des risques que tu prends ? demanda-t-il à Madelyne.

— Je n'en prends aucun, puisque je t'aime.

Il lui lança un regard étrange, et la jeune femme eut brusquement peur de l'avoir perdu pour toujours. C'est alors qu'il lui effleura brièvement la main.

— On peut dire que tu auras tout fait pour me convaincre.

Il la croyait ! Le bonheur inonda le cœur de Madelyne.

— J'étais prête à tout.

— C'est ce que je vois, dit Graham avant de se retourner vers Gene. La sœur d'Ellen Morgan travaille également dans un saloon. Elle vous a vus plusieurs fois ensemble.

L'assurance du pasteur parut vaciller un instant, mais il se reprit bien vite.

— Vous ne pouvez pas accorder de crédit aux déclarations d'une prostituée. C'est sa parole contre la mienne.

— Il y a sept ans, vous avez tenté de tuer Laurie Smith, mais vous avez échoué. Peu de temps avant sa mort, cette année, elle est venue vous trouver pour vous demander de tenir votre promesse de vous enfuir avec elle. Cela vous était impossible, bien évidemment. Qu'auraient pensé les gens ? Vous auriez tout perdu. Alors vous l'avez de nouveau battue, et cette fois-ci, elle est morte.

Un long gémissement troua le silence qui avait succédé à ces révélations.

— Non ! Non ! hurla Colleen.

— La nuit dernière, continua Graham, vous avez tenté d'enlever Bonnie. Vous saviez que j'étais absent, et Bonnie était la dernière chose qui vous reliait à Laurie. C'est pour cela que vous vouliez vous en débarrasser.

— C'est absurde, répliqua Gene. Pourquoi me soucierais-je du rejeton d'une catin ?

— Parce que vous êtes son père.

Colleen poussa une exclamation avant de tomber à la renverse. Wyatt fit un mouvement vers elle pour lui prêter assistance.

— Ne faites pas attention à elle, dit Madelyne, elle ne s'est pas réellement évanouie.

L'adjoint hésita. Derrière eux, la foule murmurait, désorientée. Colleen s'assit soudain et désigna son époux du doigt.

— Comment as-tu osé ! Tu as couché avec une catin ! Maudit sois-tu !

— Tais-toi, femme ! répondit Gene. Ce ne sont que des mensonges. Des mensonges, tu m'entends ?

Mais des gouttes de sueur commençaient à perler sur son front. Il avait perdu de sa superbe, et ses mains tremblaient.

— Vous n'avez aucune preuve, dit-il d'une voix chevrotante. Aucune.

— Et que dites-vous de cela ? demanda Graham en lui arrachant sa chemise, lui découvrant les bras et les épaules.

De gros hématomes bien visibles lui marquaient la peau. Madelyne eut soudain le cœur au bord des lèvres. Son beau-frère portait des traces de coups aux endroits où elle avait précisément frappé l'agresseur de Bonnie.

Gene leva la tête et lui jeta un regard haineux. Elle reconnut aussitôt ce regard : l'inconnu et son beau-frère ne faisaient qu'un.

— C'étaient toutes des catins ! s'écria Gene. Des filles de Satan ! Elles étaient le mal et je devais les punir. Quand je pouvais leur résister et les convertir, je leur laissais la vie sauve, mais lorsqu'elles me tentaient, je les envoyais droit en enfer ! Je n'ai fait qu'appliquer la justice divine !

Colleen sanglotait bruyamment, le visage enfoui dans ses mains. Madelyne faillit faire un mouvement vers elle, mais elle ne s'en sentit pas la force.

Elle regarda Wyatt prendre Gene par le bras et l'emmener. Dans un silence de mort, la foule s'ouvrit pour leur livrer passage. Après leur départ, tous les regards se fixèrent sur Colleen, qui se lamentait toujours, mais personne ne fit un geste dans sa direction.

Madelyne mit sa main dans celle de Graham.

— Viens, rentrons chez nous, murmura-t-elle.

Après avoir observé l'averse pendant quelques instants, Graham relâcha le rideau et se tourna vers Madelyne, qui était en train de servir le café dans le salon. Cinq jours s'étaient écoulés depuis l'arrestation de Gene, et ils avaient été pris dans un véritable tourbillon, de telle sorte qu'ils ne s'étaient jamais retrouvés en tête à tête depuis.

La jeune femme leva les yeux vers lui en souriant.

— Quel calme ! constata-t-elle avec délice.

— J'ai du mal à croire que nous soyons enfin seuls, nota Graham.

Madelyne rougit légèrement, mais ne fit aucun commentaire. Graham vint s'asseoir à côté d'elle sur le canapé et saisit sa tasse de café.

— Colleen et les enfants ont-ils pu partir ce matin ? demanda-t-il.

— Oui. La diligence était à l'heure, aujourd'hui. Une fois à Saint Louis, je ne sais pas ce qu'ils feront. Avec l'argent que lui a laissé père, je suppose que Colleen ne sera pas obligée de travailler pour gagner sa vie. Elle pourra se débrouiller sans Gene, en tout cas.

— Tant mieux, parce qu'elle ne le reverra jamais.

— Est-ce que tu vas devoir te rendre à Topeka pour le procès ?

— Sans doute, mais je ne serai pas absent longtemps.

Il posa la main sur le genou de la jeune femme.

— Je te demande pardon, Madelyne.

— Tu n'as pas à t'excuser, Graham, tu devrais être très fier, au contraire. Tu as résolu plusieurs affaires en même temps, et tu as arrêté le responsable de ces crimes affreux.

— Ce n'est pas pour cela que je m'excuse. Cela fait cinq jours que je suis revenu, et nous n'avons pas eu un instant pour discuter sérieusement de nous.

— Je sais, murmura Madelyne. Je n'ose pas te parler de mon amour, car j'ai peur que tu ne me croies toujours pas. Pourtant, j'ai eu l'impression qu'à l'église...

— Je te crois, Madelyne.

La jeune femme suspendit son souffle avant de chuchoter :

— C'est vrai ?

Il acquiesça.

— Oh, Graham, c'est merveilleux, dit-elle en passant les bras autour de son cou.

Il la serra étroitement contre lui.

— Je t'aime, Madelyne. Je veux passer ma vie à tes côtés.

Elle appuya sa joue contre la sienne et il sentit ses larmes.

— Ne pleure pas.

— Ce n'est rien, ce sont des larmes de joie, mon amour.

Il lui caressa longuement les cheveux. Tous deux gardèrent le silence pendant un moment, puis Madelyne s'écarta un peu de lui et demanda :

— Que se passera-t-il, quand ton contrat sera terminé ?

— Je n'ai pas encore décidé, répondit-il honnêtement. Je sais que le magasin est très important pour toi, mais je ne suis pas encore certain de vouloir rester à Landing.

— Tout le monde t'adore, observa-t-elle.

Pour une fois, cette remarque ne le contraria pas. Il se contenta d'esquisser un sourire.

— Tu sais bien comme sont les gens, dit-il. Ça ne durera pas.

— Si tu pars, je te suivrai jusqu'au bout du monde. Je peux toujours vendre le magasin, de toute façon.

Il posa sa bouche sur la sienne.

— Chut ! Nous ne sommes pas obligés de prendre la décision aujourd'hui.

— Mais, je...

Il lui prit le menton et la considéra d'un air taquin.

— Nous n'avons pas de temps à perdre, Mme Dobson ne peut garder Bonnie que jusqu'à demain matin.

— Demain ? s'étonna-t-elle, les joues soudain très roses. Mais je croyais qu'elle ne la gardait que cet après-midi.

— J'ai eu une petite conversation avec elle après ton départ.

— Oh, je vois, murmura Madelyne en rougissant de plus belle.

Comme elle baissait la tête, Graham fut pris d'un doute terrible.

— Eh bien, j'avais pensé que... Enfin, après ce qui s'est passé à l'église, j'avais imaginé...

Ce n'était pas aussi facile à dire qu'il l'avait cru.

Il s'éclaircit la gorge et lui prit les deux mains.

— Ecoute, je ne peux pas rester avec toi si notre mariage n'est pas une véritable union. J'en ai assez de faire chambre à part. Je suis ton mari, Madelyne, et je souhaite l'être pleinement. Je veux te toucher, t'enlacer, t'embrasser, dormir avec toi et me réveiller à ton côté le matin. Si tu n'es pas d'accord, je refuse de continuer à jouer la comédie plus longtemps.

Madelyne se leva brusquement et lissa nerveusement sa robe. Elle était vraiment d'une beauté radieuse, songea Graham avec un pincement au cœur. Mais il ne supportait plus les demi-mesures : soit elle était vraiment sa femme, soit il devrait réapprendre à vivre sans elle.

— M'as-tu enfin pardonnée ? demanda-t-elle doucement.

Il ferma un instant les yeux, et pensa à toutes ces années où il avait eu la rancœur pour unique compagne. Madelyne avait raison : s'il attendait d'elle qu'elle se donne à lui sans réserve, il lui devait la même chose. Lentement, il rouvrit les yeux et lui sourit.

— Oui, mille fois oui.

Madelyne s'avança vers lui et posa les mains sur ses épaules.

— Je serai donc ta femme, Graham. Je partagerai ton lit, ta vie, tes joies et tes peines, et tous les petits riens de l'existence.

Elle sourit.

— J'espérais cette réconciliation, alors j'ai pris la liberté de préparer la grande chambre d'ami du deuxième étage. Ce sera notre chambre dorénavant, si tu es d'accord.

— Et si je n'avais rien dit ?

— J'aurais trouvé un moyen de te convaincre, déclara-t-elle en l'embrassant sur la joue. Nous avons eu droit à une seconde chance, et cela faisait sept ans que je l'attendais. Je n'allais tout de même pas te laisser partir sans rien faire.

Graham se leva à son tour et la prit dans ses bras.

— Je ne savais pas que j'avais une femme aussi déterminée, plaisanta-t-il.

— C'est toi qui m'as appris à me battre, alors ne va pas me le reprocher.

— Oh, mais je ne me plains pas du tout.

Lui prenant la main, il l'entraîna au deuxième étage. Une fois dans la chambre, il lui caressa tendrement le visage.

— Je t'aimerai toujours, promit-il solennellement. Je serai à tes côtés dans les bons et les mauvais moments, et je te donnerai des enfants. Toute ma vie, je n'ai attendu qu'une chose : que tu viennes vers moi et que tu me dises : « Je t'aime. » Je te jure que, quoi qu'il arrive, je...

— Chut ! Ne parle pas tant.

Elle le saisit par sa chemise et l'attira à elle. Leurs lèvres se frôlèrent une fois, deux fois, puis elle ouvrit la bouche et le laissa l'explorer à sa guise. Il poussa un gémissement de plaisir. Jamais il ne s'était senti aussi heureux, aussi serein. Madelyne était son *alter ego*, sa raison de vivre. Il remercia le ciel d'avoir pu la retrouver. Il était venu à Landing pour faire la paix avec son passé, et il avait gagné un avenir avec la seule femme qu'il ait jamais aimée.

Collection Les Historiques

HARLEQUIN

PROCHAINS RENDEZ-VOUS LE

1er Décembre 2000

**UNE QUESTION D'AMOUR,** ***de Ruth Langan • n° 172***
*Montana, 1867*
Durant la guerre de Sécession, Quin Mc Allister se lie d'amitié avec Ethan Montgomery, prisonnier comme lui des Yankees. Ce dernier, marié et père de famille, évoque souvent sa jeune femme, Cassie, et leurs fillettes... Puis la vie sépare les deux hommes — jusqu'à ce qu'un jour d'hiver, Mc Allister reçoive une lettre de son ancien compagnon qui l'invite à venir dans le Montana où il a, affirme-t-il, monté une affaire prospère. Aussitôt, Quin se rend sur place et rencontre pour la première fois Cassie Montgomery qui, en l'absence de son époux, se montre étrangement hostile...

**LA VALLÉE DE L'ESPOIR,** ***de Caroline Davidson • n°173***
*Kansas, 1830*
Oppressée, Johanna contemplait l'anneau d'or qui brillait à son doigt. "Mariée, je suis mariée", se répétait-elle avec incrédulité. Tout était allé si vite... *trop* vite. Hier encore, elle s'occupait seule de sa ferme, avec la certitude qu'il en irait ainsi toute sa vie. Et voilà qu'à la suite d'une incroyable pirouette du destin, elle se retrouvait aujourd'hui unie à un veuf, père de deux enfants! Mais s'agissait-il là d'une chance inespérée — ou d'un redoutable piège?

**UN CŒUR EN JEU,** ***de Julia Justiss • n°174***
*Angleterre, 1815*
Contraint d'assurer sa descendance, le marquis d'Englemere, coqueluche de ces dames, se résigne à prendre femme et jette son dévolu sur la délicieuse et frivole Clarissa, une richissime débutante. Les fiançailles sont scellées et, lors d'une visite chez sa promise, le marquis rencontre la meilleure amie de celle-ci, Sarah, avec laquelle il noue très vite une relation d'amitié dénuée d'arrière-pensées. Du moins le croit-il — jusqu'à ce que l'annonce du mariage imminent de Sarah l'affecte plus que de raison...

**LA CITADELLE DES PASSIONS,** ***• n°175***
*Angleterre, 1458*
Quand lady Lillian, la femme dont il est amoureux fou et qui porte leur enfant, périt dans un accident, lord Tristan est anéanti. Lui qui, en pleine guerre des Deux-Roses, avait défié son père, partisan des York, en s'éprenant de la fille d'un vassal du duc de Lancastre, se retrouve seul à présent avec un bébé qui ne connaîtra jamais sa mère... Peu à peu, pourtant, la vie reprend ses droits et, trois ans après le drame, Tristan s'apprête à se marier quand le hasard place sur son chemin une beauté brune qui ressemble à s'y méprendre à son amour perdu...

**L'ÉTOILE DE CHANCE,** ***d'Ana Seymour • n°176***
*Wyoming, 1876*
Depuis la mort de leurs parents, Molly veille jalousement sur la vertu de ses sœurs cadettes — un véritable sacerdoce car les intéressées, blondes et pulpeuses, sont aussi ravissantes que peu farouches! En outre, en pleine ruée vers l'or, nombreux sont les aventuriers en quête d'une bonne fortune. Aussi Molly voit-elle d'un mauvais œil s'installer au village un certain Parker Prescott, grand amateur de femmes en général... et de blondes en particulier!

PROGRAMME EXCEPTIONNEL
LES BEST-SELLERS

# Le 1er novembre : 4 romans inédits + 2 romans réédités

**LA MÉMOIRE DÉVOILÉE, de Nell Brien • N° 119**
À Los Angeles, Liz Ryan a grandi dans l'amour de ses parents adoptifs. Devenue une brillante chirurgienne, elle se voit promise à une réussite sans surprise. Jusqu'au jour où le secret de sa naissance lui est révélé...
*Un voyage envoûtant au cœur d'un Orient dur et extrême où une jeune Américaine cherche ses origines...*

**ZONE INTERDITE, de Howard Simon • N° 121**
Zach Green, chirurgien en CHU, veut lancer un ambitieux programme de recherche, susceptible à terme de sauver la vie à des milliers de blessés. Mais si lui, son collègue Brinkman et une jeune résidente qui s'est jointe à eux sont convaincus par leurs hypothèses médicales, ils doivent d'abord les tester sur des animaux... ce qui les expose d'emblée aux attentats perpétrés par un mystérieux groupe de protection des animaux. Un combat contre la mort commence, que les trois médecins acceptent de mener, au nom de leur dévouement total à la médecine...

**L'HÉRITAGE DES ROBESON, d'Emilie Richards • N°122**
Depuis qu'une perle sans défaut et sans prix, découverte dans les eaux australiennes, s'est mêlée à la destinée des familles Robeson et Llewellyn, drames et rivalités les poursuivent. Au fil des générations, l'inestimable trésor a souvent changé de main, et aujourd'hui, c'est Liana Robeson qui le détient. Liana, qui voit la tragédie frapper une fois encore, quand son fils adolescent disparaît un jour, en emportant la perle maudite...

**(suite page suivante)**

## LES BEST-SELLERS HARLEQUIN

**La fugitive, de Debbie Macomber • N°123**

Apprenant que son père qu'elle croyait mort vit en réalité au Mexique depuis des années, Lorraine Dancy s'envole pour El Mirador où elle sait pouvoir le trouver. Un voyage qui tourne au désastre quand la police mexicaine cherche à l'arrêter pour le vol d'un objet sacré. Désormais, Lorraine est obligée de tourner le dos à tout ce qu'elle a connu jusque-là et d'accepter l'aide d'un ancien mercenaire blasé, qu'aucune aventure n'effraie ni ne freine...

***Oasis*, de Patricia Matthews • N°5**

Située aux portes du désert californien, près de la petite ville d'Oasis, la Clinique est un centre de soins pas comme les autres. Acteurs, musiciens, politiciens ou hommes de télévision, ils viennent du monde entier chercher là luxe et discrétion. Nul, parmi le grand public, les journalistes ou les habitants d'Oasis, ne sait vraiment ce qui s'y passe. Des rumeurs circulent, on fait état de secrets plus ou moins avouables. Mais le jour où elle est admise parmi les prestigieux pensionnaires de la Clinique, l'actrice Lacey Houston s'aperçoit que la réalité est bien plus sombre encore...

*(Réédition)*

**LA FEMME BAFOUÉE, de Penny Jordan • N°27**

De ses ancêtres tsiganes, Rachel a hérité le sens de l'honneur. Aussi, lorsque quatre hommes abusent d'elle d'une façon odieuse, décide-t-elle de se venger. Elle deviendra une autre femme, seule maîtresse de son destin. Et du destin des quatre hommes qui l'ont violentée. Quels que soient les efforts qu'elle devra fournir, les sacrifices auxquels elle devra consentir, elle les brisera, un à un. Sans aucune pitié...

*(Réédition)*

❒ *n° 100 : LE PHILTRE D'AMOUR, de Laurie Grant*
❒ *n° 102 : LA PISTE DE L'ESPÉRANCE, de Cheryl Reavis*
❒ *n° 108 : LA SIRÈNE DE SPARTE, de Merline Lovelace*
❒ *n° 110 : LA MÉSALLIANCE, de Catherine Archer*
❒ *n° 111 : NUITS DE SOIE, de Merline Lovelace*
❒ *n° 112 : LA BELLE TRAÎTRESSE, d'Elizabeth Lane*
❒ *n° 113 : JADE OU L'ENSORCELEUSE, de Ruth Langan*
❒ *n° 115 : LE CHÂTEAU DES TENTATIONS, de Deborah Simmons*
❒ *n° 118 : LE TRÉSOR DU TSAR, de Merline Lovelace*
❒ *n° 119 : BAL AUX TUILERIES, de Louisa Rawlings*
❒ *n° 120 : LA PROMESSE DE PRIMEROSE, de Sally Chemey*
❒ *n° 125 : LES FUGITIFS, de Lucy Elliot*
❒ *n° 126 : L'ALLIANCE MAUDITE, de Deborah Simmons*
❒ *n° 127 : CAP ESPÉRANCE, de Susan Wiggs*
❒ *n° 128 : LES CHEVAUX DE FEU, de Rae Muir*
❒ *n° 131 : LE SECRET DE L'AUBE, de Deborah Chester*
❒ *n° 132 : NUIT MAGIQUE, de Claire Delacroix*
❒ *n° 133 : LA VALSE INACHEVÉE, de Nina Beaumont*
❒ *n° 135 : LE LIEN DE VELOURS, De Deborah Simmons*
❒ *n° 137 : MIRAGE VÉNITIEN, de Nina Beaumont*
❒ *n° 138 : AU PLAISIR DU ROI, de Diana Hall*
❒ *n° 139 : FIANÇAILLES IMPROMPTUES, de Tori Phillips*
❒ *n° 141 : LE SONGE FLORENTIN, de Nina Beaumont*
❒ *n° 142 : LA GRIFFE DU DESTIN, de Catherine Archer*
❒ *n° 143 : PIÈGE POUR UN DANDY, de Margart Moore*
❒ *n° 144 : LE JOUG DE LA PASSION, de Merline Lovelace*
❒ *n° 146 : LE TOURBILLON DES JOURS, de Susan Wiggs*
❒ *n° 147 : LES AMANTS DE L'OMBRE, de Deborah Simmons*
❒ *n° 148 : VOLEUR D'AMOUR, de Beth Henderson*

- ❐ *n° 149 : SCANDALE ET VOLUPTÉ, de Margaret Moore*
- ❐ *n° 150 : LES CONJURÉS, de Susan Wiggs*
- ❐ *n° 156 : LE SECRET DE LA CITADELLE, de Sharon Schulze*
- ❐ *n°162 : LE BAL DE L'OUBLI, de Susan Spencer Paul*
- ❐ *n°163 : L'ÉTÉ DES SORTILÈGES, de Sally Cheney*

Ces volumes sont disponibles auprès du Service Lectrices dans la limite des stocks. Si vous souhaitez commander certains titres, cochez les livres choisis et indiquez vos coordonnées ci-dessous. Chaque volume est vendu au prix de 30,90 F auxquels s'ajoutent 12 F par colis pour la participation aux frais de port et d'emballage. **N'envoyez pas d'argent aujourd'hui, une facture accompagnera votre colis.**

*Renvoyez votre commande :*

Service Lectrices HARLEQUIN/Cédap
BP 77 - 94232 CACHAN CEDEX

Le Service Lectrices est à votre écoute au 01.45.82.47.47 du lundi au vendredi de 9h à 17h.

Mme ❐ Mlle ❐ Date d'anniversaire └┴┘└┴┘└┴┴┴┘

NOM ____________________

Prénom ____________________

Adresse ____________________

Code Postal └┴┴┴┴┘ Ville ____________________

Tél └┴┘└┴┘└┴┘└┴┘└┴┘

Abonnée : oui ❐ non ❐

Signature indispensable

# *Prenez le temps de rêver chez vous avec le Service Lectrices Harlequin*

Vous lisez régulièrement des romans Harlequin et vous les appréciez… Pourquoi ne pas recevoir vos livres directement chez vous ? Retournez-nous dès aujourd'hui cette

*Offre Privilège.*

Vous recevrez gratuitement 2 romans de la collection Les Historiques et un cadeau mystère.

## Vos privilèges :

LE CONFORT ET L'EXCLUSIVITÉ

Vos romans sont livrés chez vous avant même leur sortie en librairie !

LE MEILLEUR PRIX

Vous bénéficiez d'une réduction de 5% sur le prix de chaque volume. Les frais de port sont entièrement gratuits. Vous ne payez rien d'avance.

LA LIBERTÉ TOTALE

Vous pouvez annuler les envois à tout moment. Vous n'avez aucune obligation d'achat.

# OFFRE PRIVILÈGE

*À compléter et à retourner sous enveloppe affranchie à :*

Service Lectrices HARLEQUIN/ Cédap
BP 77
94232 Cachan Cedex

**Oui,** je souhaite recevoir gratuitement 2 des plus beaux romans Les Historiques publiés par Harlequin ainsi que mon cadeau. Je recevrai par la suite 2 romans inédits de la collection LES HISTORIQUES à consulter chaque mois.

Je pourrai les acquérir au prix de 30,90 F le volume de 352 pages (sans supplément de frais de port), ou vous les retourner sous 10 jours sans rien devoir. Je suis libre d'interrompre à tout moment ma collection.

Mme ☐ Mlle ☐ SFHI02.1202

Nom ____________________

Prénom ____________________

Adresse ____________________

____________________

Code postal |_|_|_|_|_| Ville ____________________

Date d'anniversaire |_|_| |_|_| 19|_|_|

Numéro de téléphone |_|_| |_|_| |_|_| |_|_| |_|_|

Vous pouvez également nous joindre au 01.45.82.47.47
du lundi au vendredi de 9h à 17h.

***Répondez à notre Offre Privilège,***
***ces cadeaux de bienvenue seront à vous définitivement.***

Conformément à l'article 27 de la loi 78-17 du 06-01-78 vous disposez d'un droit d'accès et de rectification vous concernant sur notre fichier clientèle. Offre limitée à un envoi par foyer, en France métropolitaine jusqu'au 31 décembre 2000. Prix susceptibles de changement.

Composé sur le serveur d'Euronumérique, à Montrouge
par les Éditions Harlequin
Achevé d'imprimer en septembre 2000
sur les presses de l'Imprimerie Bussière
à Saint-Amand-Montrond (Cher)
Dépôt légal : octobre 2000
N° d'imprimeur : 1754 — N° d'éditeur : 8443

*Imprimé en France*